新潮文庫

ならぬ堪忍

山本周五郎著

目次

解説　木村久邇典

ならぬ堪《かん》忍《にん》

白《しら》魚《お》橋《ばし》の仇《あだ》討《うち》

一、前話

高木宗兵衛《そうべえ》、鈴木能登守《のとのかみ》と云《い》う微々たる小藩の槍術《そうじゅつ》指南番である。寛保《かんぽう》二年に巳年《みどし》二十九歳。妻をお俊《しゅん》と云った。宗兵衛は江州《ごうしゅう》の産、豪放の性で頗《すこぶ》る癇癖《かんぺき》が強く短気であった。

太田与兵衛《よへえ》、同藩士で勘定方勤め、宗兵衛より五つ年長で三十四歳、性穏健、真っ正直の好藩士である、宗兵衛とは隣合って住み、極めて親密、殆《ほとん》ど兄弟同様に往来していた。

寛保二年正月、宗兵衛の妻お俊が女を産んだ、太田与兵衛は行って名附親となり美代と名乗らせた、翌三年の五月、太田与兵衛方で妻もよが男を産んだ、今度は高木が代って名附親となり三郎と付けた。

三郎を産んだもよは産後旬日を経て歿《ぼっ》した。併《しか》し幸いにも高木の家では妻お俊が、未《いま》だ子供の乳離れを済ませていなかったので、三郎はお俊の貰乳《もらいぢ》で育てられた。

三年後、延享《えんきょう》二年の四月、高木の妻は男宗太郎を産んだ。

事件は此《こ》の宗太郎の出生と同時に起こって居る。

*

「与兵衛殿いるか」

庭から高木がぬっと入って例のように声をかけた。

「いま戻ったところだ、まああがれ」

太田は出仕から戻って、支度を解いていたところである。二人は縁近くに向合って坐《すわ》った。

「長年の好《よし》みに縋《すが》って頼む事がある」

高木が改まって云った。

「妻子を預って貰い度《た》い」

「どうする」

「己《おれ》は京へ上る」

太田は唯《ただ》驚いて眼《め》を瞠《みは》った。

「己は今のような生活はもう沢山だ、こんなちっぽけな藩で、木偶《でく》共を相手に己の生涯《しょうがい》を闇々《やみやみ》塗潰《ぬりつぶ》すことは出来ない、己は自分が高木宗兵衛だと云うことすら忘れかけている有様だ」

宗兵衛は暫《しばら》く間をおいて続けた。

「貴公には話さなかったが、頃日《けいじつ》知人を頼って、京で手蔓《てづる》を求めて置いた、ところがどうやら世に出る機会がありそうだと、通知があったのだ、己はもう三十二だ、己は試してみる積りだ」

「で、行くのか」

「む、それに就いて成る可《べ》くなら早まって妻子に苦労はかけ度くないと思うから、向うへ行って位置が定まる迄《まで》、どうか貴《き》公預って貰い度い」

太田与兵衛は、高木が一度云い出したら決して思い止《とど》まる男でない事を知っていた、だから彼は快よく頷《うなず》いて云った。

「よし確《しか》と預ろう、三年でも五年でも」

「有難い、これで重荷を下ろした」

そして間もなく、高木は主家に暇《いとま》を乞《こ》うて江戸を去った。

当時なかなか脱藩などと云う事が容易に出来る訳のものではない、併し主家鈴木能登守と云うのが極めて微々たる小藩である上に、高木に対しても平素相当な待遇が出来なかったのだから、煩《わずら》わしい問題は起らなかった。

斯《か》くしてお俊と女美代、男宗太郎とは太田与兵衛の邸《やしき》へ引取られた。与兵衛は妻もよに死別してから独身を通し、乳母と下男と若党のみで穏かな生活を続けていたので、男三郎にとっては、自分の乳姉弟《ちきょうだい》の二人と、又その乳で育てて呉《く》れた、懐《なつ》かしい小母様《おばさま》と同居するようになったことが、大変な悦《よろこ》びであった。

幼い三郎と美代は片言を交しながらよく遊んだ。

*

延享が四年続いた、五年の七月十二日寛延と改元されて世は秋を迎えた。併し京へ上った高木宗兵衛からは何の音沙汰《おとさた》もない。一度妻お俊に便りがあった。此方《こっち》の都合はうまく行っている、もう直《す》ぐに迎えを出す積りで居《お》る、わざと与兵衛殿には便りをせぬ、其方《そなた》から宜《よろ》しく申伝えよ。と云うような事が書いてあった。

彼が京へ立ってから三年経《た》つ。

寛延元年十二月、江戸は将軍家が琉球使《りゅうきゅうし》を引見するので賑《にぎ》わっていた。雪もよいの寒い一日、太田与兵衛の邸を訪れる者があった、玄関へ出た下男の吾八は、あっと云って声をあげた。

「高木様では――」

と云って侍はひどい酒気を下男に吹きかけた。

「高木だ」

成る程それは高木だ。併し何と変った事だ、色も褪《さ》め果て縞目《しまめ》も分からぬ衣服、羽織もなく大刀を一本ずり落ちそうに腰にしている許《ばか》り、埃《ほこり》まみれの素足に申訳許りの草履、月代《さかやき》も髯《ひげ》も莽々《もうもう》と伸びて、見る影もないと云う言葉が水からあがって来た有様である。

「高木だ」

と彼は再び酒気と共に叫んだ、

「高木が帰ったのだ、与兵衛に、与兵衛奴《め》に此処《ここ》へ、出迎えろと、そう申附けろ」

高木と云う声に奥の間から跳び出てきたお俊、式台へ出たがはっと、その儘《まま》そこへ立竦《たちすく》んだ。

「まあ」

と云った儘。

＊

高木は京から帰って来た。京でどんな事をしたかは誰にも口を緘《かん》して語らなかったが、併し彼の変化した性格は充分京に於《お》ける彼の失敗を語っていた。高木の癇癖はいよいよ激しく、いよいよ強情に、いよいよ執拗《しつよう》になって来た。

太田は失意の友を見るに忍びなかった。そこで彼は二三の重役を説き廻《まわ》って、高木の再仕官を願った。幾ら能登氏が小藩でも、之《これ》は明かに主家侮辱である、最初は小っぴどくはねつけられた。併し倦《あ》くまで友情に恂《じゅん》する太田の懇願は遂《つい》に重役達を動かした。勿論《もちろん》高木の腕が重役達の間に惜まれていた事も大なる原因であったであろう。

高木宗兵衛は、京から帰った翌年、寛延二年の正月から、勘定方として再出仕を許された。併しそれは却《かえ》って悪かった。

高木宗兵衛は人生の徹底を求めた、徹底した生活を欲した、然《しか》るに人生は彼に背を見せた、矜恃《ほこり》ある武士としては是《これ》は打撃である。彼は膝《ひざ》を屈して京迄出掛けて行った、然るに京は彼を嗤《わら》って逐《お》い返した。

彼は再び旧《もと》の鰻《うなぎ》の穴へ戻らねばならなかった、然もそこで例のうす暗い不活潑《ふかっぱつ》な小藩の、勘定方を勤めなければならなかった。

「ふん」

と彼は憫笑《びんしょう》を洩《も》らした。

彼は酒びたりになった、花街、戯場などへ頻々《ひんぴん》と出入した、同僚と絶えず論を構え、漫《みだ》りに暴言を吐いた、見兼ねた太田与兵衛が意見をすると、反《かえ》って与兵衛にくってかかった、そして頻《しき》りにこんな事を云った、

「貴公はさぞ愉快だろう、己がこんなに成り下がっているのがなあ、ふ、己を勘定方に推挙して、友達面《ともだちづら》をする底は知れているぞ」

家産の無い彼が、そうして日夜淫酒《いんしゅ》に耽《ふけ》るには、勿論正しからざる財の出所がなければならぬ、彼は主家の金に手を附け始めたのだ。

こんな事がいつ迄知れぬ筈《はず》はない、高木の不行跡はたちまち重役の耳に入った、太田与兵衛の掩護《えんご》の甲斐《かい》もなく勘定方改め役の精算明細書は、彼の不正を巨細《こさい》に摘発した。

高木宗兵衛は主家を追放されることになった。

＊

今は何を云っても追附かぬ、高木の深酷な失意の心は、太田に熟《よ》く分かっていた、彼は友の破滅が、言葉などで慰める事の出来るものでない事を知った。唯最後迄、朋友《ほうゆう》として出来る心尽しを為《す》る外はない。太田与兵衛は同僚を説いて、幾許《いくばく》かの餞別《せんべつ》を贈り、一夜両名の同僚を語らって、高木の家に別宴を張った。春雨しとしとと煙《けぶ》る夜である。

気まずい酒宴であった。集まった者は主客共に言葉がない、桜の噂《うわさ》が出るかと思うと、お船蔵新築の話に移ると云う有様である。高木は始終、俯向《うつむ》いてちびりちびり盃《さかずき》を干していた。

刻《とき》がうつって行った、四刻《よつ》の鐘が鳴った。客達は盃を置いて別れを告げようとした。と、今まで石のように黙って酒を呷《あお》っていた高木が、冷やかに声をあげて云った。

「与兵衛、逃げずとも宜《よ》い」

「逃げる」

太田は立ちかけた膝を戻した、

「何をばかな、逃げる訳があるか、だがもう夜も更《ふ》けている――」

「夜に借銭でもあるか、ふむ、それとも心に恥じて居悪《いにく》いか」

「貴公酔ったよ、それだから」

云わせもはてず、高木宗兵衛持っていた盃を、溢《あふ》れる酒諸共《もろとも》に、ぴしり太田の面《おもて》に投げつけた。

「犬め、ぬかすな」

両名の同僚は、はっとして太田の袖《そで》を摑《つか》んだ。

「いや御安心なされ、何でも御座らぬ」

太田は懐紙を取出して、面にかかった酒の滴《しずく》を押拭《おしぬぐ》いながら、両名の連れに手真似《てまね》で黙っているようにと示した。

「物が云えまい。友達面をして、人を罠《わな》にかけ居った、ふん、それを知らぬとでも思っているか」

　高木は相手に手耐《てごた》えのないのを見ると、更に逆上して、きりきりと歯を嚙《か》みながら、何か致命的な毒舌はないかと、自ら手に汗を握った。

「そうだ己が悪かった、貴公を怒らせるだけでも己に足らぬところがあったのだろう、赦《ゆる》して呉れ」

「君子面はよせ、己の留守中、貴様はお俟と何を――」

「なに」

　太田は、高木が赦す事の出来ぬ言葉を口にしようとするので、遂に座を立って云った。

「貴公は酔っている、だから己は大抵の事は黙って聴く、だが」

「どうした、だがどうした、その面は何だ、くそっ」

　と云いざま、既に半ば狂った高木は、足をあげて膳《ぜん》を蹶《け》った、膳は砕けて、皿小鉢《さらこばち》は飛散した、まさに落花狼藉《らっかろうぜき》である。

「云い訳があるなら云え、不義者め」

　二人の同僚は事件の起るのを怖《おそ》れた、で両方から太田の腕を摑んで連れ帰ろうとした。

「理非は分かって居る、太田氏、さ、帰ろう、帰ろう」

　酒乱の友の暴言をとっこに取る事の大人気ない事を知っていた太田は、唇《くちびる》を強《したた》か嚙みながら、両名の連れと黙って座を去ろうとした。

　どこ迄も相手が逆らわぬとなると、えてして癇癖は募るものだ、最後の毒舌も相手を起《た》たすことが出来ぬと見た高木は、既にヒポコンデリの悲劇的発作に陥った。

「待て」

云いざまに傍《かたわ》らの刀に手がかかる、と見る、襖際《ふすまぎわ》で振向こうとした太田与兵衛の真向へ、抜討ちに斬《き》りつけた。泥酔《でいすい》していた上に腰の伸びた抜打ちである。充分体を躱《かわ》す余地はあった、が不幸なことに両名の連れが太田を挟《はさ》んでいた。

「あっ」

と身を退《ひ》いたが、鋩子《ぼうし》先で肩へ二三寸斬り込まれ、襖諸共どうと倒れる、とたんに乗込んで打下ろす二の太刀を、辛くも抜合せた小刀で受止めた、が既に初太刀で傷ついている、呼吸が乱れる。

瞬時は呆《あき》れていた両名の同僚、理不尽な高木の刃傷《にんじょう》に今は是迄と、

「朋友の義理だ、助太刀申すぞ」

と云いざま、抜連れて高木を斬った。

寛延三年三月二十日の夜の事件である。

太田与兵衛は二人の朋友に助けられて家に戻り、充分に傷の手当をして即刻係へ右の沙汰を届出《とどけい》でた。併し相手は藩が追放した男であり、然も理非は証人もいる事故《ゆえ》、太田には別に何のお咎《とがめ》もなく、傷養生充分に致せと云うお言葉があっただけで、此の事は沙汰やみとなった。

高木宗兵衛の妻お倭は、良人《おっと》の屍《なきがら》を始末すると、二子を連れて即夜江戸を立退《たちの》いた。

二、後話

十五年経った。

彼《か》の事件に連なった二人の同僚は、宝暦二年前後して早く世を去った。太田与兵衛は無事にお役を勤め通したが、年々例の傷が痛んで、九年後、即《すなわ》ち宝暦十一年六月他界した。

臨終に与兵衛は、当時十八歳であった息三郎興利《おきとし》を枕辺《まくらべ》に招いて、

「心に懸るのは、亡友高木宗兵衛の家族だ、お俊殿はお前の乳親であり、美代、宗太郎は乳姉弟である。どうか彼等を探し出して世話をしてやるように」と繰返して遺言した。

三郎は父の歿後大叔父 橘《たちばな》氏後見にて家督を継ぎ、明和元年父の名を襲って、勘定方勤めに出仕を仰《おお》せ付けられた。

で明和二年、彼の事件後十五年目の春である。

八丁堀《はっちょうぼり》の師匠の許《もと》へ、笛を習いに行っての帰り、興利は炭屋橋を渡って京橋へ出ようとしていた。その時向うから来る娘とふと眼が合ったが、興利は何故《なぜ》か、と胸を突《じつ》かれるような気がして立停《たちど》まった、と相手の娘もちょっと立停まり凝乎と此方を見たが、たちまちまた人《ひと》混《ごみ》の中へまぎれて見えなくなった。

「はて、どこかで見たようだが」

三郎は首を傾けながら家に帰った。

同じことが日をおいて三度あった。三度目に彼は膝を打って叫んだ。

「む、高木のお美代殿だ」

そこで彼は四度目の会見を待った。

三郎は其日《そのひ》、例の京橋の袂《たもと》で、刻を計って待っていた。併《しか》し遂《と》う遂《と》う其日、彼の娘は姿を見せなかった。――次も、その次の日も、娘は再び三郎の前に現れなかったのである。

斯《こ》うして春も去り、夏も行き、秋が来た。

其年の八月芝浦でマンボウと呼ぶ、一丈許りの怪魚が獲《と》れたのを、香具師《やし》等が両国広小路で見世物に出していた。一日三郎は供を連れて浅草寺《せんそうじ》に参詣《さんけい》した戻りに、そのマンボウを見に行ったが、途中柳橋《やなぎばし》迄来ると、ふと人混の中に高木の娘お美代が、若い男と連れ立って行くのを見出した、三郎は急いで近寄り、声をかけた。

「高木のお美代殿では御座らぬか」

娘は愕然《がくぜん》として振向いた。

「あっ」

と云《い》う娘の軽い叫び、続いて連れ立っていた若者がきっと見返って、

「貴方《あなた》は何誰《どなた》か」

と三郎に呼びかけた、

「おおお主は宗太郎殿ではないか、見忘れたか太田の三郎だ」

三郎は云いながら近寄ろうとした。が姉弟はたちまち群集の間に見えなくなって了《しま》った。

三郎は、朧気《おぼろげ》ながら父と高木一家との紛擾《いきさつ》を耳にしていた。併しあれだけ深い交誼《こうぎ》のあった自分達の間に、未《いま》だその陰翳《いんえい》が除かれずにいようとは考えられなかった。

「一体どうしたのだろう」

＊

此処で高木一家の其後の事を話さなければならぬ。

お俊は江戸を発《た》つと、良人の郷里、江州彦根へ帰り、良人の遠縁でもあり、自分とも血統《ちすじ》のつながる柳田家に身を托《たく》した。

お俊は太田与兵衛に対して少しも敵意はなかった。寧《むし》ろ長年の間世話になったのだし、心では常に礼を述べていたのである。良人の死に就ても、勿論当の下手人は太田与兵衛他二人であるが、原《もと》はと云えば高木自身の理不尽からである。此方から何を云う事も出来る訳のものではない。

併し世間はそうは見ぬ、お俊の帰郷と共に、周囲の者は「良人を討たれながら、一太刀も仇《あだ》に報わでのめのめと帰って来た女」として、一様にお俊に後指をさした。それ許りではない、近親の誰彼は、二人の子、美代、宗太郎に向かって、父の敵《かたき》は太田与兵衛他二人である事、一日も早く成人して、父の恨を晴らす様にと折にふれては訓《おし》え込むのであった。

斯くして宗太郎が十七歳の年、即ち宝暦十二年一家は周囲の義理、一族の説伏に歇《や》むを得ず、当の仇を討つ可《べ》く江戸へ下った。

一家は南鞘町《みなみさやちょう》に借家し、母と美代とは賃仕事をして生計を立てながら、それとなく敵の有様を窺《うかが》った。併し無論お俊には、そこ迄行っても仇討の意思はなかったし、美代も殆《ほと》ど気が乗らなかった。唯《ただ》血気な男宗太郎のみが復讐《ふくしゅう》の念に燃えていたのである。

「恩は恩、仇は仇だ、父を討たれたからは、その仇を討たねばならぬ、若《も》しお厭《いや》ならば止《や》めて下され、私一人で立派に討ちます」

宗太郎の決心に母も姉も言葉はなかった。

宗太郎は、太田与兵衛と他二人の死を知って焦《あせ》った。が母と姉の進まぬ儘に、明日こそ明日こそと空《くう》な日を送って行くのであった。

併しいよいよ柳橋畔《りゅうきょうはん》の邂逅《かいこう》は、宗太郎の決心を固めさせた。彼は三郎が八丁堀の笛の師匠に通っている事を探り知っていた。

一家は遂にどん詰り迄《まで》行き着こうとするのである。

話は前に戻る。

かくして一方、京橋の邂逅と云い、柳橋の出会《しゅっかい》と云い、慥《たし》かに高木一家の江戸にいる事を知った三郎は、父の遺言を守る為《ため》に、如何《いか》にもして一家を探し出し、相当の世話をしようと、それからも毎日心懸けて怠らなかった。

明和二乙酉《きのととり》年冬十月四日の午頃《ひるごろ》である。

笛の師匠からの帰り、三郎興利が南鞘町の通を抜けていた。と、或《ある》横丁から若者が一人、ばたばたと駈《か》け出て来たが、

「父の敵、太田三郎待てっ」

　と叫びざま、抜打に斬付けた。

「や」

　と身を躱して振返る、とたんに二の太刀、たたた、三郎は退《しさ》って帛紗《ふくさ》ごと、横笛《おうてき》を左手《ゆんで》に構えて叫んだ。

「待て、敵呼ばわり覚え無いぞ、待て」

　だが宗太郎は殆ど逆上している。

「聞かぬ、抜けっ」

　喚《わめ》くよと見る、た、真向から斬込んで来た。

　それ喧嘩《けんか》だと街巷《ちまた》は右往左往の人の浪《なみ》、そこを掻《か》き除《の》け掻き除け、甲斐甲斐《かいがい》しく身支度した娘、お美代が此場《このば》へ出て来た。

「や、お美代殿」

　驚いて三郎の叫ぶ間もなく、懐剣を抜いて、

「父の敵」

　と唯ひと声、弟と倶《とも》に斬りかかった。

　懐かしやお美代殿、私はどんなにそなたを尋ねたか知れぬ、さても綺麗《きれい》になられた事よ、宗太郎殿も成長なされたなあ、小母《おば》さまは無事か、と口迄言葉は衝《つ》いて出ながら、相手は白刃を振るって自分に迫る、討つも討たるるも是、乳姉弟《ちきょうだい》。

三郎は姉弟の刃《やいば》を、持った笛で左へ右へ躱しながら、一先《ひとま》ず此処《ここ》を逃げようと決心した。で隙《すき》を窺って、ばたばた、白魚橋の方へと走り出した、が集まっていた野次馬共に遮《さえぎ》られて、たちまち姉弟に追附かれる、致方なしにちょうど傍らに土蔵を建てている、其の狭い小路へと馳《か》け込んだ。だが不幸にもそこは袋小路である、しまったと思って戻ろうとすると既に、小路の中へ姉弟が入って来た。

絶体絶命である。

宗太郎は猛《たけ》り狂い、遮二無二《しゃにむに》突《つっ》かかって来る。とたんに三郎は小刀を抜いた、ほんの威《おど》しの積りである。突込んで来る宗太郎の太刀を払う、間《かん》、入違いに飛ぶお美代の短刀、身を捻《ひね》って躱す、と見る、打込む宗太郎の刃を除《よ》け、体当りをくれて、たたた、小路を表へと走り出た。

が表は例の黒山のような群集だ。馳け出た三郎は群集を除けるはずみに土蔵に塗る荒木田の練ってある中へずぶり滑り込んだ、と、

「敵っ」

追かけて来た宗太郎が、泥《どろ》の中に倒れた三郎を拝み打ちに斬った。

「うっ」

と三郎、肩先を深く斬下げられながら、泥の中で身構えたがすかさず踏込んだ宗太郎の切先、寄せて置いて束《つか》がらみ、左手に摑んだ泥の眼潰《めつぶ》しを宗太郎の面へばっ。

肩先の傷を押えて三郎、斬込むお美代の刀を潜《くぐ》ると、橋の方へいっさんに馳け出した。

何しろ初めての真剣勝負である、三郎も宗太郎ももう既に疲れ始めた。然《しか》も三郎は肩に深傷《ふかで》を負っている。だだだと一丁許《ばか》りも行ったが、橋の手前迄来て、石に躓《つまず》いて倒れた。

お俊が後ればせに馳《は》せつけて来たのは此時である。

三郎の倒れるのを見て宗太郎が、しすましたりと馳けつけて追打ちに、腕の伸びた拝み打ち一刀、これが体を躱す間もなく、三郎の左肩を背から斬った。間、斬らせて置いて、寝打ちの帰り刃、閃《ひらめ》くと見る、宗太郎の左脚を脛《すね》から斬って落とした。

「むっ」

と左足を地に突いて倒れる宗太郎、おかせずお美代が短剣の諸手突、三郎の脾腹《じばら》へぐっと、

「父の敵」

三郎は振返って、痛手に顫《ふる》える悲痛な声。

「懐《なつ》かしやお美代殿――」

とひと言。

宗太郎は膝《ひざ》でずり寄って、復讐の獣の喘《あえ》ぎ、焦《いら》ってふた太刀盲滅法《めくらめっぽう》に斬つけたが、自分もそれで気息奄々《きそくえんえん》である。

母のお俊が馳けつける、娘お美代が喘ぎながら、

「母様、止《とど》めを」

と短剣を渡す、もうどうにも仕方がない、受取って三郎を引起こす、

「むっ」

と三郎、空虚な眼でお俊を見て、

「懐かしや、――懐かしや」

と嗄《しゃが》れた声で云った。

「高木の――小母さま」

お俊は眼を瞑《つむ》ってぐっと、止めを刺した。

太田与兵衛興利二十二歳、高木俊四十四歳、同《おなじく》宗太郎二十歳、同美代二十三歳であった。

*

事件は公儀の手に係《かか》った。

斯うなると高木一家は、名が敵討であるだけ徳である。主家鈴木能登守に於《おい》ても、強《あなが》ちに太田方を庇《かば》う訳には行かなくなった、小藩の悲しさか然る可き人物のいなかった故《ゆえ》か、時代道徳の齎《もたら》した大きな過失であったか、兎《と》も角《かく》も太田家は取潰し、高木一家は公儀より賞美された。

どの敵討話にも無いように、高木一家の始末も分かっていない、主家鈴木家は勿論《もちろん》引取らなかっただろうし出世した噂《うわさ》もない、が隻脚《せききゃく》となった宗太郎と母と姉との其後の生活こそ、思うだにいいいいいみじくもあやしである。


（「日本魂」昭和三年四月号）

新《しん》三《ざぶ》郎《ろう》母子《おやこ》

一

永松勘兵衛《かんべえ》は岡山池田藩士、五十俵十人扶持《ぶち》で徒士《かち》、目附方池田但馬《たじま》の組下で仕置役を勤めていた。年五十一歳、性剛直で交際も少なく、疾《はや》く妻を亡《うしな》って娘貞江《さだえ》と二人、城下西大寺町のはずれに住んでいた。

ある朝のこと――。

貞江が厨《くりや》に下りて朝餉《あさげ》の支度をしていると、水口の障子の外で、

「お願い申す」

と云《い》う声がした。

「はい」

貞江が障子を明けると、見なれぬ浪人風の若侍が立っている。思わず頰《ほお》を染めながら会釈《えしやく》をすると、若侍も心持ち顔を赤らめた。

「失礼仕《つかまつ》る」

「は――」

「まことに恥入った次第でござるが、米の炊《た》き様《よう》をお教え下さるまいか――?」

「は――?」

意外な言葉に貞江はどぎまぎした。若侍はさらに顔を赧《あか》くしながら、

「実は拙者、平井新三郎と申して、御当家東隣へ十日ほど前に移って参った者でござるが、昨夜より母が風邪の気味にて床につきましたので、拙者代わって食事の支度を致そうと存ずるが、慣れぬことゝて米の炊き方を知らず――」

「はあ」

「母に訊《たず》ねるは易《やす》うござるが、それではかえって気を痛めるばかりと存じ、不躾《ぶしつけ》ながらかようにお願いに上がりました」

「それは、さぞお困りでござりましょう」

この問答を次の間で聞いていた永松勘兵衛、つと立つと襖《ふすま》を明けて、

「貞――」

と出て来た。

「はい」

「こちらはもはや支度も出来ておろう、失礼だがおまえ行って用意して進ぜろがよい」

「いや、それではあまりに――」

慌《あわ》てて辞退するのへ、

「御遠慮は無用、困る時は互いの事でござる、拙者は当家の主《あるじ》永松勘兵衛と申す」

「は、申し後れました、わたくしは平井」

「新三郎殿――次の間にて承った、母御の御病気とか」

「は」

「さぞ御痛心でござろう、役にはたたぬが娘貞江、御用事もあらば遠慮なく申し附けられい」

「さ、お供仕ります」

貞江は身支度をしていた。

「御厚志かたじけのう――お言葉に甘えて」

「ではちょっと」

貞江は父に云って、新三郎と共に水口を出て行った。

これが機会《しお》で、貞江はそれから毎日、暇をみては平井の家へ行って、病床にある新三郎の母親の世話をしたり、食事の支度をしたりしてやるようになった。母子の暮しは永松家に倍して貧窮だったが、どこかに由《よし》ありげな風情《ふぜい》が見えて、普通の浪人でない、昔を忍ばれるところがあった。

殊《こと》に新三郎は身に潮《しお》たれた襤褸《つづれ》こそまとっているが、挙措《きょそ》、言葉の端々に高雅な、育ちの良さが表れていたし、文武にも相当の心得のあることがうかがわれた。

「あれは並々の者でないぞ」

勘兵衛はひそかにそう呟《つぶや》いていた。

ある日のこと、勘兵衛が下城して来る途中、辻《つじ》町のとっつきへさしかかると、三人の藩士が声高に罵《ののし》っているのをみつけた。林田一馬《かずま》、山県祐八《やまがたゆうはち》、小野左次郎といって、いずれも家中聞こえた乱暴者である。

「何かまた暴れているな——」

と思いながら近寄ってみると、思いがけなく平井新三郎が三人の中に立っていた。

「土下座して謝罪せい！」

山県が呶鳴《どな》る、小野が続けて、

「それとも抜くか、乞食《こじき》浪人！」

「尾羽根の落ちた烏《からす》、抜けぬところを見ると中身は竹光でもあろう、土下座せい、額を土にすりつけて謝れば、今日のところは勘弁してやる！」

林田も胸をつき出して叫んだ。新三郎は微笑しながら聞いていたが、三人の怒罵《どば》が終ると手を膝《ひざ》にして、

「いかにも、貴殿の肩に突き当たったのは拙者の過《あやまち》でござった。御勘弁下されい」

と云う。

「うぬ、同じことを何遍」

山県がつけのぼせた声で、

「土下座せいというに、土下座せぬか」

「分からぬ奴《やつ》め、こうするのだ」

小野が傍《そば》へ寄って肩へ手をかける、と——新三郎はその手を逆に取って、

「無礼な！」

と捻《ね》じあげた。

二

「あ、痛っ」

小野が顔をひん曲げる。

「狼藉《ろうぜき》するか」

「斬《き》れ！」

山県が喚《わめ》きざま抜く、刹那《せつな》！　新三郎が左次郎を突っ放して一歩さがる。

「くそっ！」

林田一馬が抜討ちにかかる、右足をひいた新三郎、

「えい、や！」

叫ぶと、林田の剣は手を放れて地上に鏘《しょう》と鳴り、山県は横面《よこつら》を押さえながらよろめいていた。小野は柄《つか》へ手をかけたまま、蒼白《そうはく》になって後ろへ退《さが》るばかりだ。

新三郎は片手に剣を提げて、

「失礼――」

と微笑したが、

「もはや、御勘弁下さろうな」

と云う。

「――」

林田は慌てて剣を拾い、山県は頰を押さえていた手を離して見た、斬られたのではない、ほっとしたがあまりの早業、もう返事をする気力もなかった。

「さらばこれにて、御免!」

新三郎は剣を収め、一礼すると踵《きびす》をかえして、悠々《ゆうゆう》とその場を立去った。

「出来る、果して凡手でないぞ」

勘兵衛は幾度も頷《うなず》いた。

その夜——。

夕食の後で、勘兵衛は貞江に命じて、茶を献じたいからと新三郎を招かせた。

「毎々、貞江どのに御面倒を相掛け、まことに有難う存じまする」

「いや、左様な礼ではかえって痛み入る、母御にはその後いかが?」

「当地へ参る長旅にて、意外に体をいためおるとか、医者も当分はかばかしくは参るまい——と申しております」

「それは心配なことのう」

貞江が茶をたてて来た。

四方《よも》やまの話がある、やがて勘兵衛が言葉を改めて、

「今日、辻町にて乱暴者を懲《こ》らされたお手のうち、拝見仕った」

「や、それは——」

「見事な早業、感服いたした」

「面目ござらぬ、平に」

と赧くなった。

「それについて、かねてお訊ね申そうと存じて居《お》ったのだが」

勘兵衛膝を正して、

「貴殿の身の上、なんぞ由ありげに思われるが、当地へ参られた仔細《しさい》、差しつかえなくばお話し下さらぬか、拙者にかなう事もあらば、憚《はばか》りながら御相談になりましょうで」

「は！」

新三郎はつと眼《め》を伏せた。

貞江は静かに座を立って次の間へ去ったが、襖の向こうで耳を澄ましている。

「御迷惑なれば強《た》ってと申すではござらぬ」

「いや！」

新三郎は顔を挙げた。

「常々の御厚志、また御親切のお言葉恐縮でござる、折角のお訊ねゆえ、恥を忍んでお話し申し上げまする、実は」

貞江は熱心に聴いている。

「拙者、当地へ父を尋ねて参りました」

「父御を――？」

「お聞き下されい」

新三郎の話を手短かに述べよう。

平井新三郎は、江戸深川佐賀町に生まれた。母と二人、江神《えがみ》楚雲《そうん》という、母の叔父に当たる町儒者の世話になって、佐賀町の裏店《うらだな》に成長した。

楚雲は折あるごとに、

「新三《しんざ》、今こそ落魄《らくはく》して居るがそちは由緒《ゆいしょ》ある人の子なのだ、一心に修行して立派な武士にならねばならぬぞ！」

と云い云いした。

新三郎はこれを幼な心に深く銘して忘れなかった。楚雲は膝下《しっか》に自ら漢籍を教え、やや長ずるに及んで永代町に道場を開いている、東軍流の剣士高木常右衛門《つねえもん》について剣を学ばせた。

自分は凡下の生まれでないという自負心が、天成の稟質《ひんしつ》を補《たす》けて、文武ともに新三郎の進歩は速やかであった。十八歳にして東軍流の皆伝を得ると、師常右衛門の推挙で本郷台町に住む、貫心流の名手鬼堂《きどう》三達の道場へ入門したが、ここでも抜群の技倆《ぎりょう》を示して、三年ののちには門中随一の名を取るに到《いた》った。

そのころからようやく衰えはじめた楚雲は、新三郎が二十三歳になった年の春、ついに医者から再び起《た》たずと宣告されてしまった。

楚雲はある日、

「遺言があるから――」

と云って、新三郎母子を枕元《まくらもと》へ呼んだ。

三

「津禰《つね》――」

「はい」

楚雲は眼を閉じたまま、

「儂《わし》はもう、余命幾許《いくばく》もない身だ、ついては、新三郎の身の上だが――」

「――」

「文、武、ともにもはやどこへ出しても恥ずかしからぬ人間、折をみて、岡山へ行け」

「――」

母親は黙して答えなかった。

「おまえの気持はよく分かるが、儂の死後、貯《たくわ》えもない境涯《きょうがい》でどうする、承知の通り慶安異変以来、浪人の仕官は全く望めぬ有様、これまでに仕上げた新三郎を、このまま陋巷《ろうこう》に朽ちさせるのはいかにも残念だ――そうは思わぬか」

「はい」

津禰はそっと袖《そで》を眼に当てた。

「新三！」

楚雲は新三郎の方を見た。

「は！」

「そち、父に会いとうないか」

「父――？」

新三郎は母から、かねて父は亡《な》き人と聞かされていたので、驚いて膝をすすめた。

「父は存命にござりますか」

「うん、今は岡山にござる、母に願って岡山へ行け、立派な成人ぶりを見せて、父子《おやこ》の名乗りをするがいい」

「母上、まことでござりますか」

「あい」

津禰は躊《ため》らいがちに頷いたばかり、楚雲は重ねて、

「津禰、これが儂の遺言じゃ、おまえの心尽しもさることながら、新三に生涯父を知らさぬは親の慈悲でないぞ、行け！」

「はい――」

「新三、これには種々と仔細があるのだ。事情を深く訊ねて母を苦しめるでないぞ、岡山へ参れば何事も相分かる――」

楚雲は云い終わると眼を閉じて黙した。

楚雲はそれから半年余り病んで死んだ。そしてその後始末を済ますと同時に、母子は江戸を立って岡山へ来たのである。

「それはそれは――」

話を聞き終わると、永松勘兵衛は何度も頷きながら、

「して、父御の御所在はお分かりになったか」

「は、それが――」

新三郎は俯《うつむ》向いて、

「江戸を立つ折には、岡山へ参ったら直《す》ぐにも父に会えるかと存じ、母もそのように申しておりましたが、当地へ来ましてからやがて三十日近くなりまするに、一向――母はその事を口にせず」

「ほう――」

「折々それとなく申し出てみますが、言葉を濁して、しばらく待てと云《い》うばかり――」

勘兵衛は頷いて、

「では父御の姓も御存じないのう」

「は！」

「なんぞ入り組んだ事情があるのであろう、平井と云うのは母御の姓かの」

「左様に聞いて居りまする」

「では――拙者も及ばずながら、それとなく心当りを探ってみると致そう、気を落とさず、精々母御の養生専一になされい」

「かたじけのう存じます」

その夜はそれで話を切った。

襖《ふすま》の蔭《かげ》で始終を聞いていた貞江は、あまりに津禰女の頑《かたくな》であるのが心外に思われて、

「江戸から、こんな遠くまで来られて、それで父親にも会わせぬなどと――」

独りそう呟くのだった。

「あんなにお立派に成人されたもの、さぞ父様もお悦《よろこ》びなされように」

と、自分の事のようにもどかしく考えられた。そしてある日、新三郎の留守の時、貞江は思い切って津禰に向かい、

「小母《おば》さま――」

と改まった調子で話しかけた。

「はい」

「こんな事を、わたくしが申しては、お怒りを受けるかも知れませぬが、新三郎様に――早く――」

母親は驚いたように眼をあげた。

「何か新三郎が申しましたか」

「はい、父が強ってお身の上をお伺い致しましたので、先夜――岡山へおいでなされた始終、お話しなされまして」

「まあ――」

「生まれてからひと眼も御存じない父様、さぞお会いなされたいことと存じます。小母様、差出がましいとお叱《しか》りなされず、どうぞ早く新三郎様にお会わせなされて――」

「それはもうわたくしも――」

津禰は辛《つら》そうに外向《そむ》きながら、

「どんなにか、会わせてやりたくわたくしも会いたく思いまするが」

あとは呟《つぶや》くような声だった。

「世の中には、切ない義理があって、ねえ」

四

その夜だ。

「新三郎！」

母に呼ばれて枕元へ坐《すわ》ると、

「おまえ、父上に、どうでも会いたいと、お思いか」

「は！」

新三郎はぎょっとして返事に詰まった。

「父上に会わせようといって、はるばるここまで来ていながら、いざとなって渋る母の心が、おまえにはさぞもどかしくあろう」

「いや、左様なことは」

「知っています、母はよく知っています、けれどねえ、新三郎」

「は――」

「わたしは考えに考えた末、やはりおまえを、父上にお会わせしたくないと思うのだよ」

「――――」

新三郎は俯向いた。

「二十三年、父の顔を知らずに育ってきたおまえ、ここまで来ていて、会うことが出来ぬといえば、さぞこの母を恨みにお思いであろうけれど――これには」

云いかけて、津禰は涙で声がつまった。

「これには、辛い辛い訳があるのだよ」

「母上！」

新三郎は顔をあげて、

「その仔細、お打明け下さいませぬか」

「――――」

「仔細さえお聞かせ下されば、母上のお気に召すよう、ただ今にでも当地を立退《たちの》きまする、どうぞその仔細を――」

「話しましょう」

津禰は身を起こして、

「あの包みを取っておくれ」

新三郎は、江戸から母が大切に持って来た荷包みを取った。津禰は包みを解くと、その中から別包みになっている物を取り出して、

「これを明けてごらん」

と差出した。

審《いぶか》りながら新三郎が明けて見ると、錦襴《きんらん》の袋に入った短刀、それに古びた一通の書面、見事な青磁の小さな香盒《こうごう》の三品が出てきた。

「これは——?」

「その品こそ、おまえが父の子である証拠の物——」

「して父上とは?」

津禰は膝《ひざ》を正して、

「当岡山の藩主、池田新太郎少将光政《みつまさ》公、あなたはその御嫡男《ごちゃくなん》です」

「——」

新三郎はくらくらと眩暈《めまい》を感じた。

「は、母上!」

と云ったが、しばらくはそれに継ぐべき言葉が無かった。津禰は静かに床を滑り下りると、短刀、墨附、香盒の三品を、新三郎の方へ押しすすめて、手を畳に下した。

「今日まで、母の無礼——赦《ゆる》して」

「母上、お手を、お手を!」

新三郎は慌《あわ》てて母を抱えるように、やさしく床の上へ戻すと、改めて墨附を手に取って披《ひら》いた。達筆な走り書で、

契《ちぎ》り候《そうろう》こと忘れ難く候腹の子のことその許《もと》の行末ともに必ず取計らう可《べ》く候
丁丑《ひのとうし》　新太郎

津禰おん許へ

と認《したた》めてある。篤《とく》と読んで巻戻すと、短刀を取って抜く。ひと眼で貞宗と知れる名剣、拵《こしら》え尋常に、蠟《ろ》色鞘《いろざや》のところどころへ、蝶《ちょう》の定紋がちらしてある。

「わたしは元、鳥取在の郷士、平井定右衛門《さだえもん》の娘、お城へ上がって殿様のお傍仕《そばづか》えを勤むるうち、ふとした機会《しお》で御寵愛《ごちょうあい》を受け、まもなくそなたを身籠《みご》りましたが、折も折——殿様には御縁談が起こって——」

津禰は苦しげに言葉を切った。

「お輿《こし》入れと定《きま》ったお方は歴々の家柄《いえがら》、田舎郷士の娘づれが、留《とど》まるはかえって殿様のお不為《ふため》と——覚悟をきめてある夜、この三品を殿様お形見と肌《はだ》につけ、そっとお城を脱《ぬ》け出しました」

「さぞ、お辛うござりましたろう——」

「そう思っておくれか」

「お察し申し上げまする」

新三郎は頭《こうべ》を垂れた。

「鳥取にいては追手もあろうかと、叔父を頼って江戸に出《い》で、佐賀町でそなたを出産、産んでみれば親の慈悲というか、一度殿様と父子の名乗りをおさせ申したいと、何度思ったか知れませぬ――けれど、間もなくお家にても政綱《まさつな》様御出生と聞きました、御世子のお生まれなさった以上、そなたが名乗って出れば泰平のお家に風波を立てる道理――」

「母上！」

新三郎は両手を下ろした。

「分かりました、もはや何事も仰《おお》せられまするな、わたくし父上に会いとうはございませぬ」

「新三郎！」

津禰の頰《ほお》をはらはらと涙がこぼれ落ちた。と――その時、厨《くりや》の暗がりから、不意に誰かの忍び泣きが聞こえて来た。

「誰だ――」

新三郎が振返ると、

「わたくしでございます」

袂《たもと》で面《おもて》を蔽《おお》いながら、貞江が崩れるようにそこへ、走って来てうち伏した。

「おお貞江どの」

「小母さま、わたくし――」

津禰はやさしく、

「お聴きなされましたか」

「はい――」

「では、どうぞかたく内密に、ねえ」

「はい、――必ず！」

貞江は袂の中で咽《むせ》びあげた。

五

その夜の精神感動が体にこたえたのであろう、母親は明くる日から病重って、枕《まくら》もあがらぬようになってしまった。

医者も手を拱《こまぬ》いて、

「体の精が尽きているので、これを恢復《かいふく》するが第一の手段でござろう、薬を盛ろうにもこの体となっては――」

と歎息《たんそく》した。

「精をつけると申して、何を――」

「この病には、最上を人蔘《にんじん》と致すが、高価でもあり、この土地にては容易に手に入り難く、先《ま》ず――野雁《のがん》の生《い》き胆《ぎも》などを差上げてみたなら」

といって帰った。

野雁の生き胆。これなら、幸い雁の渡る節ではあり、手に入らぬこともあるまい。そう思ったから、新三郎は早速永松勘兵衛から半弓《はんきゅう》を借りて来た。

篠竹《しのだけ》を寸詰りに切って、手製の矢十数本を作った新三郎、その日から雁を求めて家を出たが、仕合せよく東山裏で先ず一羽を獲た。

二日——三日、いずれも一羽ずつの獲物があって、医者の教える通り生き胆をぬき、半日蔭に風晒《かざさら》しして母に与えたが、気のせいか具合が良い容子だった。

「これはしめた」

と医者も云い、母も悦ぶので、新三郎は力を得てせっせと狩りを続けたが、七日めの夕刻のこと——。例によって東山を裏へぬけ、比古沢《ひこさわ》の附近を狩り廻《まわ》ったが、雁の姿が見えない、沢を越して沼口がかりへ来ると、枯れかかった蘆《あし》の中に、五六羽雁の戯《たわむ》れているのをみつけた。

内臓を傷つけてはならぬ、頭を射るが法である、忍び寄って矢頃《やごろ》をはかった。

ひゅっ！

ぎゃぎゃあ、ぎゃあ！　けたたましく叫びながら、ぱっと立つ雁、そのうちの一羽は、三間ばかり水の上を飛んだが、直ぐに蘆の中へ落ちた。近寄って拾うと、頸《くび》を射抜いている矢を引抜いて、腰の縄《なわ》に括《くく》りつけ、立去ろうとすると向こうから、足軽体の男が二人、何か大声に叫びながら駈《か》けつけて来た。一人は鉄砲を持っている——。

「待て！」

先頭にいるのが声をかけた。

「拙者でござるか」

新三郎が云うと、髭面《ひげづら》を憎々しくひき歪《ゆが》めながら、

「馬鹿者《ばかもの》！　ここをどこだと思う」

喚《わめ》いた。

「どこと申して――？」

「貴様、こんな場所で雁を射たりして、ここは、恐れ多くもお止場《とめば》だぞ」

「お止場？」

「不埒《ふらち》な奴、番所へ参れ！」

「来い！」

鉄砲を持ったのも呶鳴《どな》った。

「お止場で禁制を犯せば、死罪と定っているのだ、来い！」

新三郎は知らなかった。

「それは不念《ぶねん》でござった、参りましょう」

「弓を寄来《よこ》せ！」

手を出して半弓を摑《つか》む。

「無礼な、参ると申しておるに」

「手向かい致すか」

「放されい！」

新三郎は、あまりに傍若無人な、番人の態度にむっとして、弓を摑んでいる奴《やっ》の手を捻《ね》じ上げながら、

「お止場と存ぜず、禁制を犯したればこそおとなしく参ると申しておるではないか、弓は武士の表道具、猥《みだ》りに貴殿方へお渡し申す訳には参らぬ！」

「定めだ、出さぬか！」

鉄砲を持ったのが、

「うぬ！　これでも――？」

と筒口を向けた。あまりの無礼、嚇《かっ》として、

「無法な！」

新三郎は右足をひくと、威《おど》しのつもりで、抜討ちに鉄砲を持ったのへ空打《からうち》を入れた。

「あ！」

「狼藉者《ろうぜきもの》！」

二三間とび退《の》いて、血迷ったか火縄を引出す、刹那《せつな》！　新三郎踏込みざま、肩を胸まで斬下《きりお》ろした。と見て一人は、刀を抜いたまま四五間さがったが、踵《きびす》をかえすと、

「えい！」

そのままいっさんに逃げて行ってしまった。

新三郎は刀を押拭《おしぬぐ》って鞘に収めると、静かに番所の方へ歩きだした。

六

貞江は上ずった声で、

「小母さま！」

と叫ぶと、津禰の枕元へ走るように近寄って来て、

「え、新三郎様が、大変なことになりました」

「え、新三郎が何か」

「はい」

貞江は息をついて、

「お止場で雁を射落としなされたうえ、咎《とが》めに出たお鳥見《とりみ》を一人、お斬りなされて」

「え？」

「そのまま番所へ自首をされました」

「そして、――」

「番所からお目附へ廻され、ひと通りお調べのうえ牢《ろう》へ」

「ああ！」

津禰は、唇《くちびる》を嚙《か》んで、

「わたしゆえに、とんだ事が――」

と呻《うめ》くように云《い》う。

「小母さま」

貞江が労《いた》わるように肩へ手をかける、津禰は、空虚《うつろ》な眼《め》を振向けながら、

「して、お止場の禁制を犯した罪は？」

「掟《おきて》には死罪と――」

「死罪――新三郎が――」

さっと津禰の顔から血の気が失《う》せた。

「小母さま！」

貞江は励ますように、

「しっかり遊ばして」

「新三郎が――新三郎が、死罪！」

「でも――」

貞江が低く、

「お助け申すてだてはございます」

「え――？」

津禰は身を起こそうとして、

「助ける手段《てだて》が」

「はい、小母さま」

貞江は膝をすすめた。

「それは、新三郎様のお身の上を届け出るのでございます」

「――――」

「証拠の品を添えて願い出れば、お上のお血統《ちすじ》、万一にも死罪などになる気遣いはございますまい」

「それは、それは――」

津禰は放心したように、宙を瞶《みつ》めながら、呟《つぶや》いたが、やがて強く頭を振ると、

「いけませぬ、そればかりは」

「でも、そうするほかに新三郎様をお助け申す法はございませぬ!」

「ああ!」

津禰は面を蔽って、

「たとえ、新三郎が死罪になりましょうとも、そればかりは、出来ませぬ!」

「小母さま!」

「いいえ、いいえ!」

津禰は強く云った。

「こうなるのも母子《おやこ》の不運、あれ一人の命を助けるために、岡山三十万石のお家に傷がついてはなりませぬ、もう二度と云って下さいますな」

「――――」

貞江は茫然《ぼうぜん》と口を閉じた。

「さぞ、無情な母とお憎しみなされましょうが、新三郎とて——証拠の品を楯《たて》に、命を助かって本望とは思いますまい。なまじお血統を申し立てて、殿のお心を乱そうより、掟通り潔《いさぎよ》く御処罰を受けるが——」

そうまで云ったが、さすがに病で弱っている気力、あとはせきあげて来る涙で、言葉が続かなかった。

力を落とさぬよう、くれぐれも慰めておいて家へ帰った貞江。どう考えても——このまま黙って新三郎を殺す気になれなかった。固く固く口外を禁じられている事だが、こうなる上は——と心に決して、

「父上！」

と勘兵衛の前へ出た。

「新三郎様、お身の上について申し上げたいことがございます」

「うん、云うてみい」

「小母さまには、決して他人にはもらさぬよう、きつく云われておりましたので、今日までは父上にも申し上げませんでしたけれど、大事の場合、ほかに思案がござりませぬゆえお打明けいたします」

勘兵衛が審《いぶか》しげに見る眼、

「実は、新三郎様は、お上の——御嫡男《ごちゃくなん》でいらせられます」

「なに、お上の——なんじゃと」

「少将様御嫡男でござります！」

「ばかめ、何を血迷って」

「いいえ、お聞き下さりませ――」

貞江は膝を進めて、先日からの仔細《しさい》を残らず語った。

勘兵衛は仰天して、

「うむ――まことか」

「証拠の三品、たしかに相違ございませぬ」

「よく打明けた」

勘兵衛は頷《うなず》いた。

「鳥取御在国の折、お傍仕《そばづか》えにさる女性ありとは父も聞いていたが――なるほど、新三郎殿の人品、凡下の者ならずと思うたよ」

「それで、どうしたなら――」

「うむ」

勘兵衛唇を噛んで、

「津禰女の心遣い、新三郎殿を助けるためにお家を騒がせとうないという覚悟、さすがにあっぱれ、無下に破るも心無い業だ。幸いお止場の断罪はお上の直裁ゆえ、万一の折には父がなんとか致すとしよう」

「そうして下されば――」

「確《しか》とひきうけた、今宵《こよい》は津禰女の許《もと》に行って寝るがよい、心丈夫に居《お》られいと、くれぐれも労わってのう」

貞江は直《す》ぐに平井の家へ引返した。

七

横目附白洲《しらす》には、新三郎が端坐《たんざ》していた。上座には池田光政、左右には国老、正面近くに横目附池田但馬が坐し、永松勘兵衛は書き役と並んで末席にいた。

光政は、さっきから新三郎の顔をみつめていた。

(どこかで見たような若者だが)

という考えが頭を離れないのだ。

但馬の訊問《じんもん》には、悪びれたさまもなく、はきはきと答えていた。お止場の雁を射落とした事実、鳥見の足軽を一人斬った事実、番所へ自首して出た事実。

「相違ないな!」

但馬が書き役の調書を改めて読み上げると、

「始終、たしかに相違ございませぬ」

はっきりと答えた。

頷いて但馬が座を滑り、

「お上、直々のお裁きであるぞ!」

と云った。

新三郎は眼を挙げて光政を見た、これが父だ――。二十三年の間に現《うつつ》に、片時も忘れることの出来なかった父だ。新三郎の胸へ熱いものがこみあげて来た、眼が茫となった、唇が顫《ふる》えた。

（取乱してはならぬ！）

と思いながら、両手を下ろして心の内に、

（父上、お懐《なつか》しゅうございます）

そう云いつつ平伏した。

「平井新三郎と云うか、面《おもて》を上げい」

澄んだ、温かい声だった。

「止場の禁を犯せば死罪たること、存じおるか」

「番所にて承知仕《つかまつ》りました」

「それまでは知らなんだと申すのだな」

「は！」

「知らずとも禁を犯した罪は免《まぬが》れぬぞ」

新三郎は色も変えず、

「勿論《もちろん》、掟通りのお咎め、悦《よろこ》んで御処刑を受けまする覚悟！」

光政は頷いて、

「武士《もののふ》らしき申し分だ、しかし——何故《なにゆえ》その折鳥見の者を斬ったか」

「は！」

新三郎は顔を挙げて、

「禁を犯したる罪、重々申訳ございませぬが、その折番人衆両名、一人は鉄砲を持ってわたくしに迫り、理不尽に弓へ手をかけて取上げようと仕りました」

光政は頷いた。

「猟具を召上げるは、お止場番所の定めと申しまするが、百姓猟夫なら知らず、武士が表道具とする弓、鉄砲で威されて渡したとあっては、わたくし一人ならず武道の恥辱でございまする！」

光政は再び頷いた。

勘兵衛は末席に、袴《はかま》の襞《ひだ》をわし摑《づか》みにして聞いている。

「わたくしはいずれ死罪と定《きま》っておりまする体、せめて武道だけは全うしたく、右の意趣を申し聞けましたるに、番人はどうでも弓を取上げると申し、一人は火縄《ひなわ》を引出して発砲せんず有様ゆえ——致し方なく斬棄《きりす》ててございます」

光政の唇に微笑が現れた。

国老はじめ、横目役いずれも、新三郎の言葉に胸をうたれて、自然と頭のさがる気がし始めた。

「いま一つ訊《たず》ねるが」

光政が改めて、

「止場《とめば》の雁《がん》を射たのは何のためであるか」

「は！」

新三郎はそう云われると、病床の母を、自分が死罪に行なわれたのち、身寄り頼りの無い、母の行末を思って、暗然と声をしめらせた。

「わたくしに母がござります、これが永の患《わずら》いにて、医者の申すには高麗人蔘《こうらいにんじん》か、野雁の生《い》き胆《ぎも》を試みるほかになしとの事、浪々の身の貧窮に、なかなか人蔘など思いもよらず、詮方《せんかた》なく、野雁を狩って養生致させておりました」

「遺《のこ》るは、母一人か？」

「は──」

「父は、どうした」

「──────」

新三郎は平伏した。父上はそこに！　そう叫びたかった。一言でいい、死罪の前に──新三郎と呼んで貰《もら》えたら──。

「どうした」

光政が再び訊《き》いた。新三郎はしどろもどろな言葉で、

「すでに、し、死去、仕りました」

と答えたまま、はらはらと落涙した。

八

光政はしばらく何か思案していたが、

「皆の者も聞け」

とかたちを改めて云った。

「平井新三郎と申す者、止場を犯したる罪は掟に触れるが、初めよりこれを知らず、しかも身を殺して武道を守ったる覚悟、武士として見上げた振舞いだ。止場を犯したるも、もとこれ母に孝養を尽くさんためであるという。考うるに止場の掟こそ過酷であったのだ、直ちに掟表の死罪という条目を削り、適当の罰則を研究するがよい——平井新三郎は無罪、構い無し！」

白洲は一瞬水を打ったように沈黙した。

新三郎はそこへ平伏したまま、しばらくは茫然として、考うるところを知らなかった。

「誰ぞ異存があるかの」

光政が振向くと、

「毛頭！」

と国老池田出羽守《でわのかみ》が手を下ろして、

「御明断、憚《はばか》りながらわたくし共、有難く有難く御礼申し上げまする」

「うん！」

光政は頷くと、

「ではこれまで」

と云《い》って立上がった。

光政が渡り廊下を、本殿の方へ歩いていると、庭先から、

「申し上げまする」

と云う声がした。

足を止めて見ると、永松勘兵衛がそこに平伏していた。お傍侍達が、

「無礼者――」

と咎《とが》めるのを制した光政、

「何じゃ」

「目附方仕置役、永松勘兵衛申し上げまする。他聞を憚りまする儀ゆえ――」

「人払いをせいと云うか」

「は」

光政は傍侍を遠ざけた。

「申してみい」

勘兵衛はひと膝這《ひざは》って、

「今日、お裁きあらせられました若者、平井新三郎殿の事につき。かつて、鳥取御在城の折の事を――御思い出し下されたく」

「鳥取在城の時——?」

「は、お傍仕えの女性に、平井津禰と申されたるが居りましたはず」

「津禰——おお」

光政の眼《め》がにわかに輝いた。

「お裁き遊ばされた若者こそ、津禰女の腹より御出生の若者——」

「なに」

光政はくらくらとなった。

「お差遣わしなされました、貞宗の短刀、青磁の香盒《こうごう》、お墨附の三品、たしかにそれと申し上げまするより、動かぬ証拠は」

勘兵衛、暗然として、

「新三郎殿一人のお命を助け申すため、岡山三十万石のお家に騒動を起こしては心外と、証拠の品々を持ちながら、新三郎殿を見殺しになさる津禰女の覚悟、また現にお上のお裁きを受け、死罪の掟《おきて》を申し聞かされながら、一言も身の上を口外せぬ新三郎殿の覚悟——これこそ何よりの証拠と存じまする」

「勘兵衛」

光政が率然と叫んだ。

「案内せい、津禰に会うぞ」

一刻(ひととき)ののち——。

新三郎が、母親と手を取合って、貞江をそばに無事の始末を語っていた時。勘兵衛が表口から、駈込《かけこ》んで来て、

「お上がお渡りじゃ」

と知らせた。

はっとして新三郎が座を立つ、出迎えに出る間もない、忍びの姿で、光政が、つかつかとそこへあがって来た。見るより、

「上さま！」

津禰が、叫んだ。

「津禰か――」

光政はそこに立ったままじっと津禰の病み衰えた顔をみつめた。津禰も狂おしい眸子《ひとみ》で、燎《や》けつくように光政を見上げたが、溢《あふ》れ出る涙を抑えかねて、枕《まくら》の上へ俯伏《うつぶ》してしまった。

光政はやがてそこへ坐《すわ》ると、

「泣くでない、津禰」

と云って、肩へ手を置いた。

「もはや何も云わぬぞ、そなたの心遣い、みな勘兵衛から聞いた。女手ひとつ――よく立派にこうまで育てあげたの。今日は新三め、岡山藩中にあっぱれ武士の覚悟を吐きおったぞ、褒《ほ》めてやれ」

「は、はい」

「満足じゃ、満足じゃ」

光政の頰《ほお》にも、温かいものが流れていた。

勘兵衛も、貞江も、そこへうち伏して、声を忍びつつ泣いた。

光政は見舞いの金品を置いて間もなく帰城した。そして、二三日経て、再び訪ねたが、その時はもはや、母子《おやこ》はそこにいなかった。

勘兵衛は、

「わたくしも、とんと行衛《ゆくえ》を存じませぬ」

と答えたばかり。貞江の姿が見えぬので、それを糺《ただ》すと、にこにこ笑いながら、

「新三郎殿が、掠《さら》って——」

と答えた。

「良い嫁になろう」

光政もそう云って笑った。そして、もし消息が知れたら渡してやれと云って、多額の金子を置いて帰って行った。そののち不知《しらず》。


（「キング」昭和八年八月号）

悪《あく》伝《でん》七《しち》

一

「谷屋《たにや》氏、一本参ろう」

道具を脱《と》ろうとしていた谷屋伝七は、そう声をかけられて振返った。

「いざ——」

と寄って来たのは市島三千馬《いちじまみちま》である、誰か他の者とならよいが三千馬ではしようがない。

「いやもう疲れた、今日は止《や》めだ」

「意気地のないことを云《い》うな、五本や六本の稽古《けいこ》で疲れるやつがあるか、さあ参ろう」

「明日にしてくれ、何しろ……」

「ぐずぐず云わずに来いよ」

三千馬は寄って来て面垂《めんだれ》をぐいと引いた。

「よせ、痛いではないか」

「痛かったら仇《かたき》を取る気で来い、そんな弱いことでは藤緒《ふじお》どのの婿《むこ》にはなれぬぞ」

「な、何をばかな……」

伝七は思わず顔を赧《あか》くした。藤緒というのはその道場の主《あるじ》大貫太兵衛《おおぬきたへえ》の一人娘で、かねてから伝七が心ひそかに想《おも》い焦《こが》れている相手であった。

「元気を出せ、ゆくぞ!」

三千馬はとび退《しさ》って竹刀《しない》を構えた、しかし伝七は慌《あわ》てて面を脱ぎ、

「いやだ、今日はどうしても御免だ」

「おい谷屋卑怯《ひきょう》だぞ」

「稽古ではないか、やれやれ」

居合せた連中が面白そうに囃《はや》したてるので、伝七はこそこそ隅《すみ》のほうへ引込み、手早く道具を脱ってしまった。

「ちぇっ、しようのない……」

三千馬は美しい眉《まゆ》を顰《しか》めて舌打をした、「それでは何のために道場へ来るのか分らないではないか、いったい貴公は自分の名札がどの辺をうろついているか知っているのか、――少しは恥しいということを知るがよい」

しかし伝七は聞えないふりをして道具を片付けると、みんなの罵《ののし》り嗤《わら》う声をうしろに、まるで逃げるように道場からとび出した。

「なんだ三千馬の野郎、みんなの前で藤緒さんのことなど云やあがって、自分がちょっとばかりできるもんだから威張っていやがる、――へん豆腐の化物め！」

外へ出るといまいましそうに唾《つば》をした。

実に生れあわせほど悲しいものはない、伝七は幼い頃《ころ》から学問もできず、武芸も何ひとつ上達しなかった。顔の色は黒いし、体つきは不恰好《ぶかっこう》だしおまけに口下手ときている。――家《いえ》柄《がら》は代々の老職で八白石余り、二男坊《じなんぼう》だが才能さえあれば出世の途《みち》に不足はない、それなの

にてんでその才能に恵まれていないのだ。

それに反して三千馬はどうだ、彼はまた家中まれにみる才物である、学問では藩校の首席を通したし、武芸では大貫道場で十九歳から代稽古を許され、現にまだ二十五歳の若年ながら国表金穀元締方勤めという、出頭の役に擢《ぬきん》でられている。家は徒士《かち》で百五十石足らずの小身だが、三千馬の将来はすでに輝かしく約束されている。しかも――なおそのうえに、色白くて眉目秀《びもくしゅう》で、まるで歌舞伎役者《かぶきやくしゃ》のように美男なのだ、家中の娘たちや城下の女どもまで、三千馬の通る姿をみつけると胸をときめかせながら秋波を送るという、すばらしい人気をもっていた。

「とても三千馬には敵《かな》わない」

伝七は幼い頃からそう諦《あきら》めていたのである。――なにしろ子供の時分から、相手は遊び仲間の牛耳をとるほうだし、彼はいつも、

「なんだ、谷屋の木偶《でく》の坊《ぼう》か」

という扱いを受けていた。父親や兄の伝市郎《でんいちろう》でさえ、ことごとに白い眼《め》をして、

「何をうろうろ致しおる、白痴者《たわけもの》め」

「谷屋家の面汚《つらよご》しだぞ伝七」

などと呶鳴《どな》りつけるばかりだった。

非凡な人物なら知らぬこと、こんな境涯《きょうがい》にあっては普通の者ではたいていくさる――、始めのうちこそなにくそと負けぬ気を起してもみたが、持って生れた無能が自分にも分ってく

ると、やがてはそれも馬鹿《ばか》げてきて、

――まあいいや、どうにでもなれ。

と観念してしまうようになっていった。

ところが、その悲しき諦めのなかに、まったく思いがけぬ渦《うず》が巻起ったのである、――それは恋であった。伝七は大貫道場の娘藤緒に、命までもと心を焦し始めたのであった。

伝七は苦しんだ。

「……おれのような木偶の坊が、いくら恋焦れたところでしょせん想いの適《かな》うことはあるまい、思い切らなくてはならぬ」

何度そう思ったか知れない。しかし恋の力ほど不思議なものはなかった、諦めようとすればするほど、夢に現《うつつ》に藤緒の姿がちらついて離れず、騒ぎたつ血はどう抑えようもないのだ。

――久しく覗《のぞ》きもしなかった道場へ、近頃また伝七が通い始めたのも、じつはその恋が惹《ひ》き寄せるのであった。

「伝さん、谷屋の伝さん」

呼ばれて振返ると、忠太郎《ちゅうたろう》である。

「忠公か」

「久しく鼬《いたち》の道じゃあねえか」

「いま訪ねようと思っていたところだ」

「そうか、そりゃあちょうどよかった」

忠太郎はもと呉服町の唐物屋の伜《せがれ》で、伝七や三千馬とは幼い頃の喧嘩《けんか》友達《ともだち》であった。——その後身を持崩して無頼《やくざ》の仲間に入ったが、いまだに三下奴《さんしたやっこ》で、これも伝七と同様いつまでも梲《うだつ》の上らぬ男である。けれど……伝七にとってはまたとない友達で、冷い世間にこの男だけは伝七の気持をよく知っていてくれた。悲しみにつけ、腹の底を割って話のできるただ一人の相手である。

お大工町の裏に長屋の一軒を借りて、忠太郎は荒涼たる独り暮しをしていた。——埃《ほこり》だらけのひと間へ、遠慮いらずにあがりこんでどっかり坐《すわ》った伝七、

「ああ——」

と刀を投出して、

「ここへ来ると骨まで伸びるぜ」

肩をゆすりながら、言葉までが急に楽々となった。

「伝さんが来るだろうと思って、良い酒をもらったのを取っておいた、やはりおらあおめえと呑《の》む酒でなけりゃあ旨《うま》くねえ」

「そいつはありがたいな、じつは相談があって来たんだが、素面《しらふ》じゃあ云いにくいことなんでちょうどいい、一杯御馳走《ごちそう》になってからにしよう」

「素面で云いにくいたあ……女出入か？」

「馬鹿な、まあいいや、後でゆっくり話すから——手伝おうか？」

「お客は黙って見ていねえよ」

忠太郎が手まめに動いて、間もなく塗の剝《は》げた八寸の膳《ぜん》を据《す》え、焼いた干物を肴《さかな》に、盃《さかずき》の取《と》り遣《や》りを始めた。

「伝さん、おめえこの頃三千馬に会うか」

「三千馬？――うん、会うどころか、たった今ひどいめにあってきたところだ」

「あいつぁおめえ大したやつだぜ」

「――どうして」

「こないだある筋からばれてきたんだが、ひでえ御乱行なんだ、茶屋の女を手馴《てな》ずけたり芸者とできたり、それからおめえ後家さんをひっかけたり、まるで――」

「忠公、そりゃあ蔭口《かげぐち》というもんだ、蔭口はいけねえぞ蔭口は」

「だって証拠があるんだぜ」

忠太郎は酒を呷《あお》って、

「きゃつだっておめえ、昔ゃあ棒千切を持って喧嘩した仲間だ、厭《いや》な噂《うわさ》が立ちゃあ心配もすらあな――ところがあの三千馬ときたら、この頃ぁ途中で会ってもこの蟲螻蛄《むしけら》がってな面ぁしやがる」

「若手の出世頭だ、しようがねえさ」

「その出世頭が怪しいものよ、綺麗《きれい》な顔はしているが、ひと皮剝げばどんなばろが出るか知れたものじゃあねえ、何しろ御勤役のお手当ぐれえであんな真似《まね》ができるはずあねえ」

金穀元締方を勤める者は、御用商人たちと酒席をともにするのも仕事のひとつで、あえて珍しいことではなかったし、美男で知られた三千馬がそのあいだに多くの女たちと馴染《なじみ》を作ったとしても、また人間としてやむを得ないことではあるまいか。——反感はもちながら、三千馬の偉才に心から敬服していた伝七は、そんな悪評さえ三千馬の偉さを裏書きするかに思えるのであった。

「おらあ昔っからあの野郎が気に喰《く》わなかった。あいつにゃひとつとして正真正銘というところがねえ」

「また十八番《おはこ》か」

正真正銘は忠太郎の口癖である。

「頭から足の爪尖《つまさき》まで才気の固りで、どこを叩《たた》いても本音というものが出ねえ、こいつぁ人間が真当でねえ証拠だぜ、——三千馬の野郎きっと賄賂《まいない》でも取込んでいるに違えねえ、おいらあそう睨《にら》んでるんだ」

「そんな馬鹿なこと云うものじゃあねえ、癪《しゃく》なやつだが三千馬は家中随一の利《き》け者《もの》だ、出る杭《くい》は打たれると云って、世間の噂なんざあ何を云うか知れたものじゃあねえ——まあいいや、三千馬の話なんざあよしにしよう」

「おっとそれで思出した、おめえ何か相談があるって云ってたじゃあねえか、何だ」

「うん……」

伝七はひょいと眼を外《そ》らして、

「まあ、もう少し酔おう」

二

「笑わずに聞いてくれ、じつはなあ——、おいらあ女に迷っちまったんだ」

酔いが出て、すっかり楽になった気持で伝七は切出した。

「伝さんだって男だ、女に迷ったからってべつに不思議じゃあねえ」

「だが相手によらあ」

「誰だい——相手ってえのは」

「笑っちゃあいけねえぜ」

「友達の相談を聞いて笑うやつがあるかい」

「じゃ云うが、大貫道場の娘だ」

忠太郎は思わず唾をのんで唸《うな》った。——大貫道場の藤緒といえば弓町きって評判の美人、いやこの城下で何人と指に折られる娘だ。

「おいらあ諦めようとしてずいぶん苦しんだ、分るだろう忠公——無芸鈍才のおいらが、選《よ》りに選ってあの娘に惚《ほ》れるなんて、人が聞いたら好《い》いお笑種《わらいぐさ》だろう、けれどもおいらにとっては命懸けなんだ、どうしても忘れることができねえ、苦しいんだ、辛《つら》いんだ……」

「——おめえ」

と云ったが、忠太郎はぐっと言葉をのんだ、世間広しといえども、いま伝七の苦しい気持を、本当に察してやれる者は忠太郎一人だ。

「よく打明けてくれた、伝さん」

忠太郎は鼻頭をこすって、「男が惚れるならそこまでいかなくちゃあ嘘《うそ》だ、おいらあ気に入ったぜ」

「諦めろと云ってくれ」

「ばかな、男が性根から惚れた、これこそ正真正銘、男の本音だ。立派なものだぜ伝さん、かまわねえから当ってみねえな」

「——どうしろって？」

「親爺《おやじ》に当るんだ、大貫太兵衛に直談判《じかだんぱん》をやらかすんだ、何の遠慮があるものか、おめえは御二男でも榊原《さかきばら》家御老職の御子息様、相手はたかが町道場の娘じゃあねえか、度胸をきめてぶつかってみねえな」

「忠公……それを本気で云ってくれるか」

「おいらあおめえの友達だぜ」

伝七はじっと相手の顔をみつめていたが、やがてこくりと頷《うなず》いた。

「じつはおいらもそうしようかと思っていたんだ、けれども自分独りじゃ踏切がつかねえから、おめえの意見を聞きに来たんだ、——どっちにしてもこのまま苦しんでいるより、駄目《だめ》なら駄目とはっきりさせてえのよ」

「始めから駄目ときめるやつがあるものか、男は度胸だ、必ずうんと云わせる気で堂々とやってみねえ、後にゃあ忠太郎が控えている」

「よし、おらあきっとやってみせるぜ」

伝七は元気に膝《ひざ》を叩いて云った。

そう心をきめてみると、何だか急に運がひらけてきそうに思えた。忠太郎と別れて家へ帰ると、父や兄の眼を避けてそっと自分の部屋へ入り、蒲団《ふとん》を頭から引被《ひっかぶ》ってその夜は寝たが、――さてどういうふうに太兵衛へ持込んだらよいか、かれこれと考えるうちに四五日経《た》った。

「こいつはいけない、こんなことをしているとまたずるずるべったりになってしまうぞ、――男は度胸だ、玉砕の覚悟でやっつけよう」

一世一代の度胸をきめたが、ちょうど大貫道場の稽古休みの日であった。油を固めにつけて髪を結直し、風呂《ふろ》で体を丹念に磨《みが》きあげ、少しでも男ぶりをあげようと骨を折ったが――嗤うやつは嗤え、彼はできるなら眉をひき白粉《おしろい》を塗りたいとさえ思ったくらいである――が、やはり蛙《かえる》は蛙であった。伝七は鏡をほうり出して嘆息しながら、しかし晴着を取出して着ると、そっと裏手から家をぬけ出して行った。

太兵衛は幸い在宅であった。――客間へ通されてしばらく待つあいだ、

「さあ、いよいよのるか反るかだ、肚《はら》を据えて堂々とやるんだぞ、伝七！」

と自分を唆《け》しかけていたが、やがて太兵衛が出て来ると、いっぺんにその度胸がけし飛んで胴顫《どうぶる》いがし始めた。

「お待たせ申した、何ぞ御用かの」

門弟のなかで愚物の親玉、太兵衛にとってはあってもなくてもよい男だが、老職の伜だけに扱いは鄭重《ていちょう》である。

「は、その、突然参上仕《つかまつ》って、さぞ御迷惑のことと存じますが」

「どんな御用でござるか」

「いや、それがその、——あれでござる」

腋《わき》の下《した》へ汗が滲出《しみで》てきた。

「何でござるか」

「その、思切って申上げますが、まったくなんでありまして、ことによるとお叱《しか》りを蒙《こうむ》るかも知れませぬが、拙者……その決して、決して酔興や冗談で申上げるのではありませんので、幾重にもそれだけはお含みを願いまする」

「何やら少しも分りませんが、いったい御用は何でござるか」

「じつは——」

一時に顔へかっと血がのぼる、伝七は慄《ふる》えながら云《い》った。

「じつは、その縁談でござる」

「はあ——縁談？」

「御息女藤緒どのを嫁にいただきたいと存じて」

「どなたの嫁に？——」

「む、無論、せ、拙者でござる——」

「お手前が?」

太兵衛は危く失笑《ふきだ》しそうになった。

意外と云って、ちょっとこのくらい意外なことはない。――色の黒い眉《まゆ》の薄い、とぼけたような顔を一所懸命に尖《と》がらせて、胴顫いをしながら力んでいるようすを見ると、怒るより呆《あき》れるよりまずおかしさが先になって、それを我慢するのに骨が折れる始末であった。

「いかが、いかがでございましょうか」

「――さよう」

太兵衛はようやく顔をあげた。

「思召《おぼしめ》しはかたじけないが、何しろ思いのほかのことで、いまここで即答はなり兼ねる、当方にもちょっと存じよりがござるから両三日お待ちください、改めて御挨拶《ごあいさつ》を申上げましょう」

「さようでござるか、何分とも、その」

「心得てござる、かならず延引は致さぬから」

「よろしく、万事その、ぜひ」

「さらば今日はこれにて」

太兵衛は追い立てるように座を起《た》った。

道場を辞した伝七は冷汗を拭《ふ》きながら、それでも心は浮き浮きとしていた、頭から笑殺されるかも知れぬと思っていたのに、両三日考えて返辞をするという挨拶である。

「なるほどものは当って砕けろというが、玉砕の覚悟でやるとたいていのことはうまくゆくものだ、太兵衛老人め眼《め》を白黒させていたが……何しろこっちは度胸をきめているんだ、へ！　何と云ってくるか」

もう半分はこっちのものだという気がした。

ところで、その翌日の宵《よい》であった、夕食のあとで自分の部屋にいると、兄の伝市郎がやって来て、

「父上のお召しだ、参れ」

と云う、——見るとひどく不機嫌《ふきげん》な顔だ、また小言かとうんざりしながら、兄に跟《つ》いて父の居間へ行くと、敷居を内へ入るが否《いな》や、

「この白痴者《たわけもの》——！」

と伝左衛門《でんざえもん》が呶鳴《どな》りつけた。

「きさまの馬鹿《ばか》は知れているが、これほど底ぬけとは知らなかったぞ、だいたいきさまは儂《わし》を何者だと思っているか、谷屋の家は御当家の宗祖 将監秀光《しょうげんひでみつ》公以来の重臣、代々老職を勤める由緒《ゆいしょ》ある家柄《いえがら》だぞ、それをきさま」

伝左衛門はぶるぶる顫える手で、小机にあった手紙を取るなりばさっと伝七の顔へ叩きつけた。

「なんだこのざまは、谷屋の家名へ泥《どろ》を塗る白痴者め、読んでみろ！」

「は――」

叱られるのは慣れている、馬鹿でも白痴でも平気だが、――叩きつけられた手紙を見ると、さすがの伝七もあっと驚かされた。それは大貫太兵衛から来たもので、

「――前略、……御子息伝七殿よりの御求婚、かたじけなく存じ候《そうら》えども、すでに御同藩市島三千馬殿よりも娘御所望の御申込《おもうしこみ》これ有 候《そうろう》。よって種々勘考仕り候結果、武をもって本分とする愚老の娘なれば、御子息伝七殿と三千馬殿と撃剣の仕合を願い、勝ちたるほうへ藤緒を差上ぐることと決定仕り候、よって当日より中三日おいて十月七日、拙者道場において御両所の仕合を催すべくその趣意はすでに市島殿へも……」

そこまで読むと、伝七は恥しさと口惜《くや》しさと驚きと落胆がごっちゃになって、思わず手紙を取落した。

「二十五歳になって勤役もなく父や兄の脛《すね》を齧《かじ》っている分際で、どこを押せば嫁を欲しいなどと云えるか。それもよし、ぜひとも欲しい嫁ならもらってやらぬではない、それならそれとなぜ頼まぬのだ、――谷屋伝左衛門の子ともある者が町道場へ出掛け、自分の口から嫁の話をするなんど、恥《はじ》を知らぬにもほどがある、この大馬鹿者、うつけ者め！」

「ま、――しばらく」

兄の伝市郎が父を制した、

「伝七、父上のお怒りもさることだが、その手紙にある市島三千馬との勝負、そのほうどう思うか、云うてみい」

「……どうと云ってその、べつに」

「父上に対して不始末のお詫《わび》は後のことだ、当面の問題はその勝負、そのほうが勝てばよし、万一にも負けるようなことがあったら、——家中への面目、谷屋家の名聞にかけてそのままにはおかれぬぞ」

「そのままにおかぬと云って……どう——?」

「馬鹿者!」

伝左衛門が喚《わめ》いた。

「訊《き》き返すやつがあるか、負ければ詰腹じゃ白痴め、こんな耻さらしな真似をしたうえ、なおまた三千馬に負けてのめのめ生きていられるか」

「今度は兄も執成《とりなし》をせぬ、もし敗れたら切腹をさせるからその覚悟でおれ」

伝七は思わず身顫いをした。

なんという皮肉な運命であろう、人もあろうに市島三千馬が恋敵《こいがたき》で、その上に剣術の勝負でことを決めようとは、——

「まさか、まさか三千馬が張合っていようとは思わなかった、それならそうと早く分っていれば、あんな馬鹿なことはしなかったのに、勝てばよしと云ったって三千馬に勝てる道理がないじゃないか」

負ければ切腹だという、——なにしろ家名だの面目だのというと、人間の一人や二人殺すのは屁《へ》とも思っていない連中だ、どうやらいつもの威《おど》しでは済まぬらしい。

「弱ったぞ――」

伝七は蒼《あお》くなって部屋へ帰った。

三

「おい、忠公……忠公」

しみるように風の冷える晩秋の夜半、お大工町の忠太郎の家の表を、伝七が忍びやかに叩いていた。

「――誰だ」

「おいらだ、伝七だ、明けてくれ」

忠太郎がとび起きて来た。戸を明けると、冴《さ》えた星空の下に顫えながら立っていた伝七が、怯《おび》えたように中へとび込んで来た。

「ど、どうしたんだ伝さん」

「いいから早くあとを閉めてくれ、――誰か後を跟けて来たやつぁねえか」

忠太郎は首を出して覗《のぞ》いたが、更《ふ》けた裏街はひっそりと寝鎮《ねしず》って、犬の仔《こ》一匹見えなかった。

「どうしたんだい、こりゃあ」

戸を閉めて、行灯《あんどん》へ灯《ひ》を入れた忠太郎が、寝床を片隅《かたすみ》へ押しやって坐《すわ》った。

「おめえ死人みてえな顔だぜ」

「家をとび出して来たんだ」

「とび出した?……どうしてまた――」

「何しろとんでもねえことになっちまった、まあ聞いてくれ、こうなんだ」

伝七は手短かに仔細《しさい》を語った。意外なことの発展に忠太郎も驚いた。

「うーむ、そうか」

「そういう訳なんだ、口惜しいがおらあとても三千馬には勝てねえ、負けると定《きま》った仕合をして、恥の上塗をしたあげく切腹じゃあ、いくら伝七がお人好《ひとよ》しでも浮ばれねえや」

「そいつは大変なことになりゃあがった、――それでこれからどうする」

「しようがねえから江戸へでもずらかるつもりでとび出したんだが、おめえにひと眼会って行きてえと思って寄ったのよ」

「そうか、江戸へ行くか――」

忠太郎は顔色を蒼くして、しばらくじっと腕組をしていたが、やがて坐り直すと、

「伝さん、江戸へ行くのはいいとして、おめえこのまま行っちまうつもりか」

「このままとは……どのままだ」

「あの娘に未練はねえかと云うのだ」

伝七はぎくりとした。

「おめえも命懸で想《おも》った女だ、体ぁずらかれても心は残るぜ、こうなれば破れかぶれ、一番ここで肚を据《す》える気はねえかい」

「どうしろと云うのだ」

「娘を攫《さら》うのよ、後はどうにでもならあ、手貸しはするぜ」

伝七は思わず息をのんだ、忠太郎は押被せるように、

「これが無体に慰むとか売りとばすとかいうのなら別、男が心底から惚《ほ》れた恋だぜ、正真正銘まじりっ気なしの恋だ。そうだろう伝さん」

「う、うん」

「男が男の本音を押切るんだ、やりかたこそ少し手荒だが気持ゃあ綺《き》麗《れい》な生《き》一本《いっぽん》だ、——うっちゃっておきゃあ三千馬の野郎がままにする、こいつぁ忠太郎様が勘弁ならねえ、どうだ？」

あの藤緒が三千馬の妻になる——？　匂《にお》うような頬《ほお》も、つぶらな眸子《ひとみ》も、しなやかに伸びた手足、温く盛上った胸のふくらみも、みんな三千馬の手で自由にされるのだ……伝七は思切ったように眼をあげた。

「忠公、やっつけよう」

「やるかい」

「世間が何と云おうと、おいらの気持ゃあおめえと天道様が御存じだ、手を貸してくれ」

更けた裏街の向うから犬の遠吠《とおぼえ》が聞えてきた。

朝になるのを待って、忠太郎は谷屋家のようすを見に行った。果して一家は大騒ぎで、人を八方に出して伝七を探している、——何しろここで逃げられては家名に疵《きず》がつく、三千馬

との仕合だけはさせなければならぬというので、伝左衛門眼の色を変えて飛回ったが、幸いお大工町の忠太郎の住居《すまい》までは気付かぬとみえ、知人の宅や街道口ばかり警戒している有様であった。

これなら大丈夫と、ひと騒ぎ過ぎるのを待って、今度は藤緒のほうの動静を探りにかかったが、さてなかなか旨《うま》い機会《しお》がない、二日、三日と経って——十月十二日になった。

その日の夕方、

「伝さん、今夜だ今夜だ」

と忠太郎が戻って来た。

「何かあるか」

「今夜あ田沢丹波《たんば》の邸《やしき》で歌合せがある、藤緒さんは勘助爺《かんすけじい》を供に伴《つ》れて行くそうだ、帰りは早くて四ツだと聞いた、こんな良い折はまたとねえぜ」

「いよいよ……や、やるか」

伝七はにわかに胸の騒ぐのを覚えた。

その夜——、

田沢丹波邸へ歌合せの会に招かれて行った藤緒が、老僕と一緒に辞して出たのは四ツを過ぎた頃《ころ》であった。

物蔭《ものかげ》に忍んでいた忠太郎と伝七、

「おい、来たぜ」

「うん──」

「ぬかるな」

頷《うなず》き交して、半丁ばかり後から跟けて行った。──伝七はしきりに胴顫いがでるので、歯をくいしばって力んでみるが、どうにも不安がつのってやりきれない、

──よせばよかった。

と何度も苦い悔が胸を緊《し》めつける、そうこうするうちに四五丁あまり行く、左が建念寺の長い築地《ついじ》で、右手が子安八幡の森になっている寂しい場所へさしかかった。──忠太郎が袖《そで》を引いて、

「伝さんここでやろう」

と囁《ささや》いた。のっぴきならぬ気持で、ごくり唾《つば》をのみながら頷くと、──忠太郎は足を早めて追いながら、

「もし、ちっと待っておくんなさい」

と声をかけた。──思いがけぬ人声に、老僕がぎょっとして振返るところへ、跳込んで行った忠太郎、ぱっと勘助の提灯《ちょうちん》を叩落《たたきおと》した。

「な、何をさっしゃる」

「ええ騒ぐな」

仰天して逃げようとする勘助へ、駈《か》けつけて来た伝七が烈《はげ》しく当身をくれる、むーと呻《うめ》いてのめるやつには眼もくれず、呆れている藤緒の手を摑《つか》んだ。

「あれ！　何をなさいます、誰か来て」

「くそっ、――」

藻掻《もが》く体を力任せに引寄せる、後から忠太郎が手早く猿轡《さるぐつわ》を噛《か》ませた。

「背負って行こう」

「がってんだ、早く」

伝七は夢中で娘の胴を担《かつ》ぐ、忠太郎が脚を肩に、かねてきめておいた逃口、裏街道の吉田越をさして懸命に駈けだした。――それからおよそ半刻《はんとき》あまり、休んでは駈け、駈けては休みしながら城下を北へ十五六丁ばかり出外れた閻魔堂《えんまどう》まで来た……二人とももうへとへとで一歩も前へ歩けなくなっていた。

「いけねえ、――」

忠太郎は、藤緒をお堂の縁へおろすと、喘《あえ》ぎながら悲鳴をあげた。

「おいらあ死んじまいそうだ、喉《のど》がひっついて息もできねえ」

「ここまで来れば大丈夫だから、お堂を借りて少し休むとしよう、――おれもひどく渇くが、どこかに水はねえか」

「待ちねえよ」

忠太郎は立上って、

「もうちょっと行くと堰《せき》があったはずだ、ひとっ走り行って汲《く》んで来るとしよう」

「それじゃあおれにもひとつ頼む」

忠太郎はお堂の中から土器《かわらけ》の花立を取出して来ると、疲れた足を引摺《ひきず》りながら闇《やみ》の中へ出掛けて行った。――後に残った伝七は、表にいてもし追手にでもみつけられてはと、藤緒を抱えるようにしてお堂の中へ入った。

「どうかお赦《ゆる》しください、藤緒どの」

娘を静かに坐らせると、伝七はおろおろ声で云《い》い始めた。

「こんな乱暴をして、さぞお蔑《さげす》みなさるでしょう、よく分っています、けれど――拙者にはこうするより外に、自分の気持を知っていただく法がなかったのです」

そう云ってぺこりと叩頭《おじぎ》をした。

「思切って云います、私は命に賭《か》けてあなたを想っています、無才無能で世の人たちから木偶《でく》の坊《ぼう》と云われている私ですが、あなたを想う心だけは嘘《うそ》偽りのない潔白なものです、――どうかそれだけは分ってください」

「――――」

「今夜のお詫びはどのようにもいたします、腹を切れとおっしゃれば……腹も切ります、その代りどうか、私の気持だけは憎まないでください、お願いです、お願いです」

「――――」

藤緒はかたく眼をつむったまま身動きもしなかった。

伝七はすっかり怯気《おじけ》づいてきた。恋焦《こが》れた娘が無残に猿轡を噛まされ、怖《おそ》れに身を縮めているさまを見ると、悪いことをした――という後悔がぐいぐいと胸を緊めつけるのだ、伝七

は堪《たま》らなくなって起上《たちあが》る、とたんに、

「……あ――」

と低く叫んで立竦《たちすく》んだ。入る時には気がつかなかったが、お堂の闇の中に巨《おお》きな閻魔大王の坐像《ざぞう》が安置してある、金箔《きんぱく》を置いた両眼がぎらぎらと光り、かっと開いた口からは今にも大叱咤《しった》が叫ばれるかに見えたのだ。

伝七は急に慄《ふる》え声《ごえ》で、

「ふ、ふ、藤緒どの」

と走寄ると、

「さあお立ちください、お家《うち》まで送って参ります、お家まで」

急いで猿轡を脱《と》る。ところへ、

「大変だ、大変だぜ伝さん」

喚きながら忠太郎が戻って来た。

四

「伝さん追手に先を越されたぜ」

「なに追手だ――？」

忠太郎は息をせいて、

「堰のところで水を飲んでいると、八丁の藪《やぶ》の向うから提灯が来るんだ、見ていると三岐《みつまた》のところで三方に別れ、一つがこっちへやって来る、そいつがおめえ三千馬だ」

「三千馬――来るか？」

「それ、あの提灯がそうだ」

忠太郎の指さすところを、流れるように近寄って来る提灯の火、伝七は振返って、

「忠公、お嬢さんを伴《つ》れて来い」

と云うと、吃驚《びっくり》している忠太郎を後に、ぱっと外へとび出す。

「おーい市島」

と大声で呼びながら道へ出た。提灯はお堂の前を五六間行ったところで停《とま》った。

「――誰だ」

「おれだ、谷屋伝七だ」

と追いついて、

「藤緒どのを捜しに来たのだろう、あの閻魔堂にいる、おれのした仕事だ、済まなかった、どうか早く伴れ帰ってくれ」

「――――」

三千馬はじろりと伝七を見た、それから素早く道の左右を窺《うかが》ったと思うと、声をひそめて云った。

「かまわずに行け、吉田越には手は回ってはおらん、今のうちに娘を伴れて越えてしまえ」

「な、な、何だって――？」

意外な言葉に、伝七はただ眼《め》を剝《む》くばかりだった、——この時、忠太郎が藤緒を伴れて、二人のすぐ背後にある杉の木蔭へ身を隠したことは伝七も三千馬も気付かなかった。

「貴公ばかだぞ——伝七」

三千馬は親し気に寄って来て、

「どうして仕合を逃げたのだ、拙者は負けてやるつもりでいたのだぞ」

「え——?」

ますます分らない。

「と云っただけでは分るまい、納得のゆくように話してやるが、じつはあの娘を望んだのは拙者の本心ではないのだ、太兵衛に少しばかり義理があって、のっぴきならず嫁にもらわなければならぬことになったのだ」

「ちょ、ちょっと待ってくれ、——すると藤緒さんを嫁にもらう気はなかったのか」

「当りまえだ」

三千馬はにやりと冷笑して、

「拙者には大望がある、これから出世という体で、町道場の娘などを嫁にしてどうするかい、——だから撃剣の仕合で婿《むこ》をきめるというのを幸い、貴公に負けてやるつもりだったのさ、さあ……これだけ話せば合点が参ったであろう、娘は譲ってやるから早く行け」

「待て、待てよ、そんなことを云って、いったい大貫先生にどんな義理があるんだ」

伝七がそう訊《き》いた時、杉の木蔭から藤緒がすっと立現われた。

「それはわたくしが申上げましょう」

「——ええ？」

伝七も驚いたが、三千馬はもっと驚いた。しかし藤緒は冷やかに落着いた声で、

「市島様が義理とおっしゃるのは、父からお金を借りていらっしゃることなのです」

「三千馬が金を……？」

「市島様は御出世の途《みち》をつけるためとかで、二三年このかた上役の人々に無理な散財を遊ばしました、それで父からも少なからぬ御融通を申上げているのです。義理があるとはそのことでございましょう？……三千馬様」

三千馬はふいっと外向《そむ》いた。——伝七はそのようすを見ると、いきなり破れるように、

「あはははは、わはははははは」

と笑いだした、

「三千馬め、そんな、あははははは、そんなやつだったのか、わはははは、そんなやつだったのかきさま、あっはははは」

笑う笑う、堰を切った水のように、腹の底からふきあがってくる笑いだ。——が、やがてぐいと一歩進み出た。

「三千馬、弁明があるか」

「余計なことを云わずに行け、娘はきさまにくれてやる」

「藤緒どの、——」

伝七は振返って、

「あなたはまだ三千馬を良人《おっと》にもつおつもりですか?」

「いいえ、初めから父のきめました縁談、今までは黙って順《したが》うつもりでおりましたが、三千馬様のお心を伺って覚悟がきまりました、この縁談はわたくしからお断り申します」

「しめた」

伝七は大きく叫んだ。


「それではちょっとそっちへ退《の》いていてください、おい忠公いるか」

「ここにいるぜ」

「お嬢さんを頼むぞ」

藤緒を忠太郎のほうへ押しやると、伝七は大股《おおまた》に踏出して呶鳴《どな》った。

「三千馬、抜け」

「抜いてどうするのだ」

「斬《き》ってやる」

「ふふん、その痩腕《やせうで》でか――?」

歌舞伎役者《かぶきやくしゃ》のような美しい三千馬の顔に、すごい嘲《あざけ》りの微笑が浮んだ。

「斬るとも!」

伝七は元気に喚《わめ》いた、「今までおれはきさまが大人物で、学問武芸ともに秀《ひい》でたあっぱれの秀才と思っていた、伝七など側《そば》へも寄れぬ傑物だと信じていた、さればこそ心から畏服《いふく》してきさまには手出しができなかったのだ、――ところがどうだ、きさまはじつにちっぽけなやつじゃないか」

「――何だと」

「出世したさに上役に取入る金を借り、その借金に縛られて心にもない婚約を結び、またそれを遁《のが》れようとしては拵《こしら》え勝負を考えたり――呆《あき》れかえった下司《げす》根性だ、それに比べれば、伝七は無芸凡才で何の取柄《とりえ》もないが、人間の性根だけは無くしてはいないぞ」

「うまいぞ伝さん、しっかりやれ」

忠太郎が思わず声をあげた。

「おれは今こそきさまが斬れる、腕では斬らぬ心で斬るんだ、心汚れたきさまの腕が勝つか、おれの正真正銘な心が勝つか――こい！」

「こうかッ」

喚くのと、提灯を投出して抜討ちをかけるのと同時だった。がっ！と危く抜合せた伝七、地に落ちてぼーっと燃えあがる提灯の焔《ほのお》に、蒼白《あおざ》めた三千馬の顔を見る。

――こんな野郎！

猛然とつきあげてくる殺気。

「えーい」

叫んでひっ外す。

「おっ」

三千馬が体をひらくところへ、踏込んだ伝七、真向を衝《つ》く、危く躱《かわ》し半身を捻《ひね》る、のっけへ猛烈な体当りをくれた。だっ！　と三千馬が腰を取られて左へ、転じようとした時、右足の踵《かかと》が小石を踏んだ。

「しまった」

よろよろっと崩れる構え、刹那《せつな》！　伝七は身を沈めながら三千馬の脾腹《ひばら》へ、

「えいーッ」

と一刀入れた。

「がぁっ！」

悲鳴とともに三千馬が後へのめる。つけ入って肩へもう一刀、さらに頸根《くびね》を深々と斬放した。

「わぁ――やった、やった」

忠太郎が跳上って喚く。伝七は倒れた三千馬の姿を、しばらくはただ喘ぎながら見守っていたが、やがて鼻の詰ったような声で、

「――斬った」

と呻いた。

「斬れた、三千馬が斬れた、この……この痩腕で三千馬が斬れた」

そう云いながら、張切った気持が弛《ゆる》んだものか、どうとばかりにそこへ坐ってしまった。

明る朝、――

三千馬の死体を発見して、榊原家中の者が大騒ぎをしている時分、吉田越から五里あまりも行った峠の上で、伝七と藤緒の二人が休んでいた。

「では――あなたは後悔なさいませんね」

伝七が静かに訊いた。藤緒はすっかり元気を取戻した明るい顔で、わずかに羞《はじらい》を含みながら伝七へ頰笑《ほほえみ》を見せて答えた。

「はい、命を賭けて――と仰《おお》せられた、あなたのお心が身にしみました、女に生れての冥加《みょうが》、わたくし嬉《うれ》しゅう存じます」

「拙者こそ、――拙者こそ」

伝七は湧上《わきあが》る歓喜に眼を輝かして云う。

「谷屋伝七は今こそ生きる道を発見しました、藩中屈指の達者と云われた三千馬を、みごとに斬って退けた力――拙者は初めてその力を知ることができたのです。才智《さいち》乏しくともこの不退転の心あれば、立派に道を拓《ひら》いていくことができる……江戸へ出ましょう」

「はい、どこへでも」

「江戸へ出て、はじめから遣直《やりなお》すのです、谷屋伝七は今日新しく生れ更《かわ》ったのです」

見違えるように自信の溢《あふ》れてきた伝七の満面を、矢倉山の峰から今さし昇る朝日の光が耀《かがや》かしい紅を投げかけた。――そして藤緒は、その逞《たくま》しい横顔へ飽かぬ眸子《ひとみ》をとめていた。

「おーい」

二三丁先で忠太郎の声がする。

「早く来いやーい、おいらあ待ちくたびれて根が生えそうだよ――」

谷には鳥の声々。

かくて榊原藩には、『朋友《ほうゆう》を斬ってその恋人を盗んだ、悪人伝七』と噂《うわさ》はながく残っていたが、さりとて伝七へは追手の沙汰《さた》も起らなかった――。それは日頃《ひごろ》から三千馬が嫉《ねた》まれていたのと、『悪伝七』と評判はしながら心から憎む者がなかったためであろう。江戸へ出た伝七は奮然修行を積み、数年ならずして水戸侯に取立てられ、食禄《しょくろく》二百石をいただいて数代栄えたと伝えられる――忠太郎のことは残念ながら分らない。

（「講談倶楽部」昭和十一年九月号）

津山の鬼吹雪

一

文化三年九月はじめのある日、備後国《びんごのくに》三原から尾道《おのみち》への途中に当る杖折峠の急坂を二人の浪人者がひょろひょろと登っていた。

片方は肥えているし、片方は又ひどく瘦《や》せた男であるが、落魄《らくはく》した風態といい気抜けのした足取りといい、両方とも疲れと飢えにすっかり参っている様子が分る、——そのうちに峠の八合目がかりへ来た時、遂《つい》に肥えた方がくたくたと其処《そこ》へ腰を据《す》えて了《しま》った。

「おい、せ、拙者はもう駄目《だめ》だぞ」

「また始めたのか」

「今度こそ本当に駄目だ、もう是《これ》以上はひと足も歩けない」

「そんな事を云《い》わずに元気を出せよ、もう其処に峠茶屋が見えている」

「いや、茶店が有ろうと飯屋があろうと、飲めも食えも出来る訳ではない、もう厭《いや》だ、拙者は此処《ここ》で腹を切る」

そう云って肥えた男は差添の柄《つか》へ手をかけた。瘦せた方は吃驚《びっくり》してその腕へ齧《かじ》りついた。

「陣馬《じんば》、ば、馬鹿《ばか》な事をするな」

「止めるな大河《おおかわ》、五年以来の惨《みじ》めな浪々で、大抵の苦しさは慣れて来たが、この四五日の食わず飲まずにはとても耐えられぬ」

「そんな腹の減ったぐらいが何だ」

「貴公は痩せているからそう云うが、この苦しさは肥《ふと》っている者でなければ分らんぞ。それに、——たとえ一時の凌《しの》ぎがついたところで、先の望みのない事は、五年来の経験でよく分っている、もう沢山だ、黙って腹を切らせて呉《く》れ」

「待て、待て陣馬」

痩せた男は無理やり友達の手を引放した。

「貴公が腹を切るとまで覚悟をきめたのなら、改めて拙者から相談がある」

「もう宜《よ》い、妙策の種も尽した」

「まあ聞け、実のところ拙者も今度ばかりは参った。此処まで行詰れば尋常の手段では凌ぎはつかぬ、そこで考えたのだが、——なあ陣馬、貴公も死ぬと覚悟を決めたからには何でも出来るだろう。どうだ、思い切ってやってみる気はないか」

「何をやるのだ」

「つまり、ひと口に云えば山賊だ」

肥えた男はむくっと居直った。

「おい、大河、不思議だな、実は拙者もそれを考えていた、そして考えている事に気付いたから、恥しくなって腹を切ろうと思ったのだ」

「じゃやるか?」

「破れかぶれだ、こうなれば山賊でも追剝《おいはぎ》でも何でもするぞ。——だが大河、やるとしても町人百姓には決して手を出すまい、武士に限ると約束して呉れ」

「心得た、拙者も武士だ、約束をしよう」

二人は誇らかに頷《うなず》き合った。

所謂《いわゆる》『化政度』と云って、士道の最も弛廃《しはい》した時代、一方には特権階級が奢侈《しゃし》淫楽《いんらく》の限を尽し、一方庶民階級には極度の貧困が襲いつつあった時代、更に無数の浪人たちが、事実上飢えに迫られて来た時代、——その時代の濁流に浮く二粒の泡《あわ》にも似た、陣馬大助と大河治部とは、永年の飢渇《きかつ》に耐えられず、遂に武士として最後の盟を結んだのである。

盟は結んだものの、さて中々おいそれと事が運ぶ訳のものではない、ちょうど季節のことで旅人は少くなかったが、大抵は町人か百姓、女子供や托鉢僧《たくはつそう》という有様である。

「皮肉だな、諸国を浪々していると何処《どこ》も彼処《かしこ》も武士だらけで、息の詰まるような気持だったが、こうやって見ているとやはり武士より町人百姓の方が多いぞ」

「全くだ、うっかりすると武士の来ない内に此方《こちら》が飢え死にをして了うかも知れぬ」

初めの約束がそろそろ危くなりかかった時、峠道を一人の武士が登って来た。年の頃《ころ》四十二三、筋骨の逞《たくま》しい口髭《くちひげ》を立てた、身妝《みなり》も立派な男である。

「おい来たぞ？」

「うん……」

陣馬も大河もさっと顔色が変った。

「き、貴公やるか」

「いや、こういう事は押出しが肝心だ、貴公は体もでっぷりとして重々しいから、先《ま》ず一番《いちばん》槍《やり》は貴公に譲ろう」

「そんな、その、肥っていると云ったところで」

「頼む、早くしないと逃して了うぞ、あとで鱈腹《たらふく》やれるんだ、頑張《がんば》れ陣馬」

とんと押されて、陣馬大助はひょろひょろと武士の前へよろめき出た。

二

旅の武士は足を停《と》めてじろりと見た。大助は危く踏止《ふみとど》まると、相手の鋭い視線にぶっつかってひやりとしながら、半ば夢中で、

「ま、待たれい」

と声をかけた。相手は立停まったまま昵《じっ》と睨《にら》んでいる、力のある圧倒的な眼光だ、――大助は思わずぺこりと低頭した。

「何か御用か？」

「いや、その、あれでござる」

唇《くちびる》がわなわなと震えた。

「――？」

「それ、あの、う……大坂へはどう参ったら宜《よろ》しゅうござろうか？」

「大坂は此《こ》の道を東へ東へと参る」

「はあ、東へ東へ——？」

「左様、東へ東へと参る」

云い捨てて旅の武士は峠を登って行った。

陣馬大助は茫然《ぼうぜん》とその後姿を見送っていたが、ふと気がつくと膝頭《ひざがしら》は音のするほどがくがく震えているし、背筋から腋《わき》の下《した》へかけて流れるような汗だった。

「どうしたのだ陣馬！」

大河治部はいまいましそうに呶鳴《どな》った。

「覚悟の程にも似合わぬ、この必死の場合に大坂へはどう参る……馬鹿馬鹿しい、なんだってまた大坂へ行く道などを訊《き》くんだ」

「そう云うがな大河、こいつは考えたほど楽な仕事じゃないぞ、なにか用かと云われた時には言句に詰った。——まさか手前は山賊でござるとも云えまいし、大体あの場合なんと云ったら宜いのだ？」

「教えてやるから見て居《お》れ」

大河治部が顎《あご》をしゃくった。——見ると峠の上から、武家者と見える旅姿の娘が、老僕を供にして下りて来る。

「おい、おい、女をやるのか」

「仕方がない、選《え》り好《ごの》みをしているうちには此方が餓《う》え死んで了う。見ていろ」

決然として治部は道へ出て行った。

娘と老僕は秋の山路《やまみち》を楽しむように、流れる雲、遠い山脈《やまなみ》を眺《なが》めながら、足も軽々と坂を下りて来る、――治部は一二間やり過しておいて、ぎらり大剣を抜きながら、

「これこれ、暫《しば》く待て！」

と声をかけた。娘と従者は足を停めて振返ったが、治部の姿を見るとさっと色を変え、老僕は娘を背に庇《かば》いながら、

「こ、是は――、何ぞ、御用で、……」

「用は云わずとも知れていよう、浪々の身上で難渋する者だ、所持金残らず置いて行けば宜し、四の五申すと斬《き》って捨てるぞ」

「ばかな、ばかな事を云わっしゃるな、私共も宮島へ参詣《さんけい》の戻り道、お金などは」

「黙れ、身ぐるみ脱げと申すところだが、娘と見てそれだけは許してやるのだ」

「そんな無法な」

「うぬ、斬って取るぞ！」

治部が大声で喚《わめ》いて踏出した時、不意にどこからか礫《つぶて》が飛んで来てばらばらと治部の面《おもて》へ当った、あっと叫んで思わずたじろぐ、――と、坂を駈《か》け登って来た一人の若い武士が、

「早くお逃げなさい、早く！」

と叫んで、娘と老僕を押しやり、立直って来る治部の前へぐいと立塞《たちふさ》がった。――治部は思わず一歩退《さが》って相手を見た、まだ若い男で年は二十四五、瘦形の長身で眼鼻《めはな》だちの冴《さ》えたすばらしい美男である。（後に軍学者で一代の兵法家、子竜《しりよう》平山行蔵がこの男を評して、『三

百石でも安い男振』と云ったほどずばぬけた美男だった）

治部は勇気を盛返した。なんだ女みたいなにやけ男め、こんな奴《やつ》のために折角の仕事を邪魔されたかと思うと、

「うぬ、貴様、そこ動くな」

と怒声をあげて斬りつけた。

「あ、危い、待たれい」

若侍はひらりと横へ跳ぶと、

「危い、どうか、命ばかりはお助け」

「ええ動くな、斬って呉れる」

「そう云わずに御勘弁、あ、危い」

遮二無二《しゃにむに》斬りたてる治部の太刀尖《たちさき》を、若侍は怖《おそ》ろしそうに逃げ廻《まわ》る、――いやその素早いこと、連日の飢えと疲労に、すっかり体の参っている治部はたちまちへたばって、道の上へ尻餅《しりもち》をつきながら悲鳴をあげた。

「おい、じ、陣馬、貴様なにをぼんやり見ているんだ、来て此奴《こやつ》を、此奴を……」

「駄目だ、沢山だ」

陣馬大助は弱々しく頭を振った。

「そんな蝶々《ちょうちょう》みたいな奴を追い廻すくらいなら、拙者は腹を切る方が楽だ」

「畜生、大河治部の天運も尽きたか」

そう云って治部はおろおろと泣きだした。——若侍は少し離れた所から此の様を見ていたが、もう危険は無いと思ったか、静かに近寄って来て、

「失礼ながら、——」

と声をかけた。

「御両所とも大分お弱りの様子でござるな」

「み、三日も、飲まず食わずでいれば、大抵の人間は、弱るのが当り前だ」

「では貧ゆえの山賊でござるか」

「誰が好き好んで、こんな浅間しい事をするものか、今日まで散々労苦を舐《な》め、どたん場に及んで二進《にっち》も三進《さっち》も行かず、——い、今のが仕事始めだ、それを、き、貴様が」

「そうであったか」

若侍は美しい眉《まゆ》を顰《ひそ》めて、

「それはお気の毒、と申し度《た》いが山賊にまで落ちずとも生きる道はござろう、お邪魔をした詫《わ》び——と云うのも失礼ながら、些《いささ》か手前に思案がござる、兎《と》も角《かく》その辺で食事でも参りながら御相談を仕《つかまつ》ろう」

「え？　しょ、食事、食事を?!」

陣馬大助が眼の色を変えて立上った。

三

阿部能登守《のとのかみ》十一万石の城下、福山の西下屋敷町に『一放流剣道指南梶原庄右衛門《かじわらしょうえもん》』と看板を掲げた兵法道場がある。前の日から二日めの昼まえ、この道場を訪れた三人伴《づ》れの浪人があった——云うまでもなく陣馬大助、大河治部、それに秋津男之助《あきつおとこのすけ》と名乗る例の奇妙な若侍である。

「では宜しゅうござるか、是から先日お話し申した新手《あらて》の道場破り、食いはぐれのない戦術を御覧に入れるから貴殿方は門弟のつもりでお願い申しますぞ」

男之助が念を押した。

「仕方がない、約束だからそのつもりでやってみよう」

「然《しか》し大丈夫だろうな」

「まあ御覧下さい」

男之助は玄関へかかって案内を乞《こ》うた。——それからが大変だった、取次の者が出て来ると、体に似合わぬ大音声で滔々《とうとう》と、

「拙者ことは天涯無禄《てんがいむろく》の浪士にて秋津男之助と申す。幼より兵法を精研し、天真正伝神道流に発して鞍馬《くらま》八流を究め、それより新陰流、一刀流、鐘捲《かねまき》流、小野派、忠也派、諏訪《すわ》流、涼天覚清流等、凡《およ》そ剣の道として学ばざるなく、また学んで秘奥《ひおう》を極めざるはなく、全国を遍歴すること七年有半、此の間仕合を挑《いど》むこと一千二百余回、一度として敗を取りたる例なき

者でござる。当国に梶原先生ありと承わり、道次を枉《ま》げて参上仕った、願わくばひと手お立合下さるよう、右宜しく御披露《ごひろう》のほど頼み入る」

「……はあ、――」

取次の者は驚いて奥へとんで行ったが、陣馬、大河の二人も呆《あき》れて眼を剝《む》いた。

「おい、あんな大法螺《おおぼら》を吹いて宜いのか」

「見ていれば分りますよ」

「然しあんな法螺に恐れてたとえ十文の草鞋銭《わらじせん》でも出すような好人物はもう居らんぞ」

「なに、奥の手は是からです」

男之助は平気なものである。――陣馬も大河も「こいつは迂闊《うっか》りすると酷《ひど》い目に遭うぞ」と思って急に怯気《おじけ》づいたが、そこへ取次が戻って来たので逃げ出す訳にもゆかず、薄氷を踏む思いで道場へ通った。

道場には三十人あまりの門弟たちがいて、この並外れた三人伴れの武芸者を前に、好奇の眼を見交しながら隅《すみ》の方へかたまった。――出て来た主人の梶原庄右衛門というのは、四十そこそこの逞しい体つきで、眼鼻の大きい唇《くちびる》の厚い、精悍《せいかん》そのもののような面魂《つらだましい》を持っていた。

「初めにお断り申すが」

挨拶《あいさつ》が済むと直《す》ぐ、男之助が云った。

「拙者流儀の掟《おきて》として、他流仕合には御師範と直《じか》にお手合せを願わねばなりません。世間には未熟な師範がいて自分の腕を知らるるが厭《いや》さに、門弟などを出してごまかす人物が屢々《しばしば》居ります。むろん当道場などはそんな」

「承知した、手前直ぐにお相手仕る」

梶原庄右衛門は憤然と相手の言葉を遮《さえぎ》って起《た》った。――と、男之助は静かに笑みを含みながら、

「それから道具でござるが、面籠手《めんこて》を着けた竹刀《しない》剣術では真の腕は知れぬもの、素面素籠手に木剣で致し度いが如何《いかが》であろう」

「望むところだ！」

庄右衛門は吐出すように喚いた。

他流仕合でも素面素籠手に木剣などを使ったのは寛永頃までの事で、是《これ》ではひどく怪我《けが》をするし、死者の出る例も少くないところから、後には法度《はっと》にさえなったくらいである、――それをこの歌舞伎役者《かぶきやくしゃ》のような男が自ら望んだのだから驚いた。陣馬大助は顔色を変えて、

「おい大河、あいつ奴《め》、新手の道場破りを教えるなどと云《い》っていたが、気が狂っているに相違ない、是は大変な事になったぞ」

「己達《おれたち》はどういう事になるだろう」

「梶原先生すっかり怒っているから、あいつは打殺されるに違いない、我々も唯《ただ》じゃ済まんな是は」

「いまのうちに逃げるか」

「いや、門人達が逃がすまいよ」

二人はごくりと生唾《なまつば》をのんだ。

このあいだに庄右衛門と男之助は、手早く身支度をして木剣を執り、会釈《えしやく》を交してさっと左右に離れた。

両者の間、凡そ二間、相青眼につけて呼吸を計った、——庄右衛門は一撃の下に打据《うちす》えて呉れようと、満面に敵意と怒気を漲《みなぎ》らせている。それに反して男之助の方は唇辺に微笑《ほほえみ》さえうかべ、木剣を持つ拳《こぶし》も軽く、女のような優しい澄んだ眸子《ひとみ》で相手を見ていた。

「えーイッ」

卒如として男之助が第一声を放った。道場の四壁を劈《つんざ》いたかと思われるような、力の溢《あふ》れた凄《すご》い気合である、——同時に庄右衛門はさっと一間ばかり跳退《とびの》いた。顔面が蒼白《そうはく》になって、眼光俄《にわか》に殺気を帯びて来たと思うと、爪摺《つまず》りにじりじりと間を縮める。

「えイッ、やあッ!!」

と叩《たた》きつけるような気合——けれど男之助は微動もしなかった。庄右衛門けそれ以上進まず、男之助も石像のように黙したままである、道場は一瞬墓地のような静かさに包まれた。……一撃の下に打殺されると思っていたのに、なんだか様子が変なので、一同が我知らず膝を乗出す、刹那《せつな》！　男之助がひらりと後へ跳退って、

「参ったァ！」

と叫びながら木剣を控えた。

四

「いやあっぱれお見事の御腕前《おうでまえ》！」

男之助は大声で云った。

「廻国《かいこく》七年有半、曾《かつ》て後《おくれ》を取った例なき秋津男之助、今日初めて真の達人に会い申した、失礼ながら貴殿ほどの御仁は、天下広しと雖《いえど》も江戸に於《お》いては戸ケ崎熊太郎、尾州家の鈴木斧八郎、新陰流の赤石軍次兵衛、これらを措《お》いて他に匹敵する剣士はござるまい、願わくは今日より拙者も、門下として御教導に与《あずか》りたく存ずるが」

「いやいやその辞儀では痛み入る」

庄右衛門は額の汗を拭《ふ》きながら、「お若いに似合わぬ御練達、拙者も些か勉強を仕った、兎に角席を改めて一盞《いっさん》献じ申そう」

そう云って身支度を解いた。

それから奥へ招じられて酒肴《しゅこう》が出る。久し振りの馳走《ちそう》に有りついて、陣馬も大河も心ゆくまで呑《の》み、且《か》つ食った。そのあいだにも男之助は盛んに庄右衛門を褒《ほ》める、なにしろ門弟連のいる前で天下の名人達と肩を並べて褒められるのだから、庄右衛門はずんと気を好《よ》くしたらしいが、どこやら無気味でもあるらしかった。——二刻《ふたとき》あまりして別れを告げると、

「些少《さしょう》ながら御餞別《ごせんべつ》に」

と云って包んだ物を差出した。

道場を出て四五丁行くあいだ、陣馬と大河は歯を食いしばって笑いを耐えていたが、もう大丈夫と思うといきなり、満腹の腹を抱えて爆笑を始めた。

「わははは、あはははは」

「いやどうも、驚いた奴だな貴公、あんな手が有ろうとは気がつかなかったぞ、大した奴だ、呆れたものだ」

「褒めも褒めたり天下の名人とは、や、あの梶原先生の嬉《うれ》しそうだった事、わははははは」

「時に、——幾ら入っている？」

男之助は黙って紙包をわたした、——大河治部が開いて見ると、

「や、十、十両、——十両あるぞ」

「ほ、ほ、ほ、本当か、どれ見せろ。——や本当だ、小判で十両！」

一両あれば高い時でも米が四斗ほど買えた時代の十両である。二人は眼を剝出して愕《おどろ》いた。

「山賊よりは楽でしょう？　如何」

男之助は事もなげに笑った。

福山でもう一軒、無念流の岡村金十郎という道場を訪れ、此処《ここ》でも全く同じ手を用いて是は五両になった。一日に十五両、——その夜は神辺《かんなべ》の町に泊って明る日は備中《びっちゅう》岡田藩へ向う、とその途中、山陽道と道の分れる所へさしかかった時、陣馬と大河の二人が、

「秋津公ちょっと待って呉《く》れ」

と立停《たちどま》った。

「何でござるか」

「実は此処で我々は別れたいのだが」

「それは又どうして」

「二人して貴公の脛《すね》を齧《かじ》るのも気の毒だし、お蔭《かげ》で道場破りの新手も覚えたから、我々もひとつ貴公に摸《なら》ってやって行こうと思う」

「――正直だな貴殿方は」

男之助はにっと微笑して、

「だがそれは難しい、何故《なぜ》と云って此《こ》の手には一種のこつがあるので、そう容易《たやす》く誰にでも出来る訳ではござらぬ、悪いことは云わぬから」

「いや大丈夫！」

陣馬大助は自信たっぷりに頷《うなず》いて、

「初めに天下の大豪傑と名乗って驚かし、堂々と木剣仕合を望んで胆《きも》を抜き、いざという場合に参ったと声をかけ、門弟達の前で褒めたてる、――つまり是だけの順序ではないか」

「陣馬の云う通り、実は昨夜の宿ですっかり相談したのだ、どうか此処で別れさせて呉れ」

「そうか」

男之助は頷いて云った。

「それでは気儘《きまま》にするが宜《よ》い、拙者は是から十日の予定で美作国《みまさかのくに》の津山へ参る、また折もあらば会うとしよう」

「宜かろう、今度会う時は我々も大名旅行だ」

「たっぷり返礼の馳走をするぞ」

「どうかそう頼む、――では御健固で」

会釈を交して左右へ別れた。

この奇妙な男、平山行蔵をして『三百石でも安い』と讃歎《さんたん》せしめた男振り、歌舞伎役者にも無い美丈夫は誰であるか、また、――新手の道場破りと云っている妙な仕合は、果してただ金を得る目的だけのものか是等のことは次の章で明かになるだろう。

五

岡田藩から浅尾、松山と巡って、板倉から美作国に入った秋津男之助は、九月半ばのある日、松平十万石の城下津山の街に草鞋を脱いだ。――その夜夕食の時、給仕に出た宿の婢《はしため》が、男之助の様子を見ながら、

「お武家様も武術御修行でいらっしゃいますか」

「――そう見えるか？」

「あんまりお綺麗《きれい》なので、初めは歌舞伎芝居の役者衆かと存じましたが、先程お風呂《ふろ》へ入っておいでなさるところを拝見して……」

「呆れたのか？」

「いいえ、女のようなお肌《はだ》でぞっと致しました、ほほほほ」

婢は給仕盆で笑いを隠しながら、「でも、幾らお綺麗でもお武家様のお体は違いますわ、直ぐ御修行のお方だと分りますもの」

「当地へも武術修行者が来るとみえるな」

「武術修行やら、恋修行やら」

「なんだ、恋修行とは？」

「あら、御承知のくせに、——貴方様《あなたさま》も村瀬様の道場を訪ねていらしったのでございましょう。なにしろ村瀬道場のお嬢さまは、津山の赫夜姫《かぐやひめ》と云われて中国一円から京大坂にまで評判のお方、津山へいらっしゃる御修行のお武家様方が、みんなお目当に遊ばすのも当り前でございますわ」

婢の饒舌《じょうぜつ》に恐れをなした男之助は、早々に食事を切上げて寝床の支度を命じた。

明る日はすっきりと晴れた秋日和《あきびより》で、山国の冷《ひん》やりした風も肌に快よく、国境の山脈《やまなみ》の上には、白い千切れ雲が静かに東へ東へと流れていた。——宿を出た男之助は、先ず津山城を大手から見物して、武家屋敷の方へ廻《まわ》ろうと、川端町をやって来ると、或《あ》る屋敷裏の草原から、いきなり、

「秋津氏、秋津氏——ッ」

と叫びながら跳出して来たものがある、こんな所に知己はないがと思って振返ると、此方《こちら》へよろめきよろめき走って来る浪人体の男が二人、——見るまでもなく男之助は、

「やあ、陣馬に大河の御両所」

「有難い、有難い、地獄で仏だ」

と喘《あえ》ぎながら近寄ったのは、正に陣馬大助に大河治部の二人であった。然し驚いた事には、あれほど意気込んで別れた彼等が、杖折峠で会った時より幾層倍もひどい恰好《かっこう》をしている、乞食《こじき》のようなと云いたいが、そう云ったら乞食から文句が出ようという姿だ。

男之助は笑って、

「どうだ新手《あらて》の道場破りは？　今度会ったら返礼に馳走して呉れる約束だったが、早速どこかで一盞頂こうか」

「冗談を云っている場合じゃない、直ぐに何か喰《た》べさせて呉れ、今日までまる三日というもの、水ばかり飲んで貴公の来るのを待っていたのだ」

「頼む、どうか直ぐに頼む、でないと……」

男之助は笑いながら道を引返した。

それから間もなく、伯耆《ほうき》街道への立場《たてば》茶屋で、陣馬に大河は酒と飯とを一緒に詰込みながら、男之助へ失敗談を語っていた。

「あの時貴公はこつがあると云ったが、実際なにか余程の口伝《くでん》があるんだな。なにしろ此方は道場の主《あるじ》を煽《おだ》てるのが目的なのに、我々ではどうもおいそれと主が出て呉れない、先《ま》ず門人と立合うか、でなければお断わりだと来る」

「仕方がないから始め二三軒は先ず門人とやってみたがいけない、永の浪人で体が参ってい るから本当に負けて了《しま》う」

「門人に負けたってお世辞にならんからな」

「是はいかんと思ったので、その後はひた押しに頑張《がんば》って道場の主と立合うことに決めたが、さて又こいつが難かしい、初めの時には『参った』と云う暇もなく打込まれた」

「その次の道場では拙者がなんでも是は早く負けを名乗るに限ると思って、位取《くらいど》りをするが否《いな》や『参った』とやった、ところが、其《そ》の時、相手がまだ身構えもしていなかったので、門人たちが遠慮もなく失笑しやがった」

「はははははは」

男之助も堪《たま》らず肩をゆすって笑いだした。——話すほどに食うほどに、やがて二人は嗳《おくび》が出るまで満腹し、酔った。

「さて秋津氏、こうなったら何処《どこ》までも貴公に付いて行くつもりだが、まさか厭とは申されまいな、尤《もっと》も我々は無理にも離れぬ覚悟だが」

「宜いとも、旅は道伴《みちづ》れと云う、来給《きたま》え」

「それで全く生返った」

二人は言葉通り甦《よみがえ》った顔色である。

「で、——是からどうする」

「正月までに江戸へ帰るのだが、殊《こと》に依《よ》ると此の土地に暫《しばら》く滞在するかも知れぬ、今日はこれから村瀬という道場へ参るのだ」

「また例の口か？」

「はははは、そうかも知れぬ」

笑いながら男之助は立上った。——勘定を済まして其処《そこ》を出た三人は道を尋ねながら村瀬道場へ向った。

「だがどうも不思議だよ」

陣馬が首を捻《ひね》って、「あんな簡単な『参った戦術』が、貴公に出来て我々に出来んというのは腑《ふ》に落ちぬ」

「見ているうちには、やがて貴公らにも得心が参るであろうよ」

男之助は事もなげに微笑していた。

六

村瀬騎兵衛《きへえ》の道場は御蔵屋敷のはずれにあった、藩公から扶持《ふち》されているだけに構えも堂々としていたが、稽古《けいこ》休みででもあるか、竹刀の音はしていなかった。——男之助を先に、玄関へかかろうとすると、右手の庭口の方から一人の娘が出て来てばったり行会った。

ちらと眼《め》を合せたとたんに、男之助は思わず眼を瞠《みは》った。——彼はもともと自分の男振りなど気にした事もなく、大抵の美人に会っても眼を惹《ひ》かれた例など無い方だったが、その娘の美しさには驚いた。それはただ美しいというだけでなく、気高さと優美とを兼ねて輝くばかりに思われた。

——是が津山の赫夜姫だな。

そう思い、そして、『赫夜姫とはいみじくも呼んだり』と思った。娘の方でも男之助の秀《ひい》でた美男振りを見て、はっと眼の縁を染め行過ぎようとしたが、何を思ったかふと二三歩戻って、

「あの、失礼でございますが」

と声をかけた。

「は、――?」

「違いましたらお許し遊ばせ。もしや貴方さまは備後の杖折峠で、賊に襲われていたところをお救い下された方ではいらっしゃいませぬか?」

男之助はあっと云《い》った。

「では貴女《あなた》があの折の……」

「はい、その折の者でござります、やはり貴方さまでございましたか」

「是《これ》は、実に、奇遇な」

正に奇遇である、杖折峠で陣馬、大河の俄《にわか》山賊に襲われていた老僕伴れの娘、あの時は咄《とっ》嗟《さ》の場合で此方は顔を見る暇もなかったが、娘の方では彼を覚えていたのである。――男之助と娘が互いに頬《ほお》を染めながら、慕わしそうに礼やら挨拶《あいさつ》やら取交している、――その側《そば》で、いや陣馬、大河のてれまい事か、男之助の背を突《つ》つきながら、消えも入りたげに外《そ》向《む》いていた。

「実は先生を訪ねて参ったのですが、御在宅でございましょうか」

「それは生憎《あいにく》でございました、父は早朝から御門人衆を伴れて、城山へ野駈《のが》け仕合を催しに出て居《お》ります、でも……もう帰る頃《ころ》でございますからどうぞお待ち遊ばして」

「いや、それでは又出直して——」

と云っているところへ、どかどかと十四五名の浪人者達が玄関へ踏込んで来た。——見るといずれもひと癖あり気な面魂《つらだましい》で、身妝《みなり》も悪く、ばか長い無反《むぞり》の大剣をさしたのや、樫《かし》の六尺棒を持ったのや種々雑多で、この頃流行の徒党を組んで押歩く悪浪人の群だということは誰の目にも直《す》ぐ分った。

「やあ、いるぞいるぞ」

浪人達の中から、娘を見つけた奴《やつ》が胴間声をあげた。

「おい見ろ、これが評判の活弁天楊貴妃《いきべんてんようきひ》、津山の赫夜姫さまだ、みんな寄って拝み奉《たてまつ》れ」

「なるほど美形だな、どれどれ」

卑《いや》しげに眼を光らせながら、遠慮もなく娘を取巻こうとした。男之助は静かにその前へ立《たち》塞《ふさ》がって、

「失礼ながら御用の趣は?」

と訊《き》いた。すると仲間の頭らしい六尺棒を持った奴が、ぬっと髭面《ひげづら》をつき出して、

「御用だと、貴様はなんだ?」

「——当家の門人でござる」

「ふん、そんな生白いにやけた面で武芸をやるのか、己《おれ》はまた男の小間使いかと思ったぞ、

門人なら道場の主に取次げ、天下の浪人大横田左馬介が『微塵《みじん》組』の同志十五名と共に参った、評判娘の赫夜姫を賭《か》けて、ひと勝負申込むと、――分ったか。それから断って置くが、我々はいずれも鞍馬八流から一刀流、自源流、諏訪流、凡《あら》ゆる流派を極めた腕揃《うでぞろ》いだ、関東、京坂、中国、武芸者という武芸者を微塵に打挫《うちくじ》いて来た、微塵組の名の由来するところだと、よくそう申すのだ」

「ふふふふこいつは拙者の上手《うわて》だ」

男之助は思わず失笑した。

「な、何を笑う」

「いや、折角でござるが、今日は先生はじめ重なる門弟は他出中でござる、残念ながら後日改めて」

「云うな云うな、その手は食わんぞ」

大横田浪人喚《わめ》きたてた、「此方が強いと見れば居留守を使う、そんな甘手に乗る我等ではない、早く取次がぬと踏込むぞ」

「それより、我々を恐れるのは腕前未熟のためであろう、さすれば勝負は勝ちも同様だからその赫夜姫を貰《もら》って行く方が早かろう」

「うん、頑州《がんしゅう》め旨《うま》い事を申すな」

大横田はにたりと笑って、

「その方がいっそ手数が省ける、さあ若造そこを退《の》け、賭け仕合の代物《しろもの》を受取ってやるぞ、退かぬか」

「それは困る」

男之助は弱々しく云った。

七

「気持の悪い声を出すな、困ろうと困るまいと此方の知った事ではない」

「いや其方《そちら》が困るので……」

「なんだと!?」

男之助は振返って、

「陣馬さん、この人達の噂《うわさ》を知っているか」

「し、知っている」

陣馬大助は隅《すみ》の方から蒼《あお》い顔で答えた。

「知っている、秋津氏。手出しをしない方が宜い、殺されて了うぞ」

「へえーそんなに強いか」

「中国筋で評判だ、他流仕合と云って何人打殺されたか知れない、黙っている方が宜い、黙って」

「そいつは怖いな」

男之助がにっと微笑した時、

「此奴《こやつ》、人を嘲弄《ちょうろう》するかッ」

喚いて、頑州と呼ばれた男がいきなり横から殴りかかった。——娘はあっ、と悲鳴をあげたが、男之助は躱《かわ》しもせず、

「や、気の早い」

と素早く相手の腕を取って逆に捻上《ねじあ》げる、ぼきっ、と骨のへし折れる無気味な音がして、

「ぎゃ！」

と喉《のど》を鳴らしながら頑州の体は二三間右へけし飛んだ。陣馬、大河の二人は仰天して眼を剝出《むきだ》した。然《しか》し本当に吃驚《びっくり》したのはそれから後の事である。

「ああ悪い事をした、腕を折って了った」

男之助が気の毒そうに云う、刹那《せつな》！　大横田が一歩ひらいて、物をも云わず六尺棒を発止とばかり打込んだ。とたんに男之助の姿が見えなくなった。

「おや？」

陣馬と大河が呟《つぶや》く、と、取巻いていた浪人の群が蜂《はち》の巣《す》を突いたように破れて、右の端へちらと男之助の体が見えた。そして次の瞬間には左手へ、まるで光のような素早さで縦横に隠見する、その度に、骨を打砕く凄《すさ》まじい音がして、三人五人と見る見る浪人達は打斃《うちたお》されて行った。——正に鬼神の技である。

「鎮《しず》まれ、鎮まれーッ」

大音に叫ぶ声がした、はっとして見ると、五十歳前後の武士に指揮された五十人余りの若

侍が、この騒動を囲むように、道の上下を犇々《ひしひし》と固めていた。——争闘の群も思わず手を控えたが、それと見ていきなり娘が走寄った。

「父上さま」

「おお百代《ももよ》、是はどうした事だ」

「狂犬狩りでござる、村瀬氏」

男之助が声をかけた、——村瀬騎兵衛が振返って見る、いつか大横田から奪い取ったらしい六尺棒を持って、冴《さ》えた笑いを見せている男之助のすばらしい美丈夫振り。

「そう申される貴殿は——？」

「父上さま」

側から娘が「いつぞや宮島詣《もう》での戻りに、杖折峠で危いところを救って頂いたお方でござります」

「おお、あの時の御仁か」

「今日もまた偶然父上を訪ねていらしったところへ、あの浪人たちが来て、既に乱暴をされようとしたのを」

と手短に仔細《しさい》を語る。——うまく行ったら他流仕合に事を托《たく》して、云いぬけた上、幾らかにしようと思っていた浪人たちの残りの七八名は、この様子ではとても逃れぬと見たか、

「ええ、此奴を道伴れにいずれも死ね」

喚きざま、猛然と男之助へ斬《き》りつけた。

「あれッ父上さま」

娘が叫ぶ、騎兵衛も出ようとしたが、その暇はなかった。体を開いた男之助、

「え、やあーッ」

耳を劈《つんざ》く掛声と共に、六尺棒が一閃《せん》、二閃、風を截《き》って飛ぶよと見るや、額を割られ、肋《ろっ》骨《こつ》を折られて、瞬《また》く間に五人を打伏せる、――余りの凄まじさに、残った三人がばらばらと逃出したが、どっこい、道を塞いでいた門人たちのために、たちまち其処へ取詰められて了った。

「わあーっ」

とあがる門人たちの歓声。陣馬大助と大河治部も狂喜して駈寄りながら、

「分ったぞ、分ったぞ秋津氏」

と喚きたてた、「新手《あらて》の道場破り、口伝《くでん》のこつというのは、つまり此方《こちら》が本当に強かったのじゃないか」

「猾《ずる》いぞ猾いぞ。そうだ、此方がずばぬけて強く、しかも負けてやった上に天下の名人だなんて褒《ほ》めるのだ、是では我々が失敗するのも当り前だ、そうとは知らなかったぞ」

「ははははは、だから云ったではないか」

男之助は冴え冴えと笑って云った。

「いまに貴公たちにも得心が参るとな、分ってみれば雑作のない話、今度は貴公たちも成功するに違いない」

「ちぇっ、それを云うな」

陣馬と大河は首を縮めて、然し心から嬉《うれ》しく、頼母《たのも》しそうに男之助の顔を見上げるのだった。

秋津男之助、本名は吹雪代三郎《ふぶきだいざぶろう》、後に算得《さんとく》と改めた。江戸神田小川町の櫛淵弥兵衛《くしぶちやへえ》（神道一心流の達人で一橋家の師範役）門下随一の達者と呼ばれた剣豪である、——此の時の事件が縁となって、彼は間もなく津山公に召抱えられ、村瀬騎兵衛の娘を妻にし、津山藩に永く『鬼の吹雪算得』の名を残した。……陣馬、大河の二人がどうなったか、それは伝わっていない。

（「キング」昭和十三年十二月号）

浪人走馬灯

一

道場からあがった来馬《くるま》辰之介《たつのすけ》が、風呂場《ふろば》で躰《からだ》を拭《ふ》いていると、内門人の吉之助少年が走って来て、

「来馬さん先生がお呼びです」

と告げた。

「昨日の人が来ているんですよ」

「誰だ、昨日の人とは」

「仙台藩の人が他流仕合に来たでしょう昨日、来馬さんが立合って勝ったあの人です。それに偉そうな御老人も一緒なんですから、きっとまたお召抱えの話ですよ」

「詰らないことを饒舌《しゃべ》るんじゃない」

辰之介は着物を取りながら、

「それより顔の墨でも拭くがいい、頰《ほ》っぺたが熊《くま》みたいだぞ」

「あ、いけない」

「また隣の柿《かき》を取りに塀《へい》へ登ったのだろう」

「違いますよ、柿なんてそんな」

「鏡を見てよく洗うんだ、先生にみつかるとまた叱《しか》られるぞ」

少年は慌《あわ》てて頬《ほお》をこすったが、手にもついていたとみえて顔中が煤《すす》をなすったように黒くなった。

辰之介は笑いながら風呂場を出た。

客間には道場の主《あるじ》金沢市郎兵衛《いちろうべえ》と向合って二人の武士が坐《すわ》っていた。一人は昨日やって来て他流仕合を望み、三本のうち二本辰之介が勝った相手である。仙台伊達《だて》の家中で村岡金弥と云《い》った。

「こちらはやはり伊達様御家中で、物頭役を勤められる石谷孫左衛門《いしがやまござえもん》殿と仰《おお》せられる」

会釈《えしゃく》が済むと市郎兵衛がそう紹介《ひきあわ》せて云った。

「実は、……昨日の立合いの結果、その許《もと》を改めて御主家仙台様へ御推挙下さろうと仰有《おっしゃ》ってみえられたのだが」

「いや推挙というよりは」

と石谷老人は向直って、

「主人陸奥守《むつのかみ》はかねがね殿中でいろいろ貴殿の噂《うわさ》を聴かれたそうで、御承知の通り昨日この村岡を寄来《よこ》したところ、噂に違《たが》わずあっぱれ得難き御手腕とのことで早速当家へ迎えよとい う仰せでござる。早急な話ではあるが今日こうしてお伝えに参った次第。……如何《いかが》であろう、食禄《しょくろく》にお望みもあらば拙者より必ずよきようにお計い申すが」

「過分の仰せ、恐縮に存じます」

辰之介は静かに会釈して、

「未熟者の手前をそれほど御懇望下さるのは面目に存じますが、実は二度と主取りは仕《つかまつ》らぬ所存、御意を無にするようでまことに不本意ながら、どうぞ御前よしなに……」

「ほう、主取りは嫌《いや》と云われるか」

老人は意外だったらしい。

「然《しか》しそれには仔細《しさい》がござろう、禄高の望みとか、主人として仕える相手に不足があるとか」

「別に左様なことはありません」

「ではなにか大望をお持ちなのか、親御の仇《かたき》を討つとでもいうような」

「いや、ただ主取りがしたくないのです」

「申上げた通りでござる」

側《そば》から市郎兵衛が執成《とりな》し顔に云った。

「すでに諸方からお望みを受けたことも度々であり、拙者としても当人の出世するのを見たいのですが、この通りどうしても仕官を承知しないのですから……」

「どうも拙者には解《げ》せぬ」

石谷老人は不服そうに、

「実は主人陸奥守も殿中で、土佐侯はじめ加賀、会津、庄内の諸侯が断わられたと聴いたそうで、されば是非とも当家へ迎えるようにと申付かって参ったのだが、……来馬氏、打明けたところをお話し下さらぬか、ただ主取りをせぬとだけでは子供の使者のようで、老人このまま主人の許へ帰りようがござらぬ」

「仰せ御尤《ごもっと》もではございますが、拙者はただ二度と侍勤めがしたくないだけなのです」

辰之介は話を打切るように、

「武道ひと筋の奉公をするには、悪い世の中になりました、……どうぞ御前よしなに」

そう云って座を立った。

来馬辰之介が、この道場を訪れたのは五年まえの春であった。躰馴《からだな》らしのために稽古《けいこ》をしたいと云って来たのだが、市郎兵衛が立合ってみると同じ念流で、然もすばらしい腕を持っている。

——いずれの御家中か。

と訊《き》いてみると、

——浪人でございます。

そう答える言葉の端にも、好もしい人柄《ひとがら》が溢《あふ》れているので、その日から道場へ通う約束が出来、現在では代師範を勤めている。……ただ一つ、彼は五年も経《た》ったのに、まだ一度として身上を語ったことがなかった。

二

——奥羽浪人で母子《おやこ》二人。

それ以外のことは訊いて呉《く》れるな、話したくないと云ったまま今日まで過して来た。

背丈は五尺八寸もあろうか、筋肉の緊《しま》った逞《たく》ましい躰つきで、いつも髭《ひげ》の剃跡《そりあと》の青々とした顎《あご》をもち、高い鼻の脇《わき》に大きな黒子《ほくろ》がある、ふだん口数の少い方だし、どちらかというと無愛想でもあるが、驕《おご》らない温和な質《たち》と、人の気付かぬところに親切な思《おも》い遣《や》りがあるので、門人たちの敬慕することは師範以上だった。

——来馬さんは出世するぞ。

——あれならどんな大藩の師範でも恥しくない、昔なら千石の値打だ。

門人たちのそういう品評にも不拘《かかわらず》、然し辰之介はどんな諸侯の迎えをも断って、一道場の代師範を守っているのであった。

客間を辞した彼はそのまま道場を出た。

母親があるので、住居《すまい》は富沢町に別に持っている、そこから毎日通って来るのだ。外は雨もよいの宵闇《よいやみ》だった。

平松町から江戸橋へかかって来ると、大きな廻船《かいせん》でも着いたらしく、河岸《かし》道いっぱいに荷を運ぶ軽子《かるこ》や、問屋の手代たちや人足、それに上陸した旅人やそれを迎えに来た人々の提灯《ちょうちん》など、ざわざわとしたあわただしい混雑がひろがっていた。……辰之介がそのあいだを縫って、いま橋を渡ろうとしていると、

「……もし」

と云って後ろへすり寄った者がある。

振返って見ると、一人の武家風の娘が、走って来たとみえて息を喘《あえ》がせながら、つと四角

い箱包みのような物を辰之介の手に押付けながら云った。

「中兼ねますがこの品を」

「………」

「大切な品でございますが、悪者に追われて居《お》りますので、お預り下さいまし
おろおろ震える声で囁《ささや》くように、

「十五夜の八時《いっつ》に、浅草寺《せんそうじ》の五重塔の下でお待ち申して居ります。十五夜の八時《いっつ》、どうぞそれまで、助けると思召《おぼしめ》して」

「お待ちなさい、悪者とはどれに……」

呼止めようとしたが、娘はすばやく往来の人混《ひとご》みにまぎれて姿を消した。

あっという間の出来事である。

辰之介は預けられた包を手に、立止って四辺《あたり》を見廻《みまわ》したが、これが追っている悪人と見分けられる者もない、……然し娘の取乱した様子は疑うべくもなかった。宵闇にちらと見ただけではあるが、秋草を散らした単衣《ひとえ》と、淋《さび》しげな、品のいい額つきは鮮かに眼《め》に残っている。

――十五夜の八時《いっつ》。

今日が九月十日だからあと五日ある。

「その日になれば分るだろう」

そう呟《つぶや》いて辰之介は家へ帰った。

富沢町の露地裏の家では、ちょうどいま母が食事の支度を終ったところであった。……町

道場の代師範の手当くらいでは、江戸の住居は楽ではない。そのような裏長屋の一軒でも、故国《くに》なら小さな屋敷を借りられるほどの金を取られるし、水にまで銭が掛ると知ったはじめの頃《ころ》は、全く息詰るような気持だった。五年のあいだにいつか慣れたとはいうものの、姉《はしため》も使えぬ身上とて自ら厨《くりや》に立つ母を見ることは、辰之介にとってなによりも辛《つら》いことだった。

「母上、唯今《ただいま》戻りました」

「お帰りなさい、お疲れでしょう」

「遅くなりまして……」

「こちらもお客来だったので、いまようよう支度が出来たところですよ」

「客来と申しますと……」

あがって袴《はかま》を解こうとした辰之介は、ふと部屋の隅《すみ》に置いてある贈物をみつけた。

「母上、これは」

「会津さまのお使者が置いて行かれたのです、先日おみえになった方とは別の、……その上にお名札がありましょう」

「これをお受取りになったのですか」

「お断りしたのだけれど」

母親のつゆは当惑そうに坐って、

「どうしても承知なさらず、お召抱えの話とは関《かか》わりなくただ敬慕の印としてと仰せられ、つい今しがたまで待っておいでだったけれど」

「……明日返して参りましょう」

辰之介はそう云って着替えをした。

会津松平、はじめに召抱えたいと道場へ申込んで来てからもう三月になる。折さえあると使者を向けて随身を求めるのだが、こんな贈物までされようとは思わなかった。

——こんなことで気変りがすると思っているのか。

辰之介は可笑《おか》しくさえ思いながら、その贈物を片付けようとしてふと、……それを受取った母の気持に突当った。

——母上は……。

若《も》しや母は、自分が仕官することを望んでいるのではあるまいか。

辰之介は水仕事に荒れた母の手指を見た。

三

明日にもすぐ返しに行こうと考えたその贈物は、そうするのも余りおとなげないように思えたので、そのまま戸棚《とだな》へ突込んで置くことにした。

——また来たときに返せばいい。

と思ったのである。

そんなことより、今の辰之介にはもっと気懸りなことがあったからだ。

その夜から降りだした雨は十三日まで続いて、これでは十五夜も雨かと思われたが、十四日の午後にからりと霽《あが》って、当日は朝から雲ひとつなく晴れた秋空になった。……今夜は浅草寺へ行くつもりで、預けられた例の箱包も道場へ持って来てある。どんな身上の娘か、無事に五重塔の下で会えるか……稽古をしながらも、辰之介は頻《しき》りにそんなことを考えていた。

もう道場をあがろうかと思っていた時、

「来馬さん、先生がお呼びです」

と吉之助が知らせに来た。

「稽古をしまって来るようにって、今日はお客様じゃありませんよ、先生お独りです」

「よし、すぐ参りますとお返辞して置いて呉れ」

辰之介は間もなく稽古を切上げた。

湯を浴びて、着替えをして居間へ行くと、市郎兵衛は酒の支度を前に坐っていた。……もう黄昏《たそがれ》の色の動きはじめた庭に打水のあとも清々《すがすが》しく、燭台《しょくだい》には灯《ひ》が入っていた。

「お呼びでございますか」

「お疲れであろう。先《ま》ずこれへ。……今宵は名月なので、一盞《いっさん》まいりたいと支度をさせたところ、迷惑でもあろうが坐って頂きたい」

「かたじけのうございます」

辰之介は会釈して座を進めながら、

「実は八時《いつつ》に人に会う約束がございますので、失礼ながらほんの暫《しばら》くお相手を仕ります」

「それは心附かぬことであった。ま、とにかくまいろう」

「頂戴《ちょうだい》いたします」

辰之介は盃《さかずき》を貰《もら》いながら、これはなにか話があるなと思った、そして事実、……数盞の献酬が済むと、

「ときに、今宵は話がある」

と市郎兵衛は静かに眼をあげた。

「貴殿が此処《ここ》へ初めて来られてから既に五年余日、もう互いに気心も底なく知合った頃と思うがどうであろう」

「……は」

「若しこの市郎兵衛を多少なりとも信ずるに足ると思われたら、改めて貴殿のお身上を聞かせて貰いたい」

辰之介は黙って盃を措《お》いた。

市郎兵衛もまた日頃から無口である、武骨で、小さな事に無頓着《むとんちゃく》で、然しどこかに武芸者らしい頑固《がんこ》な質があった。……身上の事は語りたくない、云うに及ばぬと約束して五年、今日までひと言もそれに触れず、信じ切って殆《ほとん》ど道場を任せて来たと云ってもよい。

その信頼の深さを辰之介はよく知っている。

——身上は話したくない。

と云えば今でも押返して訊くようなことはないだろう、然し話すべき時期が来るということは辰之介の方でも考えていた。

「……それでは、仰せに従って申上げます」

暫く黙っていた辰之介はそう云って膝《ひざ》を正した。

「拙者は出羽国《でわのくに》本庄の生れです」

「六郷侯の御家中じゃな」

「代々物頭として五百石取りでございました、父は勘十郎と申して、実直一方の武士気質《かたぎ》でしたが、先代阿波守《あわのかみ》政晴侯のお気に入りでお側去らずの御奉公を致して居りました」

辰之介はちょっと言葉を切った、……話の筋道を立てようとするらしい。

「ちょうど六年まえ、享保《きょうほう》十一年の春に阿波守様が御他界になり、但馬守《たじまのかみ》政英侯がお世継ぎを遊ばしました。……常々御病弱で癇《かん》が強く、側近の人々も怖《おそ》れ憚《はばか》るという有様であったと聞きますが、その年の秋、本庄へ御国入《おくにい》りと共に、父勘十郎を蔵方出仕に仰付《おおせつ》けられたのでございます」

「左遷《させん》じゃな」

「父は隠居を願い出ましたが許されず、遂《つい》に御宝物蔵預りを命ぜられたのです。……するとそれから間もなく、但馬守様が江戸からお伴《つ》れ遊ばした侍のなかに、大河原蔀《おおかわらしとみ》と申す側用人が居りましたが、この者が御蔵へ参りまして御宝物の『青嵐《せいらん》』という茶碗《ちゃわん》を出すようにと申出ました」

ここで再び辰之介は口を閉じた。……なにか胸へ突上げて来るものがあるらしい、暫くそれを抑えている様子だったが、

「大河原は持って来た殿のお墨判《すみ》を見せましたので、父は自ら立って蔵を明け、その茶碗を取出して来て渡したのです」

「……」

「ところがそれから五日目に、小姓頭が参りまして青嵐の茶碗を出すようにと申出ました、むろん、大河原蔀が持って行ってからまだ戻って来ません、父は殿がお忘れになったのであろうと申して右の次第を答えたのです、……すると、殿のお手許《てもと》には上って居らぬ、そんな命令を出したこともないという仰せでございました」

四

「父は御前へ出まして、お墨判も拝見し、慥《たしか》にお渡し申した事実を述べ、大河原をお糺《ただ》し下さるように申上げました」

辰之介の拳《こぶし》が膝の上で微《かす》かに震えだした。

「すると殿には非常な御立腹で、宝物蔵記録に余の墨判が取ってあろう、それを見せろとの仰せです。お墨判は拝見しましたが記録には別に押捺《おうなつ》しなかったので父は言句に詰まりました。殿は押冠《おしかぶ》せて、大切な家宝を預る身で確《しか》とした順序も執らず、猥《みだ》りに宝物を取出すとは不所存者、切腹を申付ける……と」

「……無慙《むざん》なことを……」

勘十郎は切腹した。

そしてその翌々日、大河原蔀が青嵐の茶碗を殿から預っている事実が分ったのだ。蔀は江戸を立つとき但馬守から、本庄へ参ったら青嵐の茶碗を宝庫から出して預って置けと云《い》われて来たのである、……然《しか》し彼は元来勘十郎と不和の間柄だったので、問題が起ったとき知らぬ顔で黙っていた。……そして勘十郎が切腹と聞いてから、初めてそれと知ったように殿へ言上したのだ。

但馬守としては、江戸を立つとき命じて置いたことなので蔀を罰する訳にはいかなかった。……寧《むし》ろ、蔀に命じたことを忘れていた自分に責がある。同時に、記録帳へ墨判を取らなかったことは、（規則はそうだが、実際は一々取っていない）なんと云っても勘十郎の手落ちなので、

——家族には咎《とが》めなし、辰之介を以《もつ》て家督相続せしむべし。

ということで結着した。

「拙者はお達しのあった日にすぐ退国しました」

辰之介は声を震わせて、

「武士は主君の御馬前に命を捧《ささ》げて居ります、然しこれが切腹を命ぜられるほどの罪科でございましょうか、たかが茶道具ひとつ、それも些細《ささい》な手違いに過ぎません、……人間の命は、そんなに安いものでございましょうか」

「…………」

「あのとき直《す》ぐ、蔀が仔細《しさい》を申し出たら恐らく結果は違っていましたろう、その意味から云

えば蔀は父の敵です。然し……拙者はそれよりもっと、そうした君臣関係を憎みます」

「…………」

「しょせん、泰平の武士は大名の飾物で、まことの武道は寧ろ武家の外にあります、……武弁一途《いちず》に勤めるより他に世渡りの法を知らなかった父は気の毒でした」

「……ようこそ打明けて呉《く》れた」

市郎兵衛は太息《といき》を叶きながら云った。

「まことの武道は寧ろ武家の外にあるという説もよく分る、これまで諸侯から召抱えの使者があっても、断わり通して来たのはそういう仔細があったのだな」

「独り合点です、どうぞお笑い下さい」

「……富田氏」

市郎兵衛が振返って呼んだ。

――誰かいたのか？

と不審に思って振返る辰之介の前へ、襖《ふすま》を明けて一人の若侍が入って来た。

意外にも本庄での旧友富田慶一郎だった。

「来馬……久々で会う」

「富田か」

「半年のあいだ苦心して探《たず》ね廻ったぞ、色々と話すべきことがある」

「いや無駄《むだ》だ、止《よ》せ」

辰之介はすっと立った。

「まあ待って呉れ、貴公の胸中はいまあれにいて聞いた、一々尤《もっと》もだ、あの事に就てはなんとも言葉がない、然しお家も変ったのだ、但馬守様は御隠居あそばされ、この春から御二男《ごじなん》伊賀守政長様が世をお継ぎになった……また大河原蔀は悪事が顕《あら》われて」

「沢山だ、なにも聞きたくない、誰がどうなろうと今の拙者にはなんの興もないのだ、……先生、約束がございますから拙者は是で」

「来馬、待って呉れ、もうひと言」

慶一郎の声を耳にもかけず、辰之介は大股《おおまた》に部屋から去った。

――先生はお執《と》り成《な》しをして下さるおつもりだったのだ。……先生には悪いが。

辰之介はきゅっと唇《くちびる》をひき結んだ。

本庄藩に関する限りどんな事も耳にしたくない、たとえ旧友の顔でも、見ているだけであの時の忿怒《ふんぬ》が盛返して来る、……今日まで彼が身上を語らなかったのは、語れば主家を罵倒《ばとう》せずにいられぬことを知っていたからである、たとえどんな理由があろうと、武士として旧主を罵《ののし》るのは道ではない、だから彼は一切それに触れないようにして来たのであった。

「……いまなん刻《どき》だ」

「さきほど七時《むつはん》が鳴りました」

「先生には帰ったと申上げて呉れ」

辰之介は、例の箱包を取出して道場を出た。

五

いい月である。

門を閉めるのは十時《よつ》であるが、今夜は名月なので大川端へ出る人の方が多いか、浅草寺境内はもう人影まばらだった。

八時《いつつ》の鐘が鳴って暫く経《た》つ。

辰之介は五重塔の下に立って、さっきから四辺《あたり》を見廻《みまわ》している……約束の刻なのだがまだ娘の姿はみえない。

——本当に来るだろうか。

ちょっと不安になって来た。

あのとき娘は大切な品だと云った、大切な品を見も知らぬ他人に預けるだろうか？……よく話に聞くことだが、巾着切《きんちゃくき》りの類《たぐい》が人の物をすり取って、危くなると他人の躰《からだ》へ預けるという。

——若しやそんなことではないか。

預けられた物だから、そのまま手も触れずに置いたが、一応中を検《あらた》めて見た方がよかったのではないか。

「おう、道が違やあしねえか」

「黙って来りゃあいいんだ盲人め、奥山を抜けて行きゃ近道だ」

「へっ、またはの字へ寄る魂胆だな、蓮《はす》の葉の雨蛙《あまげえる》でふられるこたあお構いなしだ、業曝《ごうさら》しなはっつけだぜ」

「己《おれ》が雨蛙なら、うぬあ禅寺の大黒柱でまだ撫《な》でられたことは一度もあるめえ」

馬鹿《ばか》なことを云って通る二人伴れがあった。

——活《い》き活《い》きしているな。

見栄《みえ》も飾りもなく、思うことをずばずば叩《たた》きつける、若さと素裸の心が生々しい魅力にさえ感じられた。

辰之介が町人たちの後姿に眼《め》をやっていたとき、山門をぬけて小走りに娘が近寄って来た。……その足音で辰之介が振返る、ちょうど月をまともに浴びる位置で、娘の方は暗いが辰之介の顔はその鼻脇《はなわき》の黒子《ほくろ》まではっきり見える。

「お約束の通り待っていました」

辰之介が声をかけた。

「江戸橋の袂《たもと》で会ったのは貴女《あなた》ですね」

「……あ」

娘は低く驚きの声をあげた。……そして、うしろさがりに四五歩たじたじと退《さが》ったが、そのまま踵《きびす》を返して山門の方へ逃げだした。

「どうしたのだ、お待ちなさい」

「…………」

「お待ちなさい、この品を」

意外な結果に驚いて、呼びかけながら辰之介はその後を追った。

――是はなにか仔細があるぞ。

走りながらそう思った。

――追っていることを気付かれてはいけない、覚《さと》られぬように行先を突止めてみよう。

咄嗟《とっさ》にそう思ったので、家並の軒先を伝いながら、見え隠れに娘を追い続けた。

表通りはさすがにまだ人通りがある。

事ありげに走って行く娘が人眼を惹《ひ》かぬ訳はない、なかには立止って見送る者もあるので、娘はようやく歩調をゆるめた、そして何度も振返っては辰之介の姿の見えないことを慥めながら、気もそぞろの足取で吾妻橋を渡った。

――江戸は広い、迂闊《うかつ》にこんなことをしてとんだ罠《わな》にかかるのではないか。

そんな気もした。

然しそういう不安は、益々《ますます》好奇心を昂《たか》めるばかりである。橋の上は月を見る人たちでいっぱいだった、……川面《かわも》から絃歌《げんか》の声が聞えて来るのは、月に浮かれる蕩児《とうじ》であろう、……橋上橋下、絶望と歓楽と、追われる者追う者、悲劇と喜劇とのうえに、月は冷やかな青の光を投げている。

橋を渡り切った娘は河岸《かし》を右へ折れたところでふと立止った。

此方《こちら》を眤《じっ》と振返っている。

辰之介は自身番の小屋の蔭《かげ》にひそんで、暫く息をひそめた。……その小屋の小窓の外に、走馬灯がくるくると廻っている、番人の手作りであろう、墨描《すみか》きの拙《つたな》い絵であるが、仄《ほの》かな蠟燭《ろうそく》の光にうつし出された画像は、拙いだけ余計に活き活きとしている。杖《つえ》を曳《ひ》く盲人、吠《ほ》えかかる犬、駕籠《かご》舁《か》き、ぼて振り、侍、屋形舟、飛脚、娘、……めまぐるしく廻るその影絵は、この四五日来の辰之介の身辺を語るように思われる。

——皮肉だな。

廻る影絵と、人生と。

いずれも、しょせんは朽ちて、腐れて、塵《ちり》に還《かえ》る運命である、……辰之介は本庄を退国してから初めて、自分の胸中を語って呉れる相手をみつけたように、あわただしく廻る走馬灯へ眼をとめた。

むろんそれは僅《わずか》の間であった。

娘は追手のないことを慥めると、こんどはひどくたどたどした足取で歩きだし、やがて北本所の真能院前にさしかかった。

——もう近いな。

相手の歩調でそう思っていると、果して、……娘は暫《しばら》く躊躇《ためら》ってから、ようよう心決したさまで真能院の手前にある露地へと入って行った。

六

富沢町の辰之介の住居《すまい》よりも段違いにうらぶれた貧乏長屋だった。

もう九月なかばだというのに、傾きかかった棟割りの軒にはまだ蚊が群れていて、戸毎《こごと》に団扇《うちわ》の音や蚊《か》遣《や》りの煙が立ち、声高な女房の喚《わめ》きや、けたたましい赤子の泣声が露地いっぱいに溢《あふ》れていた。

娘が左側のどん詰りの家に入るのを見定めて置いて、そっと軒先へ忍び寄った辰之介は、

「なに、……なに、……会えなかったと?」

そう叫ぶ男の嗄《しゃが》れた声を聞いた。

「馬鹿者、おまえは父を、殺す気か!」

「…………」

「あの品が無くては、親子二人生きてはいられないのだぞ、もう半刻もすれば使いの者が来る、そのとき、なんと答えたらいいのだ」

「…………」

娘が咽《むせ》ぶようになにか云った、辰之介には聞えなかったが、男は愕然《がくぜん》とした様子で、

「な、なに、それはまことか」

不意にひっそりとなった。……辰之介は腰高障子に手をかけて、御免と云いながらすっと明けた。

あっ！　という声が聞えた。

六畳ひと間の行灯《あんどん》の光に、病臥《びょうが》している中老の男と、のけ反るように驚いている娘の姿がうつしだされていた、……辰之介は二人の様子を篤《とく》と見てから土間へ入った。

その刹那《せつな》、娘はとび上るように、

「お、お待ちください、来馬さま」

と男を背に庇《かば》いながら叫んだ。

「父が悪いのではありませぬ、みんな、みんな大河原さまの企《たくら》んだことなのです、父には罪はございませぬ、お赦《ゆる》し下さいまし」

「……大河原……」

辰之介は愕《ぎょ》っとした。

いきなり自分の名を呼ばれたことも意外だった、大河原という名が出たことは更に大きな驚きである。然し娘のそのひと言は、雪崩《なだれ》の襲いかかるように、辰之介の頭へ一時に色々なことを直感させた。

――この親子は本庄藩の者だ。

――大河原蔀となにか関係がある。

――そして此の品に原因がある。

辰之介は手早く箱包を解いた。

「あ！　それを見られては……」

とび掛ろうとする男に一喝《いっかつ》くれて、風呂敷《ふろしき》の中から現われた桐《きり》の箱の蓋《ふた》をとった。青嵐の茶碗《ちゃわん》である。

五年のあいだ忘れることの出来なかった品だ、太閤《たいこう》秀吉から拝領した六郷家重代の宝、父勘十郎を切腹させた茶碗である、……辰之介は憎悪《ぞうお》の眸子《ひとみ》で暫く覓《みつ》めていたが、やがてぴたっと蓋をして、

「これは、青嵐の茶碗だな」

と向直る、……その前へ、娘はまるで身を投げかけるようにしながら、

「お待ち下さいまし、どうぞ暫く」

と必死の声で云った。

「なるほど父は大河原さま御一味でございました、けれど此の品を盗み出したのは父ではございません、父はただお預り申しただけでございます。それも後で御宝物のお茶道具と知れましたゆえ、わたくしは父を罪人にしたくないと存じまして、芝のお上屋敷へそっとお届けに参ろうとしたのです」

「この茶碗を盗み出していったい蔀はどうしようとしたのだ」

「よくは存じませぬが」

と娘は父親の方をちらと見ながら、

「御老中の酒井様へ、それを引出物にして御出世をなさるお考えとか伺いました、……そう

すれば父も、御一味の方々も一緒に召抱えられるというお話でございます」

辰之介は娘のうしろで、苦しげに頭《こうべ》を垂れている男の方を見やった。

「貴公、そんなことを信じているのか」

「………」

「他家から盗み出した品などに眼をくれて、天下の老中が新参を召抱えるなど、そんな馬鹿げたことが有ると思うのか」

「わたくしも父にそう申しました。父はただ、大河原さまを怖《おそ》れているんです。父はこの通り病身で、なにをされても黙っているより他にないと諦《あきら》めているのです。……でもわたくしには見ていられませんでした。それで、思い切ってお上屋敷へ参ろうとしたのです」

「江戸橋で会ったときか?」

「はい、けれど彼処《あそこ》まで参りますと、大河原さまの御家来に出会い、わたくしに無礼なことをなさろうとしますので、危く振切って逃げましたものの、もし捉《つか》って御宝物をみつけられてはそれまでと存じ、……貴方《あなた》さまとは思いもよらずお預け申したのでございます」

「拙者が来馬辰之介だということは、浅草寺で初めて知ったのか」

「……はい」

娘はそっと辰之介を見上げた。

此処《ここ》まで話すあいだに、辰之介の朧《おぼ》ろげな記憶の中から、この親子の姿がようやくはっきりと見えて来た。

父勘十郎の組下にいた足軽頭、根本嘉兵衛《かへえ》と、その娘で名はたしかおきぬとか云《い》った筈《はず》である、身分が違うので言葉を交わしたことはなかったが。然《しか》し……朋友《ほうゆう》たちがゆきずりに彼女を指さして、

——あれが根本の評判娘でおきぬというのだ。

と教えたことを思い出す。

「根本、……たしかそう申したな」

辰之介は大剣を脱《と》って、

「精《くわ》しい話を承ろう、相手が大河原蔀なら拙者にも少し考えがある。貴公に迷惑はかけぬからすっかり話して呉《く》れ」

そう云って座を占めた。

七

道場へ訪ねて来た富田慶一郎の口から、

——御家《おいえ》に代替りがあった。

——但馬守様は御隠居されて、御二男伊賀守政長様が世を継いだということは聞いている。根本嘉兵衛の話も中心はそこにあった。……但馬守政英は病的な癇癖家《かんぺきか》で、あの後は更に酒乱の質も現われ、政治のことなど全くかえりみず、大河原蔀とその一派の奸臣《かんしん》に任せ切りという状態になった。

このままでは御家が危い、心ある者がようやく大事に気付き、藩政建直しのために画策をはじめたとき、幸か不幸か但馬守政英が重病を発した。幼時から病弱だったのが、続けさまの淫酒《いんしゅ》にすっかり蝕《むしば》まれて了《しま》ったのだ、医者は恢復覚束《かいふくおぼつか》なしと診断し、まだ世子がなかったので弟の政長が家を継いだ。

大河原蔀は政英あっての存在だから、この代替りには反対し、政英が倒れたのは政長を擁立する一派の毒害だとさえ云いだした。

然し新しい機運は敏速に進展した。

大河原蔀とその一味の秕政《ひせい》の数々は次ぎ次ぎに摘発され、多額の藩金費消までが顕《あら》われたので遂《つい》に食禄《しょくろく》召上げ追放という処分に定《きま》った。……本来なれば詰腹を切らせるべきで、若手の家臣たちは斬《き》って捨てようと騒いだが、幕府に知れて藩政紊乱《びんらん》の咎《とが》を受けてはならぬという重役たちの鎮撫《ちんぶ》にあって、ようやく無事に済んだのである。

「……それで、御家を立退《たちの》くとき青嵐の茶碗を盗み出したのだな」

「左様でございます」

嘉兵衛は額の汗を押拭《おしぬぐ》いながら、

「けれど、御家の方でも御宝物の紛失に気付き、すぐに大河原様の方へ人がみえましたそうで、慌《あわ》てて私の手許《てもと》へお預けになったものと思います、……私も青嵐のお茶碗だと知ったのは後のことで、吃驚《びっくり》いたしましたが、もうどうにもならず」

「よし分った、訳はよく分った」

辰之介は茶碗の箱を引寄せて、

「きぬどのと申されたな」

と娘の方へ振返った。

「はい」

「なんでも宜《よろ》しい、欠け茶碗でもあったら出して下さい」

娘は厨《くりや》の方へ立って行ったが、すぐに飯茶碗を一つ持って戻って来た。

「これでは……？」

「それで結構、此方《こちら》へ下さい、……嘉兵衛殿、さっき使いの者が来ると云われたな」

「はい、十時《よつ》には此の品を取りに参る筈でございます」

「では来たら是《これ》を渡して呉れ」

辰之介は飯茶碗を入れて元の通り包んだ箱を押しやると、青嵐の方を懐紙にくるんでふところへ入れながら立った。

「六郷家とはすでに縁の切れた拙者だが、大河原蔀には申すべきことがある、むろん貴公はなにも案ずるには及ばないぞ。……ただ、父を悪人にしたくないという一念から、か弱い女の身で六郷家へ届出ようとした、娘の孝心を空《あだ》にするな」

「……はい」

「きぬどの、父御を大切になさい、貴女の心配の根は拙者が今宵《こよい》のうちに始末する、もう誰に憚《はばか》ることもなく暮せるだろう」

「はい、……かたじけのう存じます」

「困ることがあったら訪ねておいでなさい、日本橋富沢町で七兵衛店《しちべえだな》と云えばすぐ分ります、遠慮はいりませんよ」

「………」

噎《むせ》びあげる声に返辞は消えていた。

辰之介は軽く会釈《えしゃく》をして外に出た、……娘は門口まで送って出たが、辰之介は見返りもせずに立去って行った。

——ふしぎなめぐりあわせだ。

ちりぢりに流れへ散込んだ木葉が、堰《せき》の淀《よど》みへ来て再び一所へ集るとでも云おうか、この四五日のあいだに過去の色々な影が、辰之介のまわりへ渦《うず》を巻いて集ったような感じである。

——父のひきあわせかも知れぬ。

河岸の暗がりに佇《たたず》んだ辰之介は、真能院の露地口を見張りながら呟《つぶや》いた。

——そうだ、父上が無念をはらせと仰《おお》せられるのだ、そのお導きがなかったらこんな偶然は有得ない、蔀め、こんどは。

のがさぬぞという火のような決意が、初めて辰之介の静かな眼《め》に殺気を与えた。

——あ、来た。

彼はすばやく暗がりへ身をひいた。

吾妻橋の方から来た二人伴《づ》れの武士が、そのまま真能院の露地へ入って行ったのだ。

八

これはまた侘《わび》しい住居である。

長いこと人も住まずに放《ほう》ってあったのを、急に手入れでもしたという風で、軒は傾き柱は歪《ゆが》み、周囲を取巻く竹藪《たけやぶ》は茂り放題だし、荒はてた前庭も腰っきりの雑草である。燭台《しょくだい》がひとつ光を放っている。

いま戻って来た二人の侍を中に、集っている者全部で七名。

大河原蔀、其《そ》の子の大吉郎、友田啓之進、松原角十郎、蜷川忠兵衛《にながわちゆうべえ》、野口公平、……残る一人は知らぬ顔だが、みんな蔀の腹心としてあの頃から眼に余る奴等《やつら》だった。

「御苦労御苦労」

蔀は友田の手から箱包を受取った。

「もう本庄の方の眼もゆるんだし、これでようやく江戸を立てるぞ」

「江戸を立つのですか」

「酒井侯のお国許へ参るのだ。庄内へ、は、ははは、灯台下暗しと云ってな、江戸では評判になる惧《おそ》れもあるが、お国許なら本庄には近くとも却《かえ》って遠慮なしだ」

「然し大丈夫なのでしょうな」

野口公平が髭面《ひげづら》を突出して、

「庄内まで行って若《も》し話が不調にでもなると」

「話の相手は国老次席だ、此方には否《いな》やを云わせぬ材料があるのだ、そんな心配をするひまに出立の……や、あっ！」

箱の蓋を脱るなり蔀は驚きの声をあげた。

「どうなされました」

「……父上！」

みんなが何事かと乗出したとき、

「大河原、なにを驚いている」

呼びかけながら、前庭へ大股《おおまた》に辰之介が進み出て来た。全くの不意うちである。

「あっ！」

と仰天して七人が身構える面前へ、辰之介はずかずかと踏寄りながら、青嵐の茶碗を摑《つか》んでぐいと差出した。

「貴様の欲しいのは是だろう」

「……来馬だ」

「如何《いか》にも来馬辰之介だ、貴様が欲しいだろうと思って持って来てやったのだ、礼を云って受取れ」

「…………」

みんな呪縛《じゅばく》されたように身動きもしない、辰之介は冷笑しながら、

「欲しくないのか、受取れ！」

云いさま、発止と投げた。

柱へ当って茶碗は微塵《みじん》に粉砕し去った。……そのとたんに、端に身構えていた野口公平が、獣のように咆《ほ》えながら抜討ちをかけた。

だっ、という足音。

辰之介の躰《からだ》が左へ傾き、右手に大剣が光ったと見ただけで、抜討ちをかけた公平は庭の雑草の中へのめりこみ、

「蔀、のがさんぞ！」

と辰之介は縁側へ躍上っていた。完全に圧倒されて、残る人々は蒼白《そうはく》になったまま動かない、……辰之介は大剣を青眼につけて更に一歩出る。

「人には長所もあり弱点もある、善心と悪心とは誰の心にもあるものだ、然し悪心が募ると世を毒し人を亡《ほろ》ぼす、……拙者は世の中に性根からの悪人という者は存在せぬと信じていたが、貴様に依《よ》って初めて悪人を見た。旧主家のためとは云わない、父の仇《かたき》とも云わない、世を毒し人を過る悪人として斬ってやる、来い」

蔀の口でばりばりと歯噛《はが》みをする音がした。

「来い、斬って来るんだ」

云いながら躰《たい》をひらく。

刹那《せつな》！　松原角十郎と、大吉郎の二人が、法もなにもなく狂気のように斬りかかった。

えい！　えい！

辰之介の気合が三度、四度。斬ってかかる者は殆《ほとん》どその動作のまま四方へ顚倒《てんとう》し去った。公平はじめみんな峰打であるが、そうと気付く者はない、……すると、蔀はいきなり燭台を蹴倒《けたお》して庭へとび下りた。

外は十六夜《いざよい》の冴《さ》えた月である。

「無駄《むだ》だぞ蔀、止《よ》せ！」

辰之介は跳躍した。

藪の前で蔀は振返り、追詰められた野獣のように、白く歯を剝出《むきだ》しながら刀を抜いた。

「偉いぞ」

辰之介は大剣の峰をかえした。

「それでも刀を抜くことは知っていたな、三度までは受けてやるから斬って来い、十六夜の月が御照覧だ、貴様などの最期《さいご》には勿体《もったい》ない晩だぞ、……いざ！」

蔀の口から悲鳴のような叫びが漏れた。……凩の中の葦《あし》のように、四肢《しし》はわなわなと震えている。

九

露の降りた竹の葉に、月光が玉の如《ごと》く光っているのを辰之介は見た。

「生きていると……」

金沢市郎兵衛がしみじみと云った。

「色々なことに会うものだ、世の中には驚きが満ちている、ふしぎな運命じゃな」

「一応お耳に入れるべきと存じまして」

あれから五日めの夕刻である。

大河原蔀を斬ったことが、若し面倒な事になるようだったら道場に迷惑をかけぬよう、黙って身を引こうと思ったのだが、……峰打を喰《く》った六名がどうにか処置をしたものとみえ、その後なんの噂《うわさ》もないので初めて仔細《しさい》を語ったのである。

「然しどうして茶碗《ちゃわん》を破《わ》って了われたのか」

「……さあ」

辰之介は苦笑しながら、

「別に深く考えて破った訳ではございませんので、ただ……ひどく憎いとは存じました」

「憎いと」

「そうです、憎かったのです、命のない一塊の道具が、人間の運命を狂わせる、それがむやみに腹立たしかったのです」

市郎兵衛は頷《うなず》き頷いた、辰之介の気持がよく分ったのである。それから語調を変えて、

「して、……その娘親子はどうなさる」

と眼をあげた。

「親は如何にもだらしがない様子だが、いまの話ではその娘なかなか心得がある、そのまま

置くのは気の毒のように思われるが」

「拙者もそう存じますが……」

「どうじゃな」

市郎兵衛は笑いながら、

「仙台侯からの迎えをお受けしたら、そうすれば親子夫妻、立派に暮して行けるがのう」

「お戯《たわむ》れを……」

辰之介は眩《まぶ》しそうに云《い》って、

「長座を仕《つかまつ》りました、御免」

と会釈して立った。

話も残りなくして了った、これで五年来の胸の悶《もだ》えがさっぱりと下りたようである。

——心祝いに今宵は母へ酒なとまいろうか。

そう思いながら富沢町の家へ帰った。

唯今《ただいま》戻りましたと、格子戸《こうしど》を明けて入った辰之介は、母と向合って、根本の娘おきぬが坐《すわ》っているのをみつけて驚いた。

「お帰りなさい、お客来ですよ」

という母について、

「お留守中お邪魔を」

おきぬは顔も得あげずひれ伏した。……なにかあった。そう思いながら辰之介は、着替えもせずにそこへ坐った。

「先夜は無礼をしました、ようこそ」

「仰せに甘えまして」

「なにかあったのですね」

「はい……」

「云って御覧なさい、一味の者でも押掛けて行ったのですか」

おきぬは静かに顔をあげた。

「実は、あの夜、貴方《あなた》さまがお帰りになってから一刻《いっとき》ほどしまして、父は……切腹を致しました」

「え？　腹を切った！」

「娘の口から申上げてはお恥しゅうございますが、作法通り立派に切腹を致しました」

「……それは。それは……」

「すぐお知らせに参りとうはございましたが、父の亡骸《なきがら》を送りましたり、後始末をしたりして居《お》りましたため、つい今日までお伺い出来なかったのでございます。……来馬さまに申上げて呉《く》れという父の遺言、どうぞ……これで生前の父の罪はお赦《ゆる》し下さいまし」

辰之介は胸をうたれて黙した。

おきぬはそれだけ云うと、気付かれぬよう袂《たもと》のまま右手を胸元へ持って行った。それは泪《なみだ》を拭《ふ》く動作のようにも見えたが、……不意に辰之介の右手が伸びて来て、

「なにをする、お止《や》めなさい」

と叫んだ。……おきぬは身をもがいて、

「お放し下さいまし、父と一緒に」

「いけない、お待ちなさい」

辰之介は袂の中の手から懐剣を捥《も》ぎ取って投出した。

「嘉兵衛どのも自害することはなかった、然《しか》し如何にも思い切った武士らしい最期だ、おこがましいがお立派だと申上げる、……けれど貴女《あなた》が死ぬのは無意味だ」

「…………」

「貴女は江戸橋で会ったとき、あの人混《ひとご》みの中から拙者を選んで茶碗を預けられた、偶然とは云いきれないふしぎな縁だ……今宵から、拙者が貴女の一生を預ろう」

娘は初めて、堰を切ったように泣きながらうち伏した。

辰之介は静かに母の方へ、

「母上、お聞きの通りです。拙者はもう一度出て来ますから、どうかこの娘に間違いのないようお預り下さい」

「何処《どこ》へお出掛けなさる」

「先生にお目にかかって来ます」

そう云って立上った。

「仙台家からの迎えを、改めてお受けする決心がつきました、……母上にも、もう御不自由はかけませんぞ」

（「冨士」昭和十五年一月号）

五《い》十《そ》三《さん》右衛《え》門《もん》

一

寛延四年九月十八日のこと。

三河国岡崎藩の中老、新山《にいやま》信十郎は矢矧川畔《やはぎがわほとり》にある老職松原佐太夫《さだゆう》の別墅《べっしょ》を訪れた。其《そ》の日は或《あ》る重大な政治上の内談をするので、他にも五人ほど老職が集ったのである。

要談は長びいて夜に入り、終ったのは既に九時《いつつはん》であった。集いの内容が密事なので、みんな供を伴《つ》れて来ていなかったから、其の夜はそこで泊ることになったが、信十郎だけは用事を控えていたので辞去した。

「途中よく気をつけぬといかんぞ」

「狙《ねら》われているからな……」

「刺客が出るかも知れんぞ」

そんな言葉を聞きながして外へ出た。

月がすばらしく冴《さ》えていた。

みんなの忠言がそのまま真実ではないにしても、若《も》しかするとそのくらいの事は有得る状態であった。……然《しか》し三十八歳という壮年の気力と、無念流の剣に相当以上の腕を持っている信十郎は、三人や五人の刺客には怖《おそ》れない自信があったのだ。

佐太夫の家を出て十七八丁。

城下町へ入る手前の松並木へかかった。乾いた道の上に並木の松が、一本ずつ葉数が読めるほど鮮かに影をおとしている、……光と影の斑《まだら》になった道を十五六歩行ったときであった。

「……待て、暫《しばら》く待て」

と声をかけながら、浪人態《ろうにんてい》の者が一人信十郎の前へ立塞《たちふさ》がった。

――来たか！

信十郎は颯《さつ》と二歩さがって、

「誰だ、何者だ」

と大剣の柄《つか》へ手をかけた。……相手は直ちに斬《き》って来る様子もなく、しかし間合を詰めながら口早に云《い》った。

「問答無用、衣服大小を置いて行け」

「……貴様、夜盗だな」

「なんでもいい、拙者は是非ともその衣服大小が要るのだ、但《ただ》し刀を抜いてはいけないぞ、抜いても拙者の方が強いからな、黙って脱いで行く方がいい、お互いに怪我《けが》をしては詰らないから」

「……詰らなくはないぞ」

信十郎はそっと羽織の紐《ひも》を解いていた。

「岡崎の家中には追剝《おいは》ぎにかかるような武士は居ない、貴様は悪い場所へ出たぞ」

「ま、待て、温和《おとな》しく衣服大小を……」

「逃げるなよ」

「あ！　いけない、抜いては！」

慌《あわ》てて右へ廻《まわ》ろうとするはないへ、信十郎は抜討ちをかけた。……得意の手だ、しかし一髪の差で相手は危く躱《かわ》しながら、それでも直《す》ぐに逃げようとはせず、

「待て、待って呉《く》れ、怪我をする、危い」

「……動くな」

信十郎は叫びながら大きく踏出した。

「あっ、危い！」

月光を集めて一閃《いっせん》する剣《つるぎ》の下に、相手の体が竦《すく》んだと思った刹那《せつな》、松の影のむらむらと動く暗がりへふっとその姿が消えて了《しま》った。

一瞬ではあるが信十郎は、

――しまった。

と危険を感じて明るい方へ跳退《とびの》くと、すぐ左手の松の樹蔭《こかげ》から、

「頼む、夜盗ではないのだ」

と相手の声がした。

「武士と見込んで頼むのだ、どうかその衣服大小を貸して呉れ、……長くとは云わない、両三日のあいだ貸して貰《もら》いたいのだ」

「……貸せと？」

「死にかかっている母を安心させたいのだ、頼むから二三日のあいだ貸して呉れ」

信十郎は刀をおろした。

さっきからの態度、言葉の調子から考えるとまんざら辻盗人《つじぬすっと》でもない様子である。殊《こと》に、……死にかかっている母のためという一言が、強く耳をうった。

「……こちらへ出て来られい」

信十郎は刀を納めながら云った。

相手もそれを見届けたのであろう、松の蔭から出て月光のなかへ進んで来た。……継ぎだらけの袷《あわせ》の着ながしに藁草履《わらぞうり》をはき、月代《さかやき》も鬢髪《びんぱつ》もおどろな、まことに尾羽《おは》うち枯らした姿である。……しかし相貌《そうぼう》には卑《いや》しからぬ品位があった、額の高い、眉《まゆ》の濃い、特にその大きな双の眸子《ひとみ》は、世の汚《けが》れに染まぬ清純な光に溢《あふ》れていた。

「いまの一言、なにか仔細《しさい》ありげに思うが、よかったら事情を承ろう」

「かたじけない、なんとも無礼を仕《つかまつ》って」

「拙者は新山信十郎と申す、……立話もなるまいからあれへ参ろう」

そう云って信十郎は三十間ほど先にある小さな閻魔堂《えんまどう》の方へ相手を導いた。

二

「拙者は五十三右衛門と申します。……いそは浜辺の磯《いそ》ではなくて数の五十と書きます。三右衛門も数字の三、文字に書くと五十三右衛門となるので、実に紛らわしくて困るのです」

実直な、そして極めて無器用な話し振りで語りだした。

「父は金右衛門《きんえもん》と申し、佐竹家の江戸詰で、代々留守居役を勤める家柄《いえがら》でございましたが、六年あとに死し、続いて……と云うと妙ですが、実際のところ半年も経《た》たぬうちに拙者は浪々の身の上となって了いました」

「それはまたどうした訳です」

「当座は自分でも分らないで困りましたが、よく考えてみると慣例を破ったためでした」

「……慣例と申すと」

「平たく云えば賄賂《わいろ》ですな」

三右衛門は恥ずかしそうに苦笑した。……如何《いか》にも正直な、生一本《きいっぽん》な表情である。

「留守居役と云えばどこでも自然に出入商人共となにか関係の出来るものでしょうが、特に佐竹ではそれが甚《はなは》しかったのです。それを知らなかったものですから、……知っていたら他に方法もあったのでしょうが、生れて初めて賄賂というものにぶっつかって仰天したのですな、全くいま思っても仰天したと云うのが本当です。……それで表沙汰《おもてざた》にして了ったため、色々な方面に繋《つな》りが出て遂《つい》に拙者を退身させるより他に仕方がなくなったのだと思います」

「世の中は廉直《れんちょく》一点張りでも行かぬものだ」

「如何にも仰《おお》せの通り」

三右衛門は身にしみたように頷《うなず》いた。

「賄賂というものに拘《こだ》わり過ぎたのです、それを悪事だと思うことと、慣例になっていることは別でした、悪事を正すには正すだけの法があるということを初めて悟りましたよ」

「……それで、衣服大小のことは」

「浪人して六年、頼るべき親類とてもなく、三年ほどは貯《たくわ》えを費《つか》いながら仕官の途《みち》を捜し歩いたのですが、僅《わず》か許《ばか》りのものでたちまち無くなり、御当地へ参ってから一年ほどは、……殆《ほと》ど近所の人々の好意で露命をつなぐ有様になって了ったのです、そのうえ母が不治の病に患《わずら》わされまして、いまではもう明日をも知れぬという重態なのです」

信十郎は黙って頷いた。……三右衛門の声は心の悲しさをそのまま表現するように震えた。

「むろん、母は死期も知っています、それで口癖のように、おまえの出世する姿を見ないうちは死んでも死にきれぬと……それだけを繰返し申します。それを聞くのがどんなに辛《つら》いことか……お嗤《わら》い下さるな、嘘《うそ》でもよい、武士らしい姿を作って、お召抱えになったからと云って見せてやったら、母も安心して眼《め》が瞑《つむ》れるであろうと存じ……」

しめって来る声を覚《さと》られまいとしてか、三右衛門はそこで言葉を切った。

信十郎は暫く黙っていたが、

「……お住居《すまい》はどちらでござるか」

と訊《き》いた。

「油屋辻《あぶらやつじ》の裏で、七兵衛《しちべえ》店《だな》という長屋に居《お》ります」

「……それでは今宵《こよい》はこのまま帰って御老母のお看《み》とりをなさるがよい、明日改めて拙者から使いの者を差上げましょう」

「と仰せられますと？」

「当藩へ召抱えに成ったという態にて、衣服差料をお届けします、それで御老母をお慰めなさるがよい」

「それは、……それはなんとも……」

三右衛門の眼は感動にうるんだ。

——世間にはこんな人もいたのか。

と思ったのである。

実は昨夜からなんども、通りかかる武士を呼止めて頼んでみたのだが、一言の下に恫喝《どうかつ》するか、或《あるい》は嘲笑罵詈《ちょうしょうばり》を投げつけて去る人々ばかりであった、……もう仕様がないと決心してこちらから威《おど》してかかった相手が、意外にも情けを知る人だったのである。

こういう時には、

——世間に鬼はなかりける。

という有触れた言葉が、涙の出るほど実感に訴えて来るものだ。

繰返し礼を述べて信十郎と別れ、まるで甦《よみがえ》ったような気持で月光を浴びながら、油屋辻の裏の家へ帰って来た三右衛門……そっと腰高障子を明けて入ると、暗くした行灯《あんどん》の側《そば》からそっと一人の娘が立って出迎えた。

「お帰りなさいまし」

「唯今《ただいま》戻りました、……晩《おそ》くまでお世話をかけて済みません」

囁《ささや》くような声で云いながらあがる。

「様子は別に変りませんでしたか」

「はい、さっき少しお苦しそうでございましたけれど、いまはよくおやすみですわ」

年は十八、相良《さがら》屋の吉五郎という担《かつ》ぎ呉服屋の娘で、名はおその、母子《おやこ》がこの土地へ来て一年このかた、誰よりも親身に母の看とりをして呉れる娘だった。

三

「それで、……」

おそのは気遣わしげに声をひそめて、

「あの事は御都合が出来ましたの」

「やっと出来ました、御家中の親切な人に会ったので、よく事情を話したところ、それでは明日使いの者をやろうという話になったのです、……是《これ》でどうやら安心しました」

「ようございましたこと、わたくし共で出来ることならと父も申して居りましたが」

「いやそれどころでは有りません、貴女《あなた》方には是までも御迷惑のかけ通しです、それも母が治る体であったらお世話して頂く甲斐《かい》もあるのですが、このような有様ではお礼の申しようもございません」

「そんなことを仰有《おっしゃ》っては悲しゅうございます」

おそのは思わず袂《たもと》を眼へ当てた。

「小さいとき母を亡《な》くしましたわたくしには、勿体《もったい》のうございますが、本当の……母《かか》さまのようにさえ思って居りましたもの」

「……実は、母も貴女を……」

云いかけて三右衛門は眼を外向《そむ》けた。

此処《ここ》へ移って来て、間もなく病の床に臥《ふ》した母は、他人と思えぬおそのゝ看護ぶりに、……本当の娘のような気がすると幾度も云い云いした。

――あれならおまえの嫁にしても。

とさえ云いかけたことがある。

情が移るとはこういうことを云うのであろうか、おそのゝと母との自然な愛情のつながりを見ていると三右衛門もいつかしらずこの娘とは他人でないように思いはじめ、しかるべき仕官の途さえ定《きま》ったら、母の許しを得て妻に迎えても……と思うようになっていたのだ。

「もう更《ふ》けます、帰っておやすみ下さい」

「いいえ、まだ十一時《よっはん》には間がございますわ、それに今夜はお夜守をすると云って来ましたから、父もそのつもりで居りますの」

「それはいけません」

三右衛門は押返すように、

「お志は有難いのですが、世間の口の端《は》にのぼっては貴女の御迷惑、母もこのように落着いているのですから今夜は帰っておやすみ下さい」

「わたくし世間などどう云おうと……」

思わずそう云ってから、娘ははっと言葉を切った。それに続いて来る言葉の重要さに気付いたのである、……三右衛門は気付かぬ風で母の枕許《まくらもと》へすり寄った。

おそのが帰ったのは夜半であった。

三右衛門は母の枕許で、薄い掛け夜具をかぶったまま仮寝《うたたね》をした。いつ変りが来ても医者へ馳《か》け出すことが出来るように、……しかし母は弱い呼吸ながら別に苦痛を訴える様子もなく、静かな秋寒の朝を迎えたのである。

朝の食事が済み、医者が診廻りに来た。

そして、それから間もなく、ちょうどおそのが手伝いに来ていたとき、

「……御免」

と訪れる者があった。

「五十三右衛門殿お宅はこちらでござるか」

「……手前でござる」

三右衛門は心を躍らせながら出た。

二十六七歳になる正装の若侍が、足軽に挟箱《はさみばこ》を担がせて立っていた。

「拙者は当地水野家の中老新山信十郎の家臣にて河加部《かわかべ》郷介《ごうすけ》と申します、主人の使者として参上仕った」

「御苦労に存じます、むさ苦しゅうはござるが先《ま》ずお通り下さい」

「いや是にて口上申述べます」

　使者は挟箱をそれへ差出して、

「兼てお申出《もうしい》での仕官の儀、役向にて種々詮衡《せんこう》の結果、お召抱えと決定仕ってござる。……就ては時服一組、お差料、支度金をこれに持参仕った、明日十時《よつ》拙者主人宅までお運びあるよう、口上右の如《ごと》くでござる」

「かたじけなきお沙汰、有難く承知仕りました」

「また、是は内々のお知らせながら、食禄《しょくろく》の儀は二百石とやら承った、お含み置き下さるよう」

「重ね重ねの御厚意、御主人へ宜《よろ》しゅう」

　母の軽い咳声《せきごえ》を耳にしながら、この一語一語が聞えていると思うと、三右衛門はこれが拵《こしら》え事《ごと》でなかったらと考えられて、胸いっぱいに不覚の泪《なみだ》を感ずるのだった。

　使者が去るとすぐ、

「……母上」

　と三右衛門は屛風《びょうぶ》のなかへ入った。……母親はいっぱいの涙の溢れた眼で我子を見上げた、色の褪《あ》せた唇《くちびる》が泣きべそのように震えている。

「お聞き下さいましたか、母上。仕官が適《かな》いました。御当藩水野家へ仕官が適いました。しかも食禄は、二百石でございます」

「……見せてお呉れ」

母親は嗄《かす》れた泣くような声で云った。

「立派になった、姿が見たい、その御衣装を着て見せてお呉れ」

「お手伝い致しましょう」

おそのがいそいそと立って来た。

四

紋服に麻裃《あさがみしも》、新刀ではあるが拵え尋常な大小に金子五十両、それに一通の手紙が添えてあった。

冠省　お約束の品々お届け仕り候《そうろう》、差添え候金子は拙者の寸志に候えば遠慮なく御遣い捨て可被下《くださるべく》候。……御母上《おははうえ》御快方にも向われ候わば、拙宅まで御入来のほど待入候。

文面にはそう認《したた》めてあった。

金子まで恵まれることは、普通なら武士として忍び難いことではあったが、このどたん場では干天の慈雨に等しい、……三右衛門は手早く金子を片付けると、衣服を着替え、裃を着け、竹光の刀を戸棚《とだな》へ押込んで大小を帯した。……眼も動かさず見守っていた母よりも、手伝っていたおそのが先ず、

「まあ、……お立派ですこと……」

と息を引くように叫んだ。

「もっとこちらへ来てごらん」

母は感動に顫《ふる》える声で云《い》った。……もう視力が衰えているのであろう、三右衛門が近々と寄って坐《すわ》ると、見上げ見下ろし、しながら、痩細《やせほそ》った手を伸ばして折目正しい袴《はかま》の襞《ひだ》へ触れるのであった。

「お立派なこと、お立派なこと……」

母親の眼は大きく瞠《みひら》かれた。

「これで母も安心しました、……もう、思い残すことはありませぬ。……さあ、祝いましょう」

「……母上、どう遊ばします」

突然、母が起上ろうとしたので、三右衛門とおそのは驚いて左右から抱支えた。

「母上、お体に障ります」

「なんの、三右衛門が出世したのじゃもの、祝いをしなければなりませぬ、……五十家が世に出るのじゃもの、……嫁女……早う」

「母上、母上！」

「なにをしていやる、嫁女」

そう云いながら、もう母の眼は失神したことを示していた。

おそのが医者を呼びに走った。

一旦《いったん》は持直したものの、安心しきった気落ちであろう、それから二日のあいだ昏々《こんこん》と眠って、遂に母親は亡き人となった。

三右衛門の哀傷をここに記すことはあるまい。信十郎から贈られた金子で野辺の送りも済み、借財なども片を付け、初七日の法会《ほうえ》が終った翌《あく》る朝。……彼は久方振りに風呂《ふろ》へ入ったり、髪結床へ行ったりして、すっかり身装《みなり》を整えたうえ信十郎の屋敷を訪れた。

客間で暫《しばら》く待たされた後、先日使者として来た河加部郷介の案内で奥まったひと間へ導かれた、……そこは居間とみえて、寛《くつろ》いだ信十郎が小机に向っていた。

「おお見えられたか。さ、ずっとお寄りなさるがよい、斯様《かよう》な姿で御免蒙《こうむ》る」

「拙者こそ御無礼仕《つかまつ》る、……先日は不躾《ぶしつ》けなお願いをお怒りもなく、御厚志まことにお礼の申上げようもございません」

「いやいや、些細《ささい》なこと、その話はこれきりにしましょう、……して御老母は」

「遂に死去仕りました」

「……それは、なんとも御無念な。……いつでござったか」

「昨日が初七日でございました。……お蔭《かげ》にて形ばかりですが出世の姿を見せることが出来、母は心から歓《よろこ》びながら逝《ゆ》きました。……最期《さいご》に些《いささ》かながら孝行の真似事《まねごと》が出来ましたのも、みな御貴殿のお志です、この御恩はなにごとに代えても忘れません、……就てはその節お恵みにあずかった金子ですが」

「その話はもう済んだこと」

信十郎は手を振りながら、

「拙者としては出来るだけの事をしたまで、もうそんなことは止《や》めに致しましょう。幸い七日の忌も明けたとあれば差支えあるまい、お近付きの印に一盞《いっさん》おつきあい下さらぬか」

「酒は嗜《たしな》みませぬが……」

「いや、ほんの真似事でござるよ」

信十郎は席を変えましょうと云って立った。

庭続きに一棟、大きくはないが数寄屋《すきや》造りの建物がある、導かれて行くと、そこには美しい侍女が酒肴《しゅこう》の支度を調えて待っていた。三右衛門は酒の呑《の》めない質《たち》なので、……相対して坐ってもなんとなく息の詰る感じだった、尤《もっと》も五十両という大金に就て、返済の算段を相談する積りだったのに、その機会を与えられない心苦しさもある。

「さあお楽に、拙者も崩しますから」

「さあ、この方が勝手です」

三右衛門は堅く両手を膝《ひざ》へ置いた。

両三度酌《しゃく》をすると、侍女は会釈をして去って行った、それを待兼ねていたように、三右衛門は容《かたち》を改めて、

「諄《くど》いようではござるが、過日お恵みに与《あずか》った金子に就て、一応拙者の考えをお聞き願いたいのですが……」

と云った。

五

「そんなにあの金が気になりますか」

「気になるならぬではありません、申せば頂戴《ちょうだい》する理由のない金子、本来なればあのまま直ちにお返し申上ぐべき筋なのですが、先夜も申上げたような事情にて、母の見送りも満足には出来ぬ状態の折ゆえ、心ならずも御厚志に甘えた次第です。なんとしても御返済申上げねばならぬのですが、御承知のような」

「まあお待ちなさい」

信十郎は盃《さかずき》を措《お》いた。

「それを伺うまえに拙者の方から改めてお願いがあるのです。是は先日の僅《わず》かな贈物とは別に聞いて頂きたいのだが」

「お伺い仕りましょう、拙者の身に適うことなればなんなりと」

「仔細《しさい》は申せぬが」

と信十郎は半眼に相手を見て、

「人を一人斬《き》って頂きたいのです」

「…………」

「仔細が申せぬという理由は、当家の秘事に関しているからです。……当の敵は家中の宿老にて、御家を誤る奸悪《かんあく》の者です」

「………」

「事を無事に収めようと苦心を重ねて来たのですが、彼は君寵篤《くんちようあつ》く、宿老の権力を握って動かず、御家の危機は切迫する許《ばか》り、この上はもう刺殺する他に手段なしというところまで来ているのです。……むろん、同志の面々は競ってその役を引受けようとしますが、老臣を刺す以上已も自裁しなければなりません、しかし御家にとってはいま一人と雖《いえど》も喪《うしな》いたくない時です。それで、……貴殿を武士と見込んでお願い申すのだが、どうであろう」

「……は」

「貴殿なれば失礼ながらお身軽、討って立退《たちの》けばそれまで、御迷惑のかからぬ処置は必ずつけます」

「………」

「孝心深き人は義理も篤き仁、そうお信じ申してのお願いでござる、如何《いかが》であろうか」

三右衛門は殆《ほとん》ど茫然《ぼうぜん》とした。

余りに重大な頼みである、信十郎の人柄《ひとがら》には心から畏敬《いけい》を感じているし、過日の恩義も忘れることの出来ないものだ、しかしこのまま信十郎の言葉を信じて宜《よ》いものだろうか、藩政の秘事に関すると云うからには仔細を糺《ただ》す訳にはいかない、やるなら相手の言葉をそのまま信ずる他にないのである。

「いや、これは御返辞のないのが尤も」

急に信十郎は苦笑して云った。

「貴殿の御風格の頼母《たのも》しさに思わず由《よし》なき願いを仕った、他意はござらぬ、唯々《ただただ》同志の者を徒《あだ》に喪いたくないと存じたからの一存でござる、お忘れ下さい」

「いやお待ち下さい、拙者にも」

「いやいやもう宜しい、家中の事は家中で始末すべきが当然、是非お忘れ下さい」

「新山氏、改めてお願い仕る」

三右衛門は眉《まゆ》をあげて云った。

「孝心ある者はと仰《おお》せられた、唯今の御一言でお信じ致します、万分の一の御恩報じにもなれば仕合せ、お役に立ちましょう」

「おやり下さるか」

「浪々の体ひとつお心に任せます、相手の名と討つべき手頼《たより》をお指図願いたい」

「相手は老職曾我忠左衛門《そがちゆうさえもん》、屋敷は寺町の北通りにあります、登城下城の供廻《ともまわ》りは厳重で手が出せません、却《かえ》って敵の虚を衝《つ》いて正面から屋敷を訪れ、面談の折に機を覘《うかが》われるのが究竟《くっきよう》と思います。……幸い貴殿は誰にも知られて居《お》らぬから好都合、江戸表からの密使と申せば必ず会います」

信十郎はひと膝進めて、

「目的を果されたら、此処が客間としてこの庭をこう」

と扇子の要尻《かなめじり》の方で畳へ図をひきながら、脱出する道順を精《くわ》しく説明した。

打合せを終ってから、午《ひる》の食事を共にして新山家を辞した三右衛門は、石のように重い心を抱いて長屋へ帰ってきた。……決心して引受けたものの人ひとりを斬るということは軽くない。……死に瀕《ひん》した母の心を安堵《あんど》させて呉《く》れたうえ、五十金という多額な金を恵んで呉れた信十郎の気持は、こちらの孝心に感動した表われであろう、その感動した心がそのままこちらへ大事を頼む気を起させたに違いない。……そう思えば些かも疑問は残らぬ筈《はず》であるのに、なぜか三右衛門の気持は割切れぬものを含んでいた。

「……お帰りなさいまし」

おそのが待兼ねていたように迎える声で、初めて三右衛門は家へ戻ったことに気付いた。

「お会いなさいまして?……お金のことはよくお話がつきましたの?」

「あとで、あとで話します」

三右衛門は逃げるように云った。

「少し眠りたいから独りにさせて下さい、いや寝床は自分で取ります、構わずに抛《ほう》って置いて下さい、……またあとで」

そして家のなかへ入って了《しま》った。

六

燭台《しょくだい》を隔てて、三右衛門はいま曾我忠左衛門と対座している。

忠左衛門は六十になろうか、陽焦《ひや》けのした顔には深く皺《しわ》を畳み、半白の濃い眉毛が落窪《おちくぼ》んだ眼《め》の上へ垂下っている、しかし肩は牡牛《おうし》のように逞《たくま》しく、節高な指は百姓のように強い弾力を持っていた。……密使と云って人払いがしてあるので、広い屋敷のこの客間には二人きりしかいない。

残んの蛾《が》が一匹、燭をはためかせた。

「使の趣、承ろう」

忠左衛門が促した。

三右衛門は相手の眼をひたと見詰めていたが、急に脇差《わきざし》を取って遠くへ投げて、丸腰になったことを相手に示して置いて、

「江戸表からの使者とは偽りです」

と云った。

「…………」

「私は名もなき貧浪士です、こなた様のお命を頂くために推参した者です」

「……ほう」

忠左衛門の落窪んだ眼がきらりと光った。

「それなら、なぜ脇差を投げた」

「真実が知りたいからです。御老職、……こなた様は御当家にとって忠臣ですか、それとも悪臣ですか、……愚かなお訊《たず》ねですが、こうお訊《き》き申すより他に法を知らないのです、武士として偽らぬ御返辞を伺わせて下さい」

「……珍しいことを訊かれる」

忠左衛門の唇が心持ゆがんだようだった。

「刺客の身で当の相手に忠臣か悪臣かを糺すのは面白い、名はなんと云われるか」

「五十三右衛門と申します、佐竹浪人です」

「新山にはどんな義理があるのか」

老人の声は三右衛門の胸のまん中を射止めた。……明かに三右衛門は狼狽《ろうばい》して、

「いや！　新山、新山殿とやらは拙者、一向に存じません」

「そうか。……そうか」

老人は強《し》いて抗《かま》わず、頷《うなず》きながら暫く黙っていたが、やがて静かに云いはじめた。

「いま当藩では、お世継の問題で二派の論が紛糾して居る。……御当代様には御世子が在《おわ》さぬので、御一族水野平十郎様御二男《ごじなん》をお迎え申すことと、是《これ》は御当代様の御意で数年まえに決定して居った。……ところが、ここに一派の野心ある人々が、新たに御当代様の弟君、兵《ひょう》庫《ご》様を立てて世継に直すべしと唱え出している、むろん、……順序とすれば弟君を立てるのが自然であるが、兵庫様は御病弱にて、医師どもは御寿命も幾許《いくばく》か知れずと申上げるほどなのだ、そのため御親類水野家の長十郎君をお迎え申すことに決定していたのだ」

三右衛門はぐっと唾《つば》をのんだ。

「ではなぜ、今日になって兵庫様をお直し申そうと云う議論が出たのか。……権力じゃ、……己等の力で藩主を守立《もりた》て、政治の権力を握ろうとする野心が因《もと》なのだ」

「それで、……それで御老職には」

「この老人は、兵庫様をめぐる一味にとって舌上の癌《がん》であろう、彼等から見れば、この老人もまたお世継を壟断《ろうだん》して権力に執着すると見るかも知れぬ。……五十氏とやら、しかし」

と老人は語調に紊《みだ》れもみせずに云った。

「老人は、一藩の大事を行うに他人の手を借りるようなことはせぬぞ」

「………」

「まこと忠義の心を以《もっ》て誅殺《ちゅうさつ》すべしと思ったなら、君家のため自ら一命を抛《なげう》って当るべきではないか」

「………」

「縁もなき浪士を雇って死地に行かしめ、自分は口を拭《ぬぐ》って身を保とうとする、それが君家に忠たる武士のすべきことであろうか、ばかな！　下司《げす》でもせぬ事じゃ」

三右衛門は闊然《かつぜん》と胸へ風の吹通うのを覚えた。……これだという気持であろ、刺客の役を引受けながら、どうにも疑心を払いきれなかった気持が、ようやく眼の前に割切れた感じなのだ。……三右衛門は膝を進めて、

「お言葉よく分りました。それでは新山氏は兵庫様を戴《いただ》く一味の御仁でございますか」

「盗賊にも劣るやつじゃ」

老人は不快そうに首を振って、

「貴公は彼に金でも借りて居るか」

「は、……いえ、……実は」

「この老人は貴公を武士とみた、貴公の真正直な魂にうたれたゆえ、藩の秘事まで打明けたのだ、隠さずに話すがよい」

「……まことにあれでございますが」

三右衛門は赤くなりながら、

「それを申上げる前にお願いがございます、どうぞ向う十年を切って四十金拝借させて頂きとうございます」

「新山に返すのか」

老人は微笑した。

「よし貸して進ぜよう、……だが、あの屋敷へ参るなら、物の蔭《かげ》、襖《ふすま》のうしろに注意するがよいぞ」

「……は？」

七

「貴公なら念にも及ぶまいが、下司は下司なりの智恵《ちえ》をもって居る、まあ行ったら忠左を仕留めたと申してみられい、……それで新山の本心が分るであろうから」

老人はそう云《い》って人を呼んだ。

四十両の金子を借りて油屋辻の家へ戻った三右衛門は、新山から借りていた衣服、裃《かみしも》を畳み、五十両の紙包を拵《こしら》えて大小と共に包んで、自分は元の継ぎだらけの袷《あわせ》に襞《ひだ》の擦切れた袴《はかま》を着け、竹光の刀を差込んで新山信十郎の屋敷を訪れた。

もう黄昏《たそがれ》であった。

あまりに薄汚れた姿をみて、家来はちょっと取次を躊《ため》らう様子だったが、それでもやがて客間へ通された。……信十郎は足早に出て来たが、坐《すわ》るより早く、

「首尾はどうであった、まだ行かれぬか」

「行って参りました」

相手の言葉を遮《さえぎ》って三右衛門が云った。そして包をそれへ押しやりながら、

「是は御恩借の衣類大小、金子五十両でござる、お受取り下さるよう」

「ばかな事を、是は元より拙者から」

「いやお受取り下さい」

三右衛門は押返して云った。

「お約束の通り、曾我御老職のお命は頂戴いたしました、また拝借の衣類金子も御返済した訳です、このうえはただ御当地を立退くだけでございますが、……貴殿に御異存はございますまいな」

「むろん、異存などあるべき筈はないが」

信十郎はなぜか不審げに、

「しかし、老職を仕留められたと云うのは事実でしょうな、いや疑う訳ではない、ただ何処《どこ》でどのように致されたか念のために伺いたいが」

「お指図通りです、面会を求めてお居間へ通り、人払いのうえ一刀の下に仕《つかまつ》りました」

「それはお見事な、して別に危険もなく脱出《ぬけで》られたか」

「御覧の如《ごと》く此処《ここ》に居ります、……これで過日の御恩は相殺《そうさい》されたと思って宜《よろ》しゅうございましょうか、宜しかったらお暇《いとま》仕りたいが」

「お急ぎなれば強いてお止めは申さぬが……」

「では御免」

会釈《えしやく》して立上る刹那《せつな》だった。

三右衛門の背へ、抜討ちに一刀、信十郎の大剣が必殺の光を飛ばした。

あっという声と、ばりッと物の裂ける音と、烈《はげ》しい足音が同時に起って、三右衛門の体は襖ごと隣室へ脱し、抜刀の武士が五人、襖の蔭からはね飛ばされて四方へ散っていた。

信十郎の剣気を感じたとき、

——物の蔭、襖のうしろに注意しろ。

そう云った忠左衛門の言葉を思出したのである、だから信十郎の抜討ちに備えるより疾《はや》く彼は襖の蔭へ体当りを呉れたのだ。

「……信十郎、心底見たぞ」

三右衛門は竹光の柄《つか》に手をかけた。

「拙者は馬鹿正直《ばかしようじき》で佐竹を浪人したが、此処では命を失おうとした、六年の浪人生活でも知ることの出来なかった世間の表裏を、今度こそ初めて知ることが出来た、……刀を退《ひ》け、拙者を斬《き》るには及ばない」

「…………」

「曾我忠左衛門殿は無事だ、この三右衛門を斬ったところで、貴公の悪事を闇《やみ》に葬《ほうむ》ることは出来ぬぞ」

「さては、……寝返ったな」

「真の心は世間の表裏を知らずとも通じ合う、馬鹿正直の一徳だ、退け！」

信十郎はちらと左右へ眼配せをした。

四隅《よすみ》から、家士が一時に斬って出た。……おどろな足音と入乱れる影を縫って、絶叫と悲鳴が飛んだ次の刹那に、家士の二人は顔を押えながらのめり、三右衛門は竹光を右手に構えて、元の場所に立っていた。……ひき裂けるような叫喚の次に来た白々とした静かさ、……ほんのひと呼吸《いき》の間であったが、その静かさのなかへ、

「御上使、……御上使にございます」

と叫びながら、玄関の方から走《は》せつけて来る者があった。

信十郎の面上からさっと血の気が退くのを見ながら、三右衛門は脱兎《だつと》のように脇玄関の方へ走っていた。

矢矧橋を渡りさったところで、三右衛門は足を停《と》めた。……おそのは肩で息をしながらおろおろと絶望的に男の眼を見上げた。

「……母の、遺骨の守を、頼みます」

「…………」

「帰って来ますから」

娘は狂おしく男の方へ手をさし伸ばした。三右衛門は火にでも触るように、柔かい娘の指に触れながら云った。

「きっと帰ります、……借金があるのです、……貴女《あなた》にも、むろん、……本当です。今度こそ生きる道がみつかりそうです」

まるでしどろもどろだ。……娘は三右衛門の言葉が聞えるのか聞えないのか、ただ眼いっぱいに男を見詰めながらわなわなと震えている。

「母の……遺骨壺《つぼ》の下に、三十両包んでありますから、拙者が帰るまでなにかの足しにお遣い下さい。……もっとなにか話して置くことがありそうだが……ああそうだ、若《も》しなにか困ることがあったら、御老職の曾我忠左衛門様を訪ねて御相談して下さい。きっと親切にして呉れますから、……五十三右衛門の、許婚《いいなずけ》だと云って……」

三右衛門は娘の手を押しやった。

「では、これで暫《しばら》くお別れです、健固に」

「…………」

「すぐに手紙を出します、……では……」

男の姿が遥《はる》かに遠のいてから、娘はふらふらと惹《ひ》かれるように四五間追った。……しかし

もう間に合わぬと知ったか、

「……待っています、三右衛門さま」

と初めて泪《なみだ》にしめった声で呟《つぶや》いた。

三右衛門が、曾我忠左衛門に呼戻されたのはその翌年の春のことであった。……岡崎藩は大監物忠辰《だいけんもつただたつ》が死んで、養嗣子長十郎忠任《ただとう》が家を継いでいた。兵庫を擁立しようとした一味は、それぞれ処置を受け、新山信十郎は放逐された。……おそのが三右衛門の妻に迎えられたとここに記すのは蛇足《だそく》であろう。

（「雄弁」昭和十五年四月号）

千本仕合

一

「松坂城下で服部於菟之助《はっとりおとのすけ》、森井初右衛門《はつえもん》をやったそうだ。大道勘兵衛《かんべえ》どのが尾鷲《おわせ》まで追っていったが、却《かえ》って右の肩骨を打ち折られて、戸板に載って帰ったというぞ」

「新宮城下では金吾市次郎が負けているな」

「いや新宮ではまだ村田大学もやられている。木内兵衛《ひょうえ》は仮病を使って出なかったらしい」

「それから勝浦、太田、高池と廻《まわ》ってきて、周参見《すさみ》の郡代役所では梶田源十郎と立合っている。むろん梶田の負けで腕の骨を折られたそうだ。見舞金を十両だしている」

紀伊ノ国田辺城は大納言家の筆頭家老、安藤帯刀義門《たてわきよしかど》（有名な帯刀直次の孫）三万五千石の居城であった。……紀伊家の家来ではあるが、三万五千石の城持ちではあり、江戸城中においては譜代諸侯と同格の待遇を受けていた。

慶安四年の春三月、その田辺城下の侍屋敷にある和泉三郎兵衛《いずみさぶろべえ》の家で四五人の若侍たちが口から泡《あわ》を飛ばしながら、さっきから如何《いか》にも口惜《くや》しそうになにか語り合っていた。

するとそのとき、庭の桃畑の中から、一人の美しい乙女が、いま剪《き》ったばかりの緋桃《ひもも》の枝を手に、そっとこっちへ近づいてきた。……この家の主人三郎兵衛の妹で名はお志保、年は十八、田辺領きっての才女のほまれの高い娘である。容色が群を抜いて美しいだけでなく、琴の名手であり、歌を詠《よ》み、詩をつくる。そして、これは兄の三郎兵衛だけしか知らないことだが、小太刀と薙刀《なぎなた》にも男勝りの腕を持っていた。……当時紀州の太守頼宣《よりのぶ》は、後に竜祖といわれた名君で、武を愛すること篤《あつ》かったから、女性のなかにも烈女勇婦と伝えられるものが少くなかった。朝倉滝女、松田さつ女、赤尾右馬之助《うめのすけ》妻《つま》、工藤栲女《こうじょ》などは有名なものであるが、お志保はそういう烈女勇婦の型とは遥《はる》かに違っていた。容貌《ようぼう》も文武の才もとびぬけていたのに、その挙措《きょそ》はあくまで控え目で、ともすると頰《ほお》を染め、眼《め》を伏せる風情《ふぜい》などには、人の心を溶かす色を持っていた。

若侍たちがなにやら憤激して話すのを、暫《しばら》く聞いていたお志保はやがてそっと、気づかれぬように自分の居間へと入った。

その夜のことである。……夕食のあとで、兄の居間へ茶を運んで行ったお志保は、いつもなにか話をしたいときの癖で、茶器をおいたままそこへ坐《すわ》って、大きな美しい眸子《ひとみ》でじっと兄を見まもった。三郎兵衛はその様子に気づいたので、小机の方から振り返った。

「なんだお志保、どうかしたか」

「今日お庭から伺っていたのですが」

とお志保は静かに云《い》った、「松坂や新宮や周参見で、御家中の方々が仕合でお負けあそばしたという話は、どういういきさつなのでございますか」

「ああ、あれを聞いていたのか」

三郎兵衛はちょっと眉《まゆ》を寄せたが、

「おまえに話しても仕様のないことだが、五十日ほどまえから変な男が御領内へ入ってきたのだ。草苅《くさかり》馬之助という、恐らく変名だろうと思うが、まだ若い、美丈夫だそうだ。……その男が、正月中頃《なかごろ》に松坂城下へ現われ、『紀州は天下に武名の高い国と聞く、御領内で千番の仕合をして武道修行をしたいから』と願い出たのだそうな」

領内で千番仕合をしたいという、むろん断わる筋はないので許した。ところがその若者ひどく強い、松坂城下で腕利《うでき》きと呼ばれた者を三人、まるで勝負にならずうち負かして新宮へきた。そこで二人、勝浦、太田で十余人、高池から周参見で八人、その中には田宮流の達人梶田源十郎もいた。こうして、名ある者だけでも二十余人を破り、なお他にも三十番に余る勝ち勝負を取っている。

「それが数日まえから」

と三郎兵衛は続けた、「この田辺城下へ入ってきたのだ。町へはまだ現われないが、三栖《みす》の辺に高札を立てたのを見た者がある。それで……この城下から西へやってはならぬと、みんなが相談にやってきた訳なのだ」

「左様でございますか、よく分りました」

お志保は聞き終ると、兄の眼をじっと見あげていたが、

「それで、兄上さまはいつ三栖へおいであそばしますの」

「己《おれ》が?……馬鹿《ばか》を云ってはいけない」

三郎兵衛は笑った。

「そんなどこの馬の骨とも知れぬ奴《やつ》に、この三郎兵衛が仕合を挑《いど》めると思うか。己はお上の

ためにこそ命も捨てよう、そんな素性も知れぬあぶれ者と立合う気は少しもないよ」

「……本当に。そうでございました」

お志保はそっと微笑して云った、「兄上さまがおいでにならずとも、きっとそんな者はすぐ御領内から逃げて行くことでございましょう。それを伺ってやっと安心いたしました」

二

田辺の城下から、会津川にそって遡《さかのぼ》ること約三里にして三栖の里に出る、……和泉三郎兵衛は、夜半《よわ》の頃に家を出て、未明には三栖の里へと入っていた。

早くも耕地へ出てくる農夫に訊《き》くと、

「ああその人なら」

とすぐに手をあげて教えて呉《く》れた、「あの鎮守の森を越しておいでなされば、左の坂道に標《しるし》の棹《さお》が立ててございます。あの御修行者はいつも夜の明けぬうちに、野陣を張っておいでなさります」

三郎兵衛は教えられた通りに行った。

鎮守八幡社《はちまんしゃ》の森を越すと間もなく、左手の道傍《みちばた》に一本の棹が立っていた。長さ一丈あまり、尖頭《せんとう》に白い裂布《さきぎれ》が結びつけてあって、その下に左のような字を書きつけた板札の下げてあるのが眼に留った。近寄って読むと、らず候こと。

千番勝負

一、当紀州御領分に於《おい》て、お役筋お許しの下に千番の仕合を仕《つかまつ》るべく候《そうろう》こと。
一、勝負は一騎討ち一番限り、道具は其仁《そのじん》の得手次第たること、仕合の後に怨恨《えんこん》あるべからず候こと。
中国牢人《ろうにん》　草苅馬之助

筆勢、墨色ともにみごとなものである。三郎兵衛はそれをつくづくと見てから、道を左へ曲ろうとした。すると直《す》ぐ傍《かたわら》の木蔭《こかげ》から、家僕風の若者がぬっと立ってきて、

「失礼ながら」

と声をかけた、「失礼ながら、仕合をお望みの方でございますか」

「左様、お相手を願いにまいった」

「ではご案内を仕ります」

そう云って、丁寧に会釈《えしやく》をしてから、若者は道の脇《わき》を踏んで先へ歩きだした。……牢人者の下僕にしては、作法の正しい仕方で、三郎兵衛にはその主人の心ざまが見えるように思えた。

爪先登《つまさきのぼ》りの坂を暫くいくと、右手に草の芽の萌《も》えはじめた広場があり、さっきのと同じような標の棹が立っていた。案内の若者は「ここでお待ち下さい」と云って、広場の向うへ小走りに駆けていった。……三郎兵衛はその棹の根本に笠《かさ》を置いた。そして静かに襷《たすき》をかけ、汗止めを巻き、袴《はかま》の股立《ももだち》を取り上げながら、足場をはかるために四辺《あたり》を見廻した。

広場の左手は道で、その先は杉や櫟《くぬぎ》の茂った斜面になっている。下は会津川の深い谿《たに》だ。右手に高尾山、振り返れば牧山の嶺《みね》が迫って見える、……すると三郎兵衛の眼に、又しても例の標の棹の立っているのが見えた。いま彼の側《そば》にある棹と対角線上にある広場の隅《すみ》に、同じ長さの棹が立っているのである。棹頭に白い裂布が結び付けてあるのも、みんな同じだ。

——はて、どうしてこんな方々へ棹を立てておくのか。

三郎兵衛がふと不審に思ったとき、広場のかなたから三人の男が近寄ってきた。左右の二人は家僕風の若者、まん中の一人が草苅馬之助という当の相手に違いない。……見たところ二十七八と思える、色の浅黒い、噂《うわさ》どおりの美丈夫で、濃い一文字眉と、線の強い唇許《くちもと》がひどく印象的である。

「お訪ねにあずかった草苅馬之助です」

彼は慇懃《いんぎん》に会釈して云った、「仕合をお望みというのは貴殿でございますか」

「いかにもお手合せを願いにまいった」

三郎兵衛は相手を睨《にら》みながら云った、「拙者は田辺城の者で和泉三郎兵衛と申す、立合いに道具は望み次第とあるが事実でしょうな」

「認《したた》めました通り、それは貴殿の御自由です」

「では、真剣でお相手を願いたい」

「……真剣で」

相手はじっと三郎兵衛の眼を見返していたが、静かに頷《うなず》いて答えた。

「承知しました。しかしお断り申しますが、拙者は木剣を持ってお相手を致します」

「いやそれはいけない、拙者が真剣なら貴殿も真剣をとるのが当然だ」

「お待ち下さい、たとえ相手がどのような道具を選ぼうと、こちらは木剣でお相手をすることに定《き》めております。たって真剣をとれと仰有《おつしや》るなら立合いは御免を蒙《こうむ》ります」

語気にこもっている自負の強さが、三郎兵衛の胸にむらむらと敵意をかきたてた。……松坂以来三十番に余る勝負をして、まだ一本の敗もとらず、しかもなお堂々と千番仕合を名乗って領内を押し歩くこの男を、このまま和歌山の城下へ入れるのは紀州家の面目に関することだ。どうしてもここで討止めなくてはならんと覚悟してきた。

——斬《き》ってしまおう。

それが三郎兵衛の初めからの決意だった。

「では致し方がない」

三郎兵衛はそう云いながら後ろへ退《さが》った、「やはり拙者は真剣でお相手をする」

「どうぞ御自由に。拙者はこれで」

と彼は右手の木剣を執《め》り直《て》した。

三

三郎兵衛は全身の血が氷《こお》るかと思った。

紀伊頼宣が武を愛する人だったことは前にも記した、それで当時は有名な兵法家がずいぶんその家中に集っていた。殊《こと》に剣法では田宮常円、西尾新左衛門《しんざえもん》、また柳生家から入った木村助九郎、根来独心斎《ねごろどくしんさい》、有馬豊前《ぶぜん》、その他第一流の達人が轡《くつわ》を並べていた。三郎兵衛は根来独心斎について天心独名流を学び、また柳生流をも修行して、家中若手のなかでは屈指の名を取っていた。

しかしいま眼前に、草苅馬之助と相対したとき、彼は血の氷るような驚きに撃たれたのである、……すばらしく出来る、これまで数多く立合ったどんな相手よりも出来る。二尺に余りそうな木剣を八相に構え、殆《ほとん》ど直立したその体軀《たいく》は、自在の変化と、圧倒的な力感を以《もっ》て迫ってくる。

——己とは段違いだ。

三郎兵衛はそう直感した。同時に、かつて師の独心斎が、「自分より下手《へた》の者との勝負はむずかしいが、自分より上手《じょうず》の者とは戦えるものだ」と云ったことを思い出した。

——よし相討ちだ。

三郎兵衛は捨て身の決心をした。

広い草場にはようやく朝の光が漲《みなぎ》りだした。峡間《はざま》に低迷していた靄《もや》は静かに揺れはじめ、小鳥の声が活《い》き活《い》きと林に湧《わ》いた。……三郎兵衛は高青眼の剣をすり上げた。

相手は八相の構えを微動もさせない。

突然！　三郎兵衛の口から絶叫がとび、足下に若草をふみにじった。彼の体はのびるだけのび、大剣は眼に見えぬ迅《はや》さで相手の真向へ光の条《すじ》をとばした。

それと一緒に、馬之助の八相にかまえた木剣は、面上へ伸びてくる三郎兵衛の白刃を斜めに截《き》って、乙の字を逆に描くと見えた……両者の動作には厘毛《りんもう》の遅速も見えなかったが、その結果は恐ろしいひらきを持っていた。馬之助は僅《わず》かに二歩とび退《しさ》っただけであるのに、三郎兵衛は胴を取られ、悶絶《もんぜつ》の声をあげながら草上に身を横たえてしまった。

馬之助は二歩とび退ったとたんに、倒れた三郎兵衛とは反対の方へ、その顔を振りむけて大声に叫んだ。

「そこにおられるのは後詰の方か、ただしは和泉どのの御介添えか！」

よく徹《とお》る声だった。

二人の下僕はその声に驚いて、初めて主人の見ている方へ眼をやった。……広場の下にある灌木《かんぼく》林の中から、一人の若い娘が静かに出てきた。襷をかけ汗止めをし、裾《すそ》を取りあげた甲斐甲斐《かいがい》しい身支度で、薙刀を持っていた。

それはお志保であった。

三人の男には眼もくれず、お志保は静かに進んで出ると倒れている兄の側へ寄ってそっと抱き起した。……肋骨《ろっこつ》が一本折れている様子だったが、三郎兵衛ははっきりした意識で妹を見あげた。

「おまえ、……来たのか」

「ひと足違いでございました」

お志保は血の気のない唇《くちびる》を顫《ふる》わせながら云った、「兄上さまはここへはおいでにならぬものと存じましたので、そっと忍んで出て来たのですけれど……遅れてしまいました」

「見る通りだ、己は……未熟だった」

「兄上さま」

お志保は咽《むせ》ぶように云ったが、静かに兄を草の上へおろし、薙刀を執って立った。……そして馬之助が思い惑った様子で、こちらへ近寄って来ようとする、その面前へ、立塞《たちふさ》がるようにしながら、

「和泉三郎兵衛の妹お志保」

と烈《はげ》しい声で名乗りかけた、「未熟ながらお相手を致します、いざ御用意」

云うとともに薙刀の鞘《さや》を払った。するとそのとき、三郎兵衛が肺腑《はいふ》を絞るような声で、

「お志保、いけない、待て」

と呼びかけた、「この仕合は、喧嘩《けんか》ではない。敗れても恨みは残さぬ約束だ、負けても兄に無念はない、控えろお志保」

「兄上さま、お志保は兄上さまの無念を晴らそうとは思いませぬ、お家の名聞のために」

「無駄《むだ》だ、おまえ如《ごと》きの相手ではない」

「わたくし、技では立合いませぬ」

「お志保！」

三郎兵衛は苦痛を耐《こら》えて叫んだ。

「兄の申すことをきかぬか。このうえそちまでが未熟の腕立てして、世間のもの笑いになり

たいのか、……許さんぞ」

「兄上さま」

お志保は薙刀を捨てた。そして、崩れるように兄の側へ膝《ひざ》をついた。……馬之助はこの様子を静かに見ていたが、

「弥五郎、藤六」

と下僕を呼んで云《い》った、「行って戸板を用意してまいれ、和泉どのをお送り申すのだ、急いでしろ」

四

三郎兵衛は枕《まくら》から頭をあげ、大きく眼を瞠《みひら》きながら、入ってきた井藤金之助の顔をじっと見まもった。……お志保は燭台《しょくだい》の位置を直してから、兄の右側にそっと坐った。

金之助は大剣を右におきながら、

「千番仕合に、行ったのだそうですね。どうして我々に一言知らせてくれなかったのです」

「むやみに騒ぐな」

三郎兵衛は眉を寄せた、「来て貰《もら》ったのは頼みたいことがあるからだ、まあ落着け」

「落着いていますよ。昨日は貴方《あなた》から捨てておけと云ったくせに、独りで抜け駆けをするとはひどい人だ。それで、勝負の様子はどうだったのです。お怪我《けが》をしたそうだが、相手はどうしました」

「己の云うことを聞くんだ、金之助」

三郎兵衛は再び遮《さえぎ》って云った、「捨てておけと云ったのは、相手が貴公らの敵でないと思ったからだ。否《いや》なにも云うな、その証拠には、己が一刀も合わさず負けてきた」

「馬鹿な、そんなことがある筈《はず》はない」

「よいから聞け、相手は第一流の兵法家だ、年は若いが名ある人物に相違ない。それに牢人者だというから、己は是非ともお上へ推挙したいのだ」

「なんですって、そんな素性も知れぬ渡り者を」

「武士の素性は腕にある、あれほどの人物を紀州から外へ出すのは勿体《もったい》ない。それで、己はお家へ随身を勧めたのだ」

三栖から戸板で運ばれる途中、三郎兵衛は熱心に紀伊家への随身をすすめた。望みどおりの食禄《しょくろく》で推挙するから、ぜひ仕官するようにと深傷《ふかで》の痛みに呻《うめ》きながら、繰り返し勧めたのである。しかし草苅馬之助は、どうしても承知しなかった。

――些《いささ》か身に大望がございますから、いず方に限らず主取りは致しません。

きっぱり答えるだけで、どう口説いてもうんと云わず、この屋敷まで三郎兵衛を届けると、丁寧に挨拶《あいさつ》をして去っていった。

「それで、どうしようと云うのですか」

「己は諦《あきら》めない」

三郎兵衛はつづけた、「どうにでもして紀州に留《とど》めたいのだ。それにはここに一つだけ手段がある、つまりお志保だ」

「お志保どのを……」

「妹を嫁にやるのだ」

金之助はあっと云った。

「あれほどの男を妹婿《いもうとむこ》に持つことができれば、和泉の家にとっても望外だし、またこれだけの熱意が分れば、草苅どのも心が動くだろうと思う」

「しかし、しかし、……お志保どのは、それで宜《よ》いのですか、お志保どのは承知したのですか」

「承知させた、そうだな、お志保」

「……はい」

お志保は燭台の光から外向《そむ》きながら、消えるような声でかすかに答えた。

「それで貴公に頼む」

三郎兵衛はつづけて云った、「お志保をつれていって、草苅どのに渡してくれ。……乱暴なことは分っている、如何《いか》にも無作法だ。しかし、乱暴も無作法も時に押切らなければならぬ場合があるものだ。行って草苅どのに己《おれ》の気持を話してくれ。それでも否だと云ったら、お志保、……おまえ独りでどこまででも従《つ》いて行け」

「どこまでも従いて行くんだ」

と声を励まして云った、「たとえどのような扱いを受けても離れるな、あの男の他におまえの良人《おっと》はないのだ。分ったな。……よし、では金之助、頼んだぞ」

「承知しました。しかし」

金之助は疑わしげに眼《め》をあげた。

「しかし、どうして、そんなにまでするのですか。幾ら腕が出来るからと云って、見ず知らずの他国者に、いきなりお志保どのを娶《めあわ》せるなどとは、どうしても拙者には納得がいきませんが」

「おまえには分らないかも知れない」

三郎兵衛は、静かに枕の上で天井を見上げながら云った、「人間は十年つきあっていても、見ず知らず同様で終ることが多いものだ。またそれと逆に、相見た刹那《せつな》に生涯《しょうがい》の知己をみつけることもある。朋友《ほうゆう》の値打は、つきあいの長短で定められるものではないよ」

お志保は兄の言葉を、まるで夢見心地で聞いていた。……彼女にも兄の気持はどうしてもぴったりと来なかった。金之助の云うとおり、草苅馬之助がどれほど達人であろうと、彼女にとってはまるで縁もゆかりもない存在である。いやむしろ反対に、兄に深傷を負わせた恨みのある人間ではないか。仮に武士同士の約束としてその恨みは問わぬとしても、自分の良人に選ぶことなど想像もできなかった。

「よく分りました」

金之助がやがて心を決めたように云った、「それほどの御執心なら、いかにもお志保どの送り届けてまいりましょう」

「そう定ったら早い方がよい、これから支度をしてすぐに出かけてくれ」

足許から追いたてるような調子だった。金之助はお志保にちらと目配せをすると、もう逆わずに座を立った。

五

——着替えを一枚忘れずに持って行け。

これは餞別《せんべつ》だと、わたされた金包を、着替えの中にしっかりと包んで、お志保は金之助とともに家を出た。

「お志保どの」

外へ出るとすぐ、金之助が覗《のぞ》きこむようにしながら云った、「貴女《あなた》は本当に承知したのですか、どこのあぶれ者とも知れぬ男を、本当に良人に持つ気になったのですか。まさかそうではないでしょう、和泉どのの重傷を気遣って、当座の安心をさせるためにそう答えたのでしょう」

「わたくしには分りませんの」

お志保は力なく答えた、「兄はわたくしにとってふた親も同様な人です、わたくしのために悪いことを選んで下さる筈はないと思いますの。ただあの方は、……あの方は兄を……」

「それだ、それなんだ。あいつは千番勝負などと云って、御領内を荒し廻《まわ》っている。そして和泉どのにあんな重傷を与えた、申せば我々の敵なんだ。そんな奴《やつ》に貴女を渡せますか！」

金之助は声をはずませて云った、「そんな奴に貴女を渡せますか、和泉どのは頭がどうかしたに違いない。拙者は許せません、そんなことは断じて許せません。もしもいまなにかしなければならぬとしたら、それは奴を討ち取ることです」

井藤金之助は和泉兄妹《きょうだい》と従兄弟《いとこ》のあいだがらであった。お志保とは四つ違いの二十二歳で、常には口数の少い、極めて温順な性質だった。三郎兵衛が今宵《こよい》の役を頼んだのも、その温順な人柄《ひとがら》を見こんだのであろう。お志保もまた、この従兄《いとこ》となら、夜道を二人だけで安心して行けると思った。

けれど、いま金之助が声をはずませて説きたてる言葉の調子を聞いているうちに、お志保の心はふと足踏みをはじめたのである。

——この調子は普通ではない。

純潔な処女だけが感ずる敏感な気持で、お志保はにわかに相手を見直そうとした。

「それではこれから、三栖へは行きませんの？」

「無論のことです、貴女はここから拙者の家へ行っていて下さい。拙者は安積《あさか》を訪ねます。和泉どのが敗を取るようでは、とても尋常のことでは討てないでしょう、こうなればただ必殺の策をたてるだけです」

「どうあそばすお考えですの？」

「安積や院庄と相談のうえですが、めぼしい者を七八名そろえ、鉄砲を伏せてかかりましょう。いかに腕が出来ても飛び道具は防げません。必ず討ち取ってごらんに入れます」

「いけません、いけません、金之助さま」

お志保は驚いて云った、「それは卑怯《ひきょう》です。兄はあの通り傷つきましたが、勝負は作法正しいものでした。そんな卑怯な企《たくら》みでよしあの人を討てたとしても、紀伊の武道を汚《けが》すばかりではございませんか」

「さっき和泉どのも云われたでしょう、時には無作法も乱暴も押切らなければならぬ場合があるって、……貴女は黙っていらっしゃい。拙者がすべて片づけて来ます、いいですか」

金之助はお志保の言葉など聞こうともせずに、「貴女はすぐ拙者の家へ行っていて下さい。そして母に事情を話して次第に依《よ》ったら二三日帰らぬと伝えて下さい、お願いします」

そう云い残して、足早に夜の辻《つじ》を別れていった。

お志保の胸は激しく波を打った。鉄砲などを使って卑怯な騙《だま》し討《う》ちを仕かけようとする、金之助の態度の底にあるものを直感したからである。彼はお志保を愛していた。そうだ、そう気づいてみれば、これまでにも色々のことがあった。色々のことが、……彼は三郎兵衛がお志保を嫁にやると聞いたために、そのために草苅馬之助を討つ気になったのだ。どんな手段を用いても討とうとするのだ。

——いけない、そうさせてはいけない。

お志保の心は強く反撥《はんぱつ》した。

——あの方は憎いけれど、武道に背いたことはなさらなかった。わたくしのために、あの方を騙し討ちにさせてはいけない。

突然、闇《やみ》の空を電光が走った。そして、遠雷の音が山にこだまして聞えた。

お志保は咄嗟《とっさ》に心を決めた。もう迷うことはなかった。彼女は家へ取って返すと、下僕に旨《むね》を含めて厩《うまや》から兄の乗替えを曳《ひ》き出させ、身支度をなおして、鞭《むち》をあげながら三栖へと疾駆していった。

風は蒸しついてきた、空気は甘いような匂《にお》いをもち、低く垂れた雲を縫って、電光が縦横にその美しい尾を曳いた。山の深い谿谷《けいこく》の方で、巨《おお》きな巌《いわお》でも崩れるような、地響きに似た遠雷の音が聞えていた。それが次第に近くなる……そしてまた電光が雲を縫う。

お志保は広い道のつづくあいだ、ただ馬の勘にたよって疾駆した。しかしその道はすぐ尽きて、会津川に沿った土堤《どて》の、細い登り道になった。闇はいよいよ濃く、左右から林が迫ってくるので、それから先はだくを騎《の》るより仕方がなかった。

——どうぞあの方が三栖にいますように。

お志保は祈るように呟《つぶや》いた。そして少しでも道の見通しの利《き》くところへ出ると、鞭をふって駆けた、……雷が近づいてきた。

六

ばりばりと、乾いた板を引裂くような、すさまじい雷鳴と、飛沫《しぶき》をあげて降る豪雨の中から、……ずぶ濡《ぬ》れになって、顔色もなくしたお志保が、その農家の土間へ入って来るのを見ると、草苅馬之助はあっと驚きの声をあげた。

「貴女は和泉どのの、……どうしたのです」

「お知らせがあってまいりました」

お志保は、髪から垂れる滴《しずく》を払いながら、

「家中の人々が、貴方を騙し討ちにしようとしています。どうか一刻も早くここをお立退《たちの》き下さいまし」

「そんな姿ではいけない」

馬之助はお志保の言葉を遮って、「いまこの家の者を呼ばせますから、先《ま》ず濡れた物を着替えて下さい。話はそれから伺います。……藤六、馬でいらしったようだ、おまえ行って繋《つな》いでこい」

そう云って下僕の一人を出してやると、農家の主婦を呼び、お志保に着替えをさせてくれと命じた。

――あの方は少しも驚かなかった。

お志保は感動した。騙し討ちの企みがあると聞いても、馬之助は眼色も変えず、なによりもお志保の濡れた体を気遣ってくれた。彼の濃い一文字眉《いちもんじまゆ》と、線の強い唇許《くちもと》には、……どんな状態にも常に備えている者の、不動の意力がはっきりと感じられたのである。

――兄上さまは正しかった。

お志保は髪を拭《ぬぐ》いながら、兄の言葉がようやく理解できるように思った。

着替えがすんで炉端へ案内されると、そこには火が焚《た》いてあり、馬之助が独りで、釜《かま》から

茶をくんで待っていた。……そしてお志保を火の側《そば》へ坐《すわ》らせ、浅黒い顔に微笑をうかべながら、

「この雷雨によく来てくれました。お兄上の様子はどうです、医者はどう云いましたか」

「少し長くかかるかもしれませんが、大丈夫元の体になると申されました。兄は自分で初めからそう信じておりましたので、ずっと元気でございます。……それより、さきほど申上げましたとおり、いま家中の者が貴方さまを」

「ああその話でしたね、伺いましょう」

馬之助は静かな眼をあげて、お志保を見た。お志保は手短に、金之助が仲間を集め、鉄砲を伏せて討取ろうとしていることを語り、出来るだけ早く立退くようにと勧めた。……馬之助は黙って聞いていたが、やがて訝《いぶか》しげに、

「お話はよく分りました」

と頷《うなず》いて云った、「しかし紀州のお家柄にも似合わず、どうしてそんなことまでして拙者を討とうとするのですか。当の和泉どのはよく分っていて下さる筈だが……」

「はい、それには、仔細《しさい》がございますの」

「どういう訳です、構わないから云って下さい」

「それは、……あの……」

お志保ははっと頬《ほお》を染めた。原因は自分を馬之助に娶すということにある、それを話さなくては仔細を了解して貰《もら》えないだろう。しかし娘の口から、うちつけにこうと云えることで

はなかった。

「どうしました、云《い》えないことなのですか」

「はい、あの、それは……」

舌は動かなかった。眼をあげようとしたが、自分でもおかしいほど羞《はずか》しくて、どうにも相手を見ることが出来なかった。……馬之助は暫《しば》くその様子を見まもっていたが、

「結構です、仔細はともかく、お知らせ下すった御親切は忘れません。この雨があがったらここを立つことにしましょう」

「どうぞそうあそばして」

「しかし貴女は宜いのですか、ここへ来たことがもしその人達に知れたとしたら」

「わたくし……」

お志保ははたと当惑した。おまえの良人はあの男の他にない、どんな扱いを受けようとも、側を離れず従いて行け、どこまでも一緒に従いて行け……そう云った兄の言葉が思いだされた。もう躊躇《ちゅうちょ》している場合ではない、お志保は覚悟の決った眼をあげた。

「わたくし、貴方《あなた》さまと御一緒にまいります」

「……拙者と共に？」

「兄からそう申しつかってまいりました、どこまでもお従き申してまいれと」

「お志保どの」

馬之助は眼を瞠《みは》った。するとそのとき、裏手から藤六が馳《は》せ入ってきて、

「申し上げます、なにやら大勢の騎馬武者が、坂をこちらへ登ってまいる様子です」

と叫んだ。馬之助は即座に立った。

「貴女の来たのを知ったのですね、すぐに立ちましょう。一緒にきますか」

「はい、抜け道の御案内を致します」

お志保はじっと男を見あげて頷いた。

七

三栖から山越えに岩田へ出た。

朝とともに空はからりと晴れた。十五六騎の追手を遥《はる》かにひき離して、富田《とんだ》川の岸を生馬《いくま》へ下ろうとした。すると意外にも、行先にばらばらと鉄砲足軽が現われ、

「大納言家のお狩りだ、ここの通行はならぬ」

と大声に叫びながら道をふさいだ。

「あとへ戻れ」

「うろうろとして居ると猪《いのしし》もろとも射倒されるぞ」

四人は引返した。頼宣がこんなところへ狩りに来ていようとは意外である。しかし追手に後ろを詰められている今、……その狩場の中へ踏みこもうとは。馬之助の眉が曇った。彼は不吉な予感に襲われた様子で、

「お志保どの」

と引返しながら云った、「この人数では眼につく、貴女は女だから狩場をぬけることも出来るでしょう、ここから別れて」

「わたくし厭《いや》でございます、わたくしたとえどのような事がございましても」

「押し問答をしている場合ではない。拙者に頼みがあるのです、この品を持って」

と馬之助は背負った旅嚢《りよのう》を手早く解き、お志保に渡しながら云った、「貴女はこの品を持って、先に周参見へいって下さい。拙者の命にも替え難き大切な品です、どうかこれを持って早く……」

しかし遅かった。下僕の叫ぶ声に振り返ると、岩田の方から騎馬で十五六騎、驀地《まっしぐら》にこっちへ疾駆してくる者がある。……それだけではない、道の左右、丘も林も畑地もなく、鉄砲や槍《やり》や弓を持った足軽の群が、この四人を中に取りこめてひしひしと押して来ていた。

事情はもはや明らかである。駆ってくる騎馬のうち半数は追手の者だ。彼等は狩りの人数に会い、その助勢を求めて一時にここを取り巻いて来たに違いない。……もうのがれる術《すべ》はなかった。

「弥五郎、藤六、見苦しい真似《まね》をするな」

馬之助がそう叫ぶうちに、騎馬の人々はどっと殺到してきた。

「動くな、動くと鉄砲を射《う》ちかけるぞ」

先頭に駆ってきた武者がそう叫んだ。……狩装束も眼立っているし、塗笠《ぬりがさ》には葵《あおい》の紋がちらしてある。

――大納言頼宣卿《きよう》だ。

そう気づいたので、馬之助は手早く笠を脱《と》り、道の上に下座した。二人の従者も、お志保も、そのうしろへ平伏した。……正にそれは大納言頼宣であった。彼は近習番《きんじゆばん》に守られながら、四人の前まで馬を進めてきたが、

「草苅馬之助とやら、その道具はなんだ」

と静かに声をかけた、「下僕のもっているその棹《さお》、またもう一人の担《かつ》いでいる包の中の道具はなんだ」

「は、……恐れながら」

馬之助は平伏したまま答えた、

「恐れながら側衆まで申しあげます。これは御領内において千番仕合を致します折、高札を掲げまするための」

「黙れ黙れ、頼宣は盲人ではないぞ。誰か行ってあの包を解け、中を検《あらた》めてみろ」

近習番が二名、即座に馬を下りてくると、藤六の傍《かたわら》にある細長い包を開いた。するとその中から、幾つもの曲尺《かねじやく》や定規や、水縄《みずなわ》や、燭台《しよくだい》に似た妙な器具が出てきた。

「どうだ馬之助、これでも隠し通す気か」

「……恐れ入りまする」

「棹は細見、梵天竹《ぼんてんだけ》。分度、十字、そこにあるのは渾発子《こんはつし》であろう。和蘭《オランダ》医師カスパルの伝えた規矩《きく》測量の道具、その方は紀伊領内の測量をしにまいったであろうが」

馬之助は言句に詰った。……衿筋《えりすじ》にはふつふつと膏汗《あぶらあせ》が浮いている。頼宣はにっと微笑しながら続けた。

「幕府の命で安房守《あわのかみ》正房が全国の地図を作っている。紀州は遠慮をすると申したが、いつかは来ると思っていた……安房の家臣か、名はなんと申す」

「恐れ入りまする、仰《おお》せの如《ごと》く北条安房守の牢人《ろうにん》にて成瀬格之進と申しまする」

「安房の牢人とは心得ぬぞ」

「牢人に相違ござりませぬ」

馬之助、いや成瀬格之進は面《おもて》をあげ、頼宣の眼《め》を視《み》つめながら云った。

前年秋から、江戸幕府では北条安房守正房に命じて、全国の地図の作成をさせた。正房はその道に精《くわ》しかったので、すぐに実査をはじめたが、御三家は格別として除外することになっていた。……しかしそれでは完全な仕事にはならない。成瀬格之進は主人の心を察し、自ら暇《いとま》を乞《こ》うて牢人となり、下僕二名とともに死を賭《と》して紀州へ入ってきたのである。

「このたびの事業は、一国一藩の問題ではございませぬ、日本全国、百年の計を建つるための根本でございます。国を興すも、これを護《まも》るも、地理を精しくせずしてなにが出来ましょう。戦場の駆《か》け退《ひ》きにも第一に計るべきは地理でございます。……しかるに御三家さまを御遠慮申すとなっては事業も不完全、ひいては外様《とざま》諸藩にも悪例を及ぼすと存じます。恐れながら、御領地はもと天下よりお預りのもの、天下万民のためには、先んじてこの事業をお援《たす》け下さるが当然かと心得ます」

「申すことは分った。……よく分ったぞ」

頼宣は馬の平首を叩《たた》きながら、

「しかしそちは、当領内へ千番勝負をすると偽って入りこんだ、その偽りの責めは果さなくてはならんぞ」

「その儀は如何《いか》ようとも、御意のままに」

「千番勝負を続けろ」

頼宣はちょっと意地の悪い笑い方をしながら云った、「勝負をするのだ、但《ただ》し一年に十本と限る。一年に十本ずつ仕合をしろ、十年で百本、千番終るまでは当地を去ることならん」

「お上……それは」

「そのあいだ測量は許す、地図を作ることも、それを安房へ送ることも許す、だが千番勝負は続けるのだ。牢人では暮しに困るであろう、終るまで扶持《ふち》を取らす、分ったか」

格之進には、頼宣がなにを云おうとしているかよく分った。……そして、それは武士と生れた身にとって、無上のものだということが理解できた。

「金之助、これへまいれ」

頼宣が振り返って呼んだ。……そして井藤金之助が走って来ると、きめつけるように、

「この者をそちに預ける、三郎兵衛の家へつれてまいれ、もはや仕合の恨みなど含んではならぬと申付けたぞ」

「はっ」

「格之進、また会おうぞ」そう云うと共に、頼宣はちらとお志保を見て、その馬を返した。

お志保は歓喜に震えていた。絶望の刹那《せつな》はそのまま希望の光と変った。……金之助に預けると云ったのは、争いを止める意《こころ》である、千番勝負の終るまで紀州を出るなと命じたのは、そのまま家臣に抱えたも同じことだ。

「……成瀬さま、お笠」

頼宣を見送ってから、ようやく四人が立上ったとき、お志保はそっと近寄って笠を渡しながら云った。

「兄が聞いたら、さぞ本望に存じましょう。よろこぶ顔が見えるようでございます」

「しかし千番は辛《つら》いですよ」

格之進は笑いながら云った、「孫の代までかかるかも知れませんからね、……いまにして思えば、百番にして置くところでした」

お志保は思わず失笑《ふきだ》した。下僕たちも笑い、格之進も笑った。……南紀の空は晴れあがって、遠山の桜が絵のように美しかった。


（「譚海」昭和十六年三月号）

宗近新八郎

一

新八郎はあっと云《い》った。

「……御意討ち」

「そうだ」

平林六郎《ろくろう》右衛《え》門《もん》は濃い眉《まゆ》の下から、底光りのする眼《め》でじっと新八郎を見まもりながら、たたみかけるようにつづけた。

「監物《けんもつ》どのの専横ぶりはおみたちもかねて聞くところであろう、御主君のご病気をよきことに、藩の政治をおのれの一存で切り盛りする。それはよい。監物どのはすぐれた政治家だから、多少、専横でも御《お》いえのおんためになるあいだは黙っていてよい。しかしながら、権力を握るものはともすると権力に毒される。御いえのおんためという覚悟がぬけて、いつかおのれの一身一家を利する心がおこるものだ」

六郎右衛門は、ふところから一通の書きつけをとりだし、新八郎の手にわたしながら、

「これに監物どのの罪状がしたためてある。念のためよく読んでみるがよい。一日はやければ一日だけ御いえの禍《わざわい》がすくなくなる道理だ、方法はどうとも望むままにまかせる。討ち損じのないよう頼むぞ」

「お言葉をかえすようではございますが」

新八郎はしずかに眼をむけた。
「御意討ちとは軽からぬことで、とのさまより直々の仰《おお》せつけならでは、口にすることので
きぬものと聞いております。お直《じき》のご上意をうけたまわりたいと存じますが」
「もっともな申し分だ、けれどもお上にはいまご病臥《びょうが》中のことでその儀がかなわぬ、それで
老職の身分をもってわしが申しつけるのだ。……もしそれで承知できぬとあれば辞退してさ
しつかえないのだぞ」
「もってのほかの仰せ、ご上意とあれば身をすてても必ず仕留めます」
「そうか、そのもとならぬかりはあるまいが、監物どのは老年ながら小太刀の名手、心して
やるがよい」
そう云って六郎右衛門は手をのばし、用意してあったらしい金包みをとった。
「些少《さしょう》ではあるが路銀だ、首尾よく討ちとったうえはしばらく当地をたち退《の》くがよい」
「……たち退くのですか」
新八郎は意外そうに眼をみはった。六郎右衛門は頷《うなず》いて、
「御意討ちとはいいながら監物どのは一藩の城代家老、討った者がそのままとどまっていて
は、面倒がおこらぬとは限らぬ、家中がしずかになるまで身をかくすほうがそのもとのため
でもある」
「よく相わかりました」
新八郎は書きつけを懐中《ふところ》にすると、さしだされた金包みを押しかえして、

「では仰せのとおり致します、しかし自分にもいささかの貯《たくわ》えがございますから、これはそちらへお納めねがいます」

「いやわしの寸志だから受けて呉《く》れ」

「おこころざしだけ頂戴《ちょうだい》つかまつります。ではこれにて」

そう云って、新八郎はたちあがった。

そとへ出たが、ひきうけた役目の重大さに、心はなかなかしずまらなかった。戸沢監物は常陸《ひたち》ノ国手綱《くにたづな》藩、中村信濃守《しなののかみ》の城代家老として、十年にあまる年月のあいだ、藩政の中枢《ちゅうすう》を握ってきた人物であるが、その執政ぶりが専制的なので近年とみに評判が悪く家中の一部には「斬《き》ってしまえ」という過激な論さえ出ているくらいだった。

新八郎はそういう評判も聞いていた。けれども彼は常に、

――若輩の者どもは、ご政治むきについて論ずるべからず。

という家法をまもって、そういう世評にはけっして耳をかさなかった、だれしも御いえのために身命をささげて働いているのである。悪評する者も、またされる者も、みんなそれぞれの立場で御いえのためを思うからこそだ。ご政治むきのことなど精《くわ》しく知らない若輩者が、世評に惑わされて騒ぎたてるなどは、もっともつつしまなければならぬことだ。新八郎はそう考えていた。

それがとつぜん、「監物御意討ち」という重大な役目を申しつかったのである。御意討ちといえば理非といかんにかかわらず討ちとめなければならない。

――上意とあれば討とう。その決心はすぐについた。同時に、監物を討つからには自分もその場で切腹する覚悟である。六郎右衛門はしばらく身をかくせと云ったが、新八郎にはそんな気持はなかった。

――討つからには自分も生きてはおらぬ。

と、かたく心にきめたのであった。

二

宗近新八郎は二百石の書院番で、そのすぐれた男ぶりと、ずばぬけた剣の名手とで家中に知られている。しかし性質はどちらかというと女性的なほどおとなしく、道楽に尺八をたしなんでいるが、そのみちでもなみなみならぬ天分をみせていた。むしろ剣を執って家中随一の技をふるうときよりも陶然として尺八の音に酔っているすがたのほうが彼にはふさわしいくらいだった。父も母もすでに亡《な》く、家庭はさびしかった、その年の春さきに縁談ができて、秋には妻を迎えることになっていた。相手は御蔵奉行外村剛兵衛《とのむらごうべえ》の娘でおぬいという、琴にたんのうな乙女で、しばしば御前へ召されたし、ときには新八郎の尺八と合奏したこともあった。そんなところから縁がむすばれて、ついに結婚の約束にまでゆきついたのである。

――それも今となっては夢だ。

新八郎にはむろん未練はなかった。かえって祝言《しゅうげん》をあげない前だったことを、しあわせだとさえ思った。

——今宵《こよい》のうちに、それとなくわかれをつげたうえ、討ちにゆこう。

そう思いながら、自分の屋敷へ帰った彼は、すぐおのれの居間へはいって、六郎右衛門かられたされた書きつけをひらいて見た。それには監物の罪を十二ヶ条にあげて記してあったが、もっとも重要なのは左の三ヶ条であった。

其《その》一は、大坂の商人灘屋《なだや》五郎兵衛《ごろべえ》と結託《けったく》して、お借入金の一部を使途不明に費消していること。

其二は、不用意に谷峡村《たにあいむら》新田開発をはじめて失敗し、多額の藩金を徒費したこと。

其三は、当藩主、信濃守時継に世子がないため、親族から世継ぎを求めているのだが、監物は幕府の老中水野出羽守忠之《でわのかみただゆき》とよしみを通じ、ひそかにその三男と養子縁組をすすめていること。

右の三ヶ条を特に繰返し読んだ新八郎はそれまでおちつかなかった気持がようやくはっきりときまり、

——この三ヶ条だけでも、討ってとる罪にはじゅうぶんだ。よし！

と、はじめて心から闘志を感じた。

べつに後事の心配はなかった。自分の亡きあとの家の始末について書き遺《のこ》すと、それを罪状書とともに密封して手文庫に納め、風呂《ふろ》にはいって軽く夕食をすませた新八郎は、愛玩《あいがん》の尺八をとりだし、

「外村どのを訪ねる」

と云いのこして家をでかけた。

途中までいくと小雨がふりだした。しかし外村の屋敷は大手筋にあって、ひきかえす道のりでもなかったから、彼は小走りに道をいそぎ、濡《ぬ》れるほどのこともなくゆき着いた。

剛兵衛もちょうど食事をすませたところだった。

彼は新八郎が尺八を持っているのをみると、

「やあ、これはめずらしい」

と、色の黒い顔をうれしそうに崩して、

「そのもとが自分からすすんで尺八を持参するというのは初めてだ。むろん聞かせて貰《もら》えるのだろうな」

「じつは、きゅうの御用で江戸へたちますので」

客間にあい対してすわると、新八郎はさりげない風に云った。

「江戸へ御用、……いつだ」

「明朝はやく出立致します」

「帰りはいつ頃《ごろ》になる」

剛兵衛はすぐ秋の婚礼のことを考えたようすである、新八郎の胸にはそれが痛かった。

「出府してみないとわかりませんが、しだいによっては少しながく江戸表にとどまるかもしれません。それで、……おわかれにおぬいどのと一曲あわせて頂こうと存じまして」

「それは願ってもないことだ。しかしながく江戸に滞在するというのはどういう御用なのか、お役替えにでもなったのか」

「それは申しあげられません、でもいずれお耳にはいることと存じます」

「……そうか」

御用のことは根を掘って訊《き》くわけにはいかない、剛兵衛は解《げ》せぬ気持のままに、妻を呼んで、合奏のしたくを命じた。そして、またとない折だからというので、銀之助、市之丞《いちのじょう》の二子もその座へ呼びよせた。

おぬいは化粧と着替えに、てまどったとみえて、みんなが座についてからややしばらくして出て来た。彼女はそのとき十九歳だった。にくづきのすぐれたからだつきでさして美人というのではないが、あかいつまんだような小さい唇《くち》もとと、睫《まつげ》毛のながい眼があり、どうかするとひどく艶《つや》やかな表情があらわれる、新八郎はときたま影のようにかすめ去るその表情を見ると、自分の胸にあたたかく血の騒ぐのを感ずるのだった。

「ご迷惑なことをお願い致しました」

新八郎はおぬいが琴の前へ坐《すわ》るのを待ってしずかに会釈《えしやく》した。

「しばらくのあいだ、おわかれになりますので、あなたのお手なみを想《おも》い出《で》にしたいと考えたのです。拙者はほんのおつきあい、どうかそのおつもりで、じゅうぶんにお聞かせください」

「お恥ずかしゅうございます、つたない技ゆえ、かえってお邪魔になることでございましょう。どうぞお笑いぐさに……」

おぬいは頰《ほお》を染めながら会釈をかえした。

曲は『想夫恋』ときまって、二人はおのおのの座につき、やがてしずかな十二絃《げん》の音で合奏がはじまった。

三

広縁の障子はすっかり、あけはなしてあるので座敷からさすほのかな燭《しょく》の光が、雨に濡れる庭の泉石をおぼろにうつしだしていた。もうこれが梅雨《つゆ》になるのであろう、けぶるような雨は音もなく庭の樹石を濡らし、泉水の水面《みなも》にあるかなきかの波紋を描いている。琴の音はときにその波紋よりも幽遠だった。

琴も尺八もいずれ劣らぬ冴《さ》えをみせた。絃と管とはまったくひとつになり、珠玉の韻に凝るかとみれば、たちまち泉流となって砕け、あい即《つ》きあい離れつつ姚冶《ようや》と憂愁の感を自在に点綴《てんてい》した。新八郎はまことに無念無想だった。まるで酔ったように、管絃のあい合して発する共鳴音のなかにおのれを忘れ去っていた。

するとやがてどうしたことか不意に琴の音がぴたりと止った。

新八郎は、なお吹きつづけようとしたが、そのまま琴がついてこないので、自分も尺八を措《お》いてふりかえった。……おぬいは両手をついて、ふかく面《おもて》を垂れていた。

「おぬい、どうしたのだ」

剛兵衛は感興を中断されて舌打ちをした。

「なぜよす、かげんでも悪くなったのか」

「申しわけございませぬ、宗近さま」

おぬいは新八郎を見あげた、額のあたりがすっかり蒼《あお》ざめていた。

「どうなすったのです」

「せっかくのおぼしめしでございますが、わたくしにはもうこれ以上お相手はつとまりませぬ、どうぞおゆるしあそばして」

そう云うと座にもいたたまらぬようすで逃げるように奥へたち去っていった。

「しようのない我儘《わがまま》ものだ」

「いや、お叱《しか》りくださるな」

いきりたつ剛兵衛を制して、新八郎は微笑しながら尺八を袋に納めた。

「芸ごとは気がむかなければできぬもので無理にお願い申した拙者が悪いのです。しかしこれでよき餞別《せんべつ》を頂きました、どうかおぬいどのへはくれぐれもお詫《わ》びを願います」

「詫びはこちらからせねばならぬ、せっかくの興を無にしてあい済まなかった。その代り別《べつ》杯《ぱい》を一盞《いっさん》さしあげよう」

剛兵衛はそう云って酒肴《しゅこう》を命じた。

ことわることもできなかった。しばらく酒の馳走《ちそう》になったが、時刻が気になるので、よきほどに盃《さかずき》をふせていとまをつげた。いよいよ座を去ろうとしたとき、新八郎は愛玩の尺八を剛兵衛に預けた。けぶりにもみせなかったがかたみのつもりである。剛兵衛はそんなことに気づくはずもなく、よろこんで預った。

「では道中の水に気をつけて」

「ご無事のお帰りをお待ち申しております」

夫妻に送られ、傘《かさ》を借りて新八郎はそとへでた。

あやめもわかぬ闇《やみ》をこめて、雨は小歇《こや》みもなく降っていた。門長屋について右へあるきだした新八郎が屋敷はずれまで来かかったとき、うしろから声をひそめて、

「もし、宗近さま」

と呼びかける者があった。ふりかえってみると雨具も持たず、おぬいが雨のなかに立っていた。

「おぬいどの、……どうなされた」

「宗近さま」

娘はおもいつめた調子で、そばへすり寄りながらじっと男の眼を見あげた。

「お上のご用で江戸へいらっしゃるのは本当でございますか」

「……どうしてそんなことを仰有《おっしゃ》る」

「わたくしには信じられませぬ、江戸へいらっしゃるというのは嘘《うそ》でございましょう、もう生きておかえりになるつもりはないのでございましょう」

「おぬいどの」

新八郎はおどろいて娘を見た。

「それが、どうしてそれが、あなたにわかります」

「さきほど琴をあわせて頂きましたとき、十三絃へひびいて来る竹の音には、必死のおこころがこもっておりました。言葉は、いつわることはできましても音楽のまことは隠せませぬ、わたくしの申すことが誤っておりましょうか」

「……………」

胸をつかれた。新八郎は心のまっただなかをぐさと刺し貫かれた。いまはじめて琴を中断したおぬいの気持がわかる、自分では無念無想でいたと思ったのだが交響する糸竹《しちく》の韻には、必死の心がかよったのだ、おぬいはおのれの絃にひびいてくるその韻律に堪えられずついに中途でやめてしまったのである。

「おそれいった。さすがあなたは琴の名手だ、そう察しられた以上もう隠してもしようがない、なにもかもお話し申しあげよう」

新八郎はそう云《い》って、濡れているおぬいのうえに傘をさしかけながら、しずかに事情をはなしはじめた。

四

戸沢邸に着いたのは、十時《よつ》ちかくだった。

「火急お耳にいれたいことがございます」

そう云って案内を乞《こ》うと、すぐ客間へとおされた。そこでしばらく待たされた。六郎右衛門に注意されるまでもなく、監物が中条流の小太刀になかなかの腕をもっていることは定評がある。ことに屋敷のなかではひとつ仕損じると家臣が邪魔にはいるから、どうしても一刀必殺でなければならない、どうしたらその一刀をとれるか、新八郎は客間のなかを見まわしながら手順をはかった。

やがて隣の部屋へ人のちかづくけはいがして、しずかに襖《ふすま》があき、戸沢監物がはいって来た。

監物は六十三歳の小柄《こがら》な老人だった。けれどもその五尺そこそこのからだは精悍《せいかん》の気に満ちていたし、銀白の眉《まゆ》のしたにある双眸《そうぼう》は、おそろしく力があって、これに睨《にら》まれるとたいてい、身が竦《すく》むと云われていた。……客間へはいって来た老人はそこでちょっと足をとめ、その評判の眼《め》でひたと新八郎を睨んだ。そしてしずかに座へつくと、いきなり抑えつけたような声で、

「……斬りにまいったな、宗近」

と云った。

新八郎はとっさに人剣へ手をやった。しかし監物はおしかぶせて、

「待て、あわてるな」

と手をさげた。

「わしはこのとおり丸腰だ、斬るつもりならいつでも斬れる、あわてずにわしの申すことを聞け、そちが誰に頼まれて来たかもおよそわかっておるし、案内を乞うたとき、すでにそれ

を承知でとおしたのだ」

「拙者は誰に頼まれたのでもありません、ご上意です」

「お上じきじきの御意か、そうではあるまい」

「さ、……それは」

「お直《じき》の御意なしに上意討ちなどということはないぞ。しかしそんなことはどうでもよい、討手をひきうけたからはそちにも監物を討つべき合点はあろう。どうして斬る気になった、まずそれを申してみい」

新八郎はじっと監物の顔を見まもった。老人の顔にはいささかの曇りもなく、らんらんと光る眼にも、一文字にひきむすんだ唇もとにも、不退転の意気がはっきりと描かれている。

――斬りに来たな。

というはじめの一言から、つづけざまに急所をつかれた新八郎は、まぎれのない老人の眉《び》宇《う》を見ているうちに、今こそ真実に当面できるということを強く感じだした。

「それではおたずね申します」

大剣をひきつけたままかたちを正して彼は口を切った。そして十二ヶ条の罪状をならべ、そのうち特に重要な三ヶ条についてはげしくつっこんだ。監物はだまってしまいまで聴いていたが、新八郎の言葉が終るとすぐ、

「うむ、よく拾いあげてある」

と頷《うなず》きながら、

「これからその条々について説明するが、そのまえに訊きたいことがある。……そちは監物を討ってからどうするつもりだった、御意討ちだからそのまま、すますつもりで来たか」

「お討ち申したうえは、この場を去らずに切腹する覚悟でございます」

「一命を捨ててまいったのだな」

よしと云って監物は侍者を呼び、ひとかさねの書類をとり寄せた。

「ではいまの条目について精《くわ》しく説明をしよう、しかしまえもって一言申して置く、わしの説明にすこしでも、うろんがあったら遠慮なく糺《ただ》すがよい、いいか」

「うけたまわりまする」

新八郎は膝《ひざ》に手を置いた。監物はとりよせた記録をひらきながら、歯ぎれのいい口調で十年来の藩政について語りだした。

徳川幕府はじまって百年、享保《きょうほう》年代になると、純然たる消費生活にはいった諸大名の財政は、眼にみえて窮乏の一途をたどりだし、おそろしい力で擡頭《たいとう》しはじめた商人階級とのぬきさしならぬ因果関係が生じて来た。……おおざっぱにいえば領内の物産を金に替えることが、いつかその物産を抵当に商人から借財をすることになり、それがしだいに嵩《かさ》んで身動きができなくなる。そこまでゆきつく経路はそう単純ではないにしても、つきつめたところはみな同様だった。

手綱藩四万石も、その例外でありえなかった。監物が家老職についたとき、藩の財政はほとんど手のつけようもないほど紊乱《びんらん》していた。しかも政治の諮問《しもん》機関たる年寄、老職という位置はすでに世襲となっていたため、凡庸はかるに足らざる人々ばかりで、共に藩政改革をおこなうべき人物はひとりもなかった。この急迫した状態を打開するためにはなによりも人物が必要である、しかし、それがないとすれば、思いきった独断専制を断行しなければならない、監物は心をきめた。

――自分はいま身命をなげだして、どんな悪評もひきうけよう、しかし命に代えて主家万代の策をたてなければならぬ。

そして彼は、ご主君信濃守に執政一任のおすみつきを乞い、財政たてなおしの大鉈《おおなた》をふるいはじめた。

五

記録を引いて説明されても、そういう知識のない新八郎には、政治の細目にわたる点は、ほとんど理解することができなかった。

けれども、身命を捨てたという監物の覚悟と、あらゆる批判を無視して信ずるところを断行した態度には、いささかの疑念をはさむ余地もない壮烈なものが感じられた。監物の執政ぶりが万全であったかどうかはわからないが、四万石の財政をたてなおそうという大きな政治の方向がはっきりすればそのほかの小さな問題は、もうどちらでもよかった。

「これであらましは話した」

監物は記録を閉じながら、

「最後にお世継ぎの件だ、わしが老中水野侯のご三男をお迎えするという噂《うわさ》は嘘だ。水野侯とはべつのことで内談があった。それを老職どもが耳にはさんで、よくわきまえもせずに臆《おく》測《そく》をめぐらせたものだ」

「よく相わかりました」

新八郎は感動を抑えきれずに云った。

「ご政治むきに暗く、いちがいに人の言葉を信じましたためとりかえしのつかぬあやまちを犯すところでございました」

「そのもとが悪いのではない、どうやらご政治むきがたちなおったとみて、今まで手をつかねていた者どもがそろそろ穴から這《は》いだしはじめたのだ。ひとが餅《もち》を搗《つ》くうちは見ていて、喰《た》べるだんになるとしゃしゃばり出るやつだ。……しかし仕事はまだ終っていない、これからが大切なときだ、死ぬことを怖《おそ》れはせぬが監物はまだ生きなければならぬ。いかなる悪名も誹謗《ひぼう》もうけよう、だが監物はまだ死ぬことはできんのだ」

まだ死なんぞと云いながら、老人はおのれの膝をぐっと摑《つか》んだ。

……そして、烈火のような眼で新八郎をみつめながら、

「宗近、いまそのもとはわしを斬《き》ったら切腹するつもりだと申したな」

「いかにもその覚悟でございました」

「その命、監物に呉《く》れぬか」

「…………」

「突然こう申したのではわかるまい、いま仔細《しさい》を話す」

そう云った監物は座をたって、奥へはいって大幅の掛物を二箱、みずから抱えてもどって来た。そして蓋《ふた》をひらいてとりだした二幅を、ならべて壁へかけるのを見て新八郎は思わずあっと声をあげた。

牧谿《もっけい》画『山水』である。

御宝物拝見のおりたしかに見た中村家の秘宝の一軸、横ものの小品ではあるが、藩祖から伝来の品で、紀州家に伝わる「紅天暮雪」の軸につぐ名物だった。

それがいま二幅ある。

新八郎は眼を凝らせてひたと画面を見た。筆致といい時代色といい、二幅とも寸分たがわぬ牧谿の山水である。

「いうまでもなく御宝物の牧谿だ」

監物は低い声で云った。

「かねて老中水野侯から、三千金で買おうというご内談がしばしばあった。いま谷峡村新田開発について金がほしい、それでお上とご相談のうえ、この一軸を水野侯にお譲り申すことになったのだ」

「…………」

「重代の御宝物ではあるが、五年にいちど御披露《ごひろう》のあるほかはお蔵の塵《ちり》にうもれているばかり、新田開発は御《お》いえ千年の事業だ。いずれが重きかは申すまでもあるまい。お上にもそこをお考えのうえ、お譲り申すことにきめたのだが、それでなくとも因循姑息《いんじゅんこそく》の老職どもにはとうていその軽重の区別はつくまい、そこで御宝物のかたちだけ遺《のこ》すために、かような偽作を一軸つくらせたのだ」

「それで……」

新八郎は膝をすすめた。

「わたくしの一命どうせよと仰《おお》せられます」

「この軸を持って江戸へゆき、水野侯におわたし申したうえ金子を為替に組んで送って貰《もら》いたいのだ」

「それが命を賭《か》けるお役目でございますか」

「……宗近」

監物はじっと新八郎の眼を見て、

「そのもとに監物を討てと頼んだ者が、そのもとの出て来るのを待ち伏せておると思わぬか」

「なんと仰有《おつしや》います」

「この屋敷のそとに宗近を狙《ねら》う刃《やいば》があるぞ、これがひとつ、もうひとつは、もし偽作のことが発覚したばあい、宗近一存でしたこととして切腹する。むろん悪名を負って死ぬのだ。そのもとにその覚悟がほしいのだ」

「…………」

「いいか、万一のばあいには、不臣の名のもとに死なねばならぬぞ、その覚悟なしにはこの役はつとまらぬのだ。わしを斬って死ぬべき命を、このお役にたてて呉れぬか」

新八郎はじっと眼《まなこ》を閉じていたが、やがて監物の顔を屹《きっ》と見あげながら云った。

「かような大役を、わたし如《ごと》きおゆかり薄き者にどうしてお申しつけあそばしますか」

「君家のために、まこと身命を惜しまぬ人間はそう多くはいないものだ。……十年ちかくしても知己ならぬ者があるし、一面の識で生死を誓う場合もある。あい知ることの長きと短きとで、人間の値うちがきまるものではあるまい」

「ご家老」

新八郎はにっと微笑しながら云った。

「その役目たしかにおうけ致しましょう」

六

窓の障子がふいにぱっとまばゆく陽《ひ》をうつしたので、おぬいは夢から覚めたように眼をあげた。

朝から降りつづいていた雨がいつかやんで、雲のきれめから初夏の太陽がぎらぎらと光の箭《や》を放っている。庭の樹々《きぎ》は濡《ぬ》れた若葉の枝をいっせいにその光のほうへさしのべるかとみえ、梢《こずえ》をわたる小鳥の声もにわかに活々《いきいき》と音をはりあげた。

――宗近さまはどうあそばしたか。

あの夜からすでに五日経《た》っている。監物を討ちとって死ぬと聞いたので、覚悟はもうきまっていたし、そうなったら自分も髪をおろして尼になるつもりだった。

けれどもそれ以来なんの噂もない、戸沢監物が斬られたということも聞かないし、新八郎についても消息がない。

——もしや仕損じて、戸沢の屋敷でかえり討ちになったのではあるまいか。

そういう心配もあった。しかしそれにしても噂位はあるはずだ、五日も経つのになんの沙《さ》汰《た》もないのは、まだその機会がなく、新八郎はどこかに潜んでいるのではあるまいか。

かっこう。……かっこう。

屋敷のうえを高く鳴きながら郭公鳥《かっこうどり》が飛んでいった。おぬいは遠のいてゆくその澄んだ声を耳で追いながら、まだ新八郎が生きていて、どこかでおなじようにその鳴き声を聞いているのではないかと思い、ふと、さそわれるように立って縁さきへ出ていった。

ちょうどその時、兄の銀之助が、一人のたくましい若侍とつれだって、庭の裏手からいそぎ足にはいって来るのが見えた。

「まあ、……平林の啓二郎さま」

おぬいは若侍の顔を見て、それからちょっと眉をひそめた。藩の老職平林六郎右衛門の長男で、まえにおぬいを貰いたいと申しこんで来たことがある。ずいぶん熱心だった。家柄にも申分はなかったが、そのときおぬいの心にはもう新八郎が忘れることのできぬ人になっていたし、父の剛兵衛もそれを察していたので、ついその申込みはことわってしまった。

それからぱったり啓二郎は来なくなっていたのである。それがひさしぶりにやって来た。しかもふだん余り往来をしない兄とつれだっているのもめずらしい。

「……どうしたのかしら」

呟《つぶや》きながら見ていると、二人は庭からそのまま、はなれ造りになっている父の居間へはいっていった。それがなにかひどくいそがしそうだったので、おぬいの眼はふと光を帯びた。

——もしや宗近さまのことではないかしら。

そう思うと、きゅうにからだ中の血が熱くなった。

——きっとそうだ、そうに違いない。

おぬいはなかば夢中で裏へ出た、そして跫音《あしおと》をしのばせながら、父の居間になっている部屋の横手へ近づいていった。

はじめに父の声が聞えた。

「なに……それは事実か」

ひどくおどろいた声音だった。つづいて平林啓二郎のすこし嗄《しやが》れた声が聞えた。

「絵師の名は文哉《ぶんさい》と申します。京絵師だそうでございますが、さきごろからしきりに家老のお屋敷へ忍んでまいるとのことでひっとらえて糾明したのです」

「その絵師がそう白状したのか」

「御宝物とは知らぬようですが、牧谿の山水を寸分たがわず模写せよと頼まれ、多額の金に眼がくらんで偽作をつくったと申すのです」

「頼んだのは戸沢どのだと申すのだな」

「はっきりそう申しております」

しばらく話し声がとだえた。そしてやがて、父の呻《うめ》くような声が聞えた。

「その絵師はどこにおる」

「父が預っております」

「そやつに会わせて貰いたい、事実とすれば一大事、すぐお蔵あらためをせねばならん、ご案内を頼む」

「承知いたしました」

三人の立つけはいに、おぬいはそっと其処《そこ》をはなれた。

新八郎のことは話に出なかったが、ことがらは監物にかかわっていたし、御宝物偽作という重大なものなので、もしや新八郎もその渦中《かちゆう》にいるのではないかと思われ、おぬいの不安はますますつのるばかりだった。

おぬいの心配はちがったかたちで事実となった。その日すっかり暮れてから父が帰ってくると、間もなくおぬいは母の部屋へ呼ばれた。

「たいへんなことになりました」

娘が坐《すわ》るのを待ちかねたように、母親は声をひそめて云《い》った。

「いま父上からうかがったのですが、ご家老さまが御宝物の一軸を偽作させ、本当のお軸をどこかへお隠しなすったのだそうです」

「どうしてそのようなことを」

「偽作をした絵師という文哉を父上がご自分でおしらべになったところ、事実にちがいないことをおたしかめになったのです。そしてその宝物のお軸を持って逃げた人は宗近さんだということです」

おぬいは愕然《がくぜん》と眼《め》をみはった。なにか聞きちがえたのかと思った。

「宗近さまがどうあそばしましたの」

「ご家老と同心して、御宝物の一軸をいずれかへ持ってたち退《の》いたというのです」

「それは嘘《うそ》です、嘘ですわ、母上さま」

おぬいはあの夜、新八郎が監物を斬ると云って去ったことを思いだして、はげしくかぶりをふりながら叫んだ。

「宗近さまはそんなかたではありません、ちがいます、そんなことは嘘です」

七

おぬいの声を聞きつけたのであろう、兄の銀之助がはいって来て、

「おぬい、未練だぞ」

と叱《しか》るように制した。

しかしおぬいは、

「いいえ申します」

と、面《おもて》をあげて云った。

「宗近さまが、ご家老と同心などとはまるで嘘です、いまこそお話し申しますけれど、あの夜お別れにいらしったのは、御いえのためにご家老を斬り、自分は切腹をするおつもりでした、わたくし宗近さまのお口からはっきりそれをうかがったのです」

「新八郎がどのように云おうと」

銀之助は肩をつきあげて、

「彼が監物どのの屋敷からしのび出るところを見た者があるし掛物と思える包みを背負って、街道口へ去るところをたしかめた者もあるのだ。しかも、翌日、監物どのから『宗近は御用にて江戸へ遣わした』という届が出ている。あいつが監物どのと同心していることはもう疑う余地はない、すでに平林啓二郎どのが討手にむかう準備をしておる」

「平林さまが討手に……」

「宗近とおまえの縁はあきらめろ、いいか未練なふるまいをするのではないぞ」

そう云って、銀之助は去った。

おぬいの頭は、怒濤《どとう》のようにもみかえしていた。なにを信じたらいいのか、どれが本当でどれが嘘なのか、混沌《こんとん》としてなにもわからなかった。

「おまえには、辛《つら》いことだろうけれど」

母がそっと囁《ささや》くように云った。

「宗近さんのことはあきらめてお呉れ、父上も母も、あんなかたとは知らずにおまえに辛い思いをさせてすまぬと思います」

「わたくしにはわかりませぬ、……いいえどうしてもわたくしには、宗近さまをそんなかたとは思えませぬ」

「おぬい」

呼びかける母の声をふりすてて、おぬいは自分の部屋へもどった。すると、……その折を待っていたように、弟の市之丞がはいって来て、黙って姉の前に一通の文をさしだした。

「……宗近さんからです」

「えっ?」

おぬいは夢中で文をとりあげた。表には自分の名があり、裏をかえすと「新」という一字が書いてあった。

「これをどうして、……誰から」

「宗近さんの家から家扶《かふ》の近藤がまいって、姉上にそっとおわたし申して呉れと頼まれたんです。悪かったでしょうか」

「いいえ、ありがとう、ありがとうよ、市之丞」

おぬいは、弟を抱きしめるように見あげた。

「でもけっして誰にも云わないでお呉れ」

「云いません、誰にも云いません」

十二歳になる市之丞は、自分のしたことがそんなにも姉を喜ばせたことに満足して、そっと笑いながら出ていった。

おぬいはふるえながら封を切った。


とりいそぎ申しあげそろ。

けんもつどのを討ち申すべきとのことお耳にいれ候《そうら》いしが、事情あってただいま江戸おもてへむかう途中にそろ、くわしきこといずれ申しあぐべく候もただ武士の忠、不忠は世の批判のほかにありとおぼしめし候え。……江戸おもて宿は、麻布日《ひ》ヶ窪《くぼ》、慶松寺にそろ。


くれぐれも健固を祈ると読みながら、おぬいの胸には反射的に、

――平林啓二郎が討手にむかう。

という兄の言葉がよみがえって来た。

「……武士の忠、不忠は世の批判のほかにありとおぼしめし候え。……忠、不忠は世の批判のほかにありと……」

おなじところを繰返し読んでいたが、おぬいの表情には曾《か》つてみたことのない、はげしい決意の色がうかびあがって来た。

そとには、いつかまた雨の音がしはじめていた。

八

幕府の老中、水野出羽守の中屋敷は、芝新銭座の海べりにあった。出羽守は内福として知られているだけあって、屋敷がまえも贅《ぜい》をつくしたものだし、ことに汐入《しおい》りの泉池《いけ》をめぐる庭の結構は、眼をおどろかすものがあった。

泉池のなかへ半島のようにのりだしている丘のうえに、腰掛けの亭《ちん》が建っていて、いましも出羽守忠之が、宗近新八郎を引見しているところだった。

出羽守は牧谿の軸を見ている。

そばには、老臣ひとり小姓ひとりだけしかいない。忠之は肥えたからだを前にこごめ、細い眼をじっと絵のうえに集注していた。

新八郎の顔は、蒼《あお》ざめていた、芝のうえに膝《ひざ》をおろし、仰ぐように出羽守の表情をみつめながら、じっと息を殺していた。

ずいぶんながいこと軸を見ていた忠之はふとその細い眼を新八郎にむけた。

鋭い、射徹《いとお》すような眼だった。

新八郎の右手が、ぶるぶるとふるえた。

出羽守はそのようすを眼もそらさず睨《にら》んでいたが、やがて、からだには似ない女性的なやさしい声で、

「そのほう名はなんと申す」

と云った。新八郎が低頭して答えると、

「宗近新八郎か……ふむ」

と頷《うなず》きながら、

「監物はたっしゃでおるか」

「……はっ」

「若いころ会うたことがある。藩政改革でだいぶ思いきったことをしておるようだな」

「身命を捨てて働いております」

「そうか、身命を捨てておるか」出羽守はおおきく頷きながら、画幅を巻きおさめて老臣にわたした。

「牧谿の山水は、かねて中村侯から譲りうける約束ができておる、代金三千両は相違なくわたすが、宗近、持参したこの一軸は」と、忠之は屹《きっ》と声をあげた。

「この一軸は中村侯のおさしずか、監物のしたことか、それを申せ」

「………」新八郎は蒼白《そうはく》な面をあげ、ひたと出羽守の眼を見あげながら云った。

「おそれながら、わたくし一存のはからいでございます」

「ではもしこの牧谿が偽作だと申したら、そのほうはなんとするつもりだ」云われるより早く、新八郎はうしろへとびさがって、衿《えり》をくつろげながら脇差《わきざし》の柄《つか》へ手をかけた。

「待て、うろたえるな」忠之は腰掛けから立ってするどく叫んだ、「余はただそのほうの覚悟をたずねたまでだ。牧谿の山水はたしかにうけとったぞ」

「……はっ」

「金子は相違なくわたす。ただし」

「………」

「この軸は中村侯には大切な家宝、御入用のときは三千金をもって、いつでもおかえし申すとお伝えするがよい」

「かたじけのう！」新八郎は、むせびあげるように芝のうえへ平伏した。出羽守はそのありさまを見おろしながら、

「身命を捨ててかかるものは強いな、新八郎、武士はかくありたきものと思うぞ」

そう云って、しずかに庭のかなたへたち去っていった。

九

「おぬいどの」

新八郎はいきなり殴られでもしたように「あっ」と云って立ちすくんだ。

水野家でうけとった代金を、すぐ為替問屋へまわって国許《くにもと》へ送る手はずをつけ、宿にしている日ヶ窪の慶松寺へもどってみると、思いもかけぬおぬいがそこに待っていたのだ。

「どうしたのです」新八郎は、大剣をとりながらたちあがった。「どうして来たのです、誰ぞごいっしょですか」

「わたくしひとりでまいりました」

「おひとり。……どうして来ました」

おぬいは、旅装のままだった。おそらく乗物をとばしつづけて来たのであろう。頬《ほお》がこけているし、ひどい血色だった。

「宗近さま」おぬいは新八郎が坐るのを待ちかねて、ひっしと見あげながら云った。

「平林啓二郎さまが、あなたを討とうとして江戸へ来ております、それをご存じでございますか」

「平林が拙者を討つ？……なぜです」

「国許ではご家老さまが、御宝物の牧谿を偽作させ、宗近さまが同心のうえ持って逃げたと申しております」

「それで平林が、討手にたったのですか」

「宗近さま」おぬいの声はみじめなほどふるえた。

「どうぞ、本当のことを仰有《おっしゃ》ってくださいまし、偽作のことは父も、その絵師をしらべてたしかめたと申します、あなたはご家老さまとどのようなお関《かか》わりがあるのでございますか、御宝物の牧谿を持ってたち退いたというのは、本当でございますか」

新八郎は黙っていたが、ふとおぬいのうしろにある包みに不審を感じていった。

「その包みは何ですか」

「あなたからお預りした尺八です」

「どうしてそんなものを持って来たのです」

「わたくし……」娘はきっと唇《くちびる》を嚙《か》みながら、

「わたくし、あなたのお話をうかがったうえで、しだいによっては、この尺八をおかえし申すつもりでまいりました」

それは婚約の縁を切るという意味であろう、新八郎は娘の眼をしばらく見ていたが、

「すぐ戻ります、待っていて下さい」

そう云《い》って庫裡《くり》のほうへ出ていった。

おぬいは眼を閉じた。むだんでぬけ出て来た家を思い、父母や兄の怒りを思った。しかし彼女は新八郎に会って、その本心をたしかめずには、一刻も生きていられなかったのだ。娘の身でひとり旅をする無謀さも知っていた、ふたたび家へ帰れぬことも覚悟のうえだ。新八郎に会って真実をたしかめさえしたら、あとはどうなってもかまわぬと思ったのである。

新八郎のもどってくる跫音《あしおと》がした。

――なにをしに行ったのか。

そっと眼をあげて見ると、新八郎のうしろから十二三なる小坊主《こぼうず》が、なにか長いものを肩にしてついて来た。

――琴ではないか。

そう思って見ていると、果してそれは一面の古びた琴であった。小坊主をかえした新八郎は、座敷のまんなかへ袋をはらって琴をすえ、しずかにおぬいを見やりながら云った。

「あの夜の『想夫恋』は中途でやめになりましたね、尺八を持って来てくだすったのをさい

わい、ここであの続きを合わせましょう」

「……宗近さま」

「まあお聞きなさい」新八郎はさえぎって云った。

「あなたは宗近新八郎の妻だ、あなたは新八郎を信じていればよい、御宝物の牧谿の軸はたしかに国許にあります、また監物どのは御《お》いえのために身命をなげうって働いている人です。……御意討ちといって、拙者に監物どのを斬らせようとしたのは、平林六郎右衛門どの、こんどはその子の啓二郎が拙者を討ちに来るという。……おぬいどの」

新八郎は力のこもった口調でつづけた、

「六郎右衛門どのは、城代家老の席がほしかった。そして啓二郎は……わかりますか」

「……はい」

「啓二郎はあなたがほしいのだ」おぬいがそっと面を伏せるのを見ながら、新八郎はにっと唇に微笑《ほほえみ》をうかべた。

「あなたはあの夜、拙者の吹く竹の音が、必死のひびきを十三絃《げん》につたえたと云われた、言葉は偽われても音楽のまことは隠せぬと仰有った。さあ、琴にむかってください」

「…………」

「拙者の心に微《み》塵《じん》もの曇りがあれば、必ず竹の音にあらわれずにはいないでしょう、鳴響する韻律こそ言葉以上の証拠です、いざ」おぬいはしずかに身をおこした。

旅装の塵《ちり》よけをぬぎ、包みをひらいて尺八をわたすと、化粧箱をあけて髪をかきあげ衣《え》紋《もん》をなおしてからおもむろに琴の前へ坐《すわ》った。新八郎も尺八をとって坐りなおした。

「あの夜のつづきから」

「はい」

ふたりはじっと呼吸をしずめた。

十

日はすでに暮れたが、梅雨《つゆ》にはめずらしくからりと晴れた日のなごりで、黄昏《たそがれ》のいろのどこやらにいつまでも夕やけの光の残っているゆうべだった。しずかにはじまった管絃の音は、ひろい寺の境内をうめる樹立《こだち》のなかに蕭条《しょうじょう》と幽玄なひびきの尾をひいた。心のまことを伝えようとする新八郎と、それをうけとめようとするおぬいと、ふたつの心はただ一点に凝っていた。それはもう音楽をつきぬけて、心と心とが、じかに触れあって発する情熱の歌であった。

しかしこんどもまた、曲の終らぬうちに琴の音がはたとやんだ。ふっと絶えた琴の音に気づいて、

「おぬいどの」

とふりかえる新八郎に、娘は恐怖の眼《め》をみひらきながら庭のほうをゆびさした。新八郎がおぬいの眼に恐怖の色をよむより早く、のしかかるような人影が、さっと縁さきへとびあがって来た。平林啓二郎だった。

「奸物《かんぶつ》、うごくな」抜手の剣が、部屋のなかの夕闇《ゆうやみ》にぎらっと閃光《せんこう》をとばした。新八郎は脱《だつ》兎《と》の様にその剣をくぐり、

「啓二郎、はやまるな」

と叫びながら庭へとびおりた、逃げるかと、わめいて啓二郎はひっしと追いつめた。新八郎は尺八を青眼につけながら、

「待て平林、御宝物の牧谿は国許にある、仔細《しさい》を聞けばわかることだ、刀をひけ」

「云うな！　この場におよんで未練な云いぬけがなんになる、もう今となってはとりかえしはつかんぞ」

「刀をひけ、手むかいはしない、国許へ帰ればわかることだ、一緒に帰ろう」

「問答無用、己《おれ》は貴様《き》を斬るために来た、云訳を聞きに来たのではない、刀をとれ」

「……そうか」新八郎はぐっと頷いた。

「拙者を斬るために来たという、その言葉の底になにがあるか、拙者にもわからぬことはないのだ。よし、……斬ってみろ」

「刀をとれ」

「それにはおよばぬ、来い！」

忿怒《ふんぬ》の眉《まゆ》をあげながら、新八郎は尺八をぐっと前へつきだした。啓二郎は充分に相手の呼吸をはかろうともせず、疾呼《しっこ》しながら踏みこんだ。……すさまじいかけ声とともに、夕闇をひき裂いて白刃がとび、両者の体がひとつになるかと見えた。しかし次の刹那《せつな》には、啓二郎

の手から大剣がはねとばされ、よろめくところへ新八郎の踏みこむのが見えた。その刹那、おぬいが悲鳴のように、

「いけません、宗近さま」

と絶叫した。その声とほとんど同時に、新八郎のうちおろした尺八は、相手の肩骨に発止と音をたてていた。

啓二郎はあっと叫びながら前のめりに倒れ、もう起きあがる力もないとみえて、土のうえに伏したまま暴々《あらあら》しく背に波をうたせていた。新八郎はそれを見おろしながら、

「貴様にも、六郎右衛門どのにも、拙者の方こそ申すべきことがあるのだ。しかしなにも云わん、拙者はこれから国許へ帰るが、もし恥じるところがなかったら貴様も帰って来い、……ただしふたたびこんなことをすれば、こんどこそ容赦なく斬って捨てる、それだけは忘れるな」

吐きだすように云うと、新八郎はそのままおぬいのほうへもどって来た。

「こんども途中できれましたね」

旅装をととのえて慶松寺を出た新八郎とおぬいの二人は夜道にもかかわらず帰国の途についた。

「こんどこそしまいまで合わせようと思ったのに、どうしてこの曲はこう終りまで行けないのでしょう」

「わたくし。……もう生涯《しょうがい》この曲は弾くまいと存じますの」

「なぜです」

おぬいはそっと眼をあげながら、

「この曲を合わせて頂く度に、宗近様のお命に危険があるのですもの、わたくしもう決して弾くまいと存じます」

「危険はこれからも避けられませんよ」

新八郎は歎息《たんそく》するように云った。

「監物どのでさえ身命を捨てたと仰《おお》せられている、手綱藩四万石の政治が万代の安きに置かれるまでは、まだ多くの危険や困難がある、道は嶮《けわ》しいのです。おぬいどの、……その覚悟ができますか」

おぬいは大きく眼をみひらいて、新八郎をふり仰ぎながら頷いた。信頼と愛情にあふれる燃えるようなまなざしだった。そして小さい唇《くち》もとに、花の咲くような美しい微笑《ほほえみ》がこう語っていた。どんなに嶮しい道でも、御一緒に。

（「講談雑誌」昭和十六年七月号）

米の武士道

裏富士の春

一

「旦那《だんな》さま、旦那さま！」

とりみだした声で叫びながら、ひとりの老爺《ろうや》が土蔵の裏から庭のほうへとびこんで来た。広縁で雛《ひな》の箱をあけていたお千代は、ぎょっとしながら立ちあがって、

「美富《みとみ》の弥平さん、どうなさいました」

「ああ、お千代さまか、旦那さまをお呼び申してくださいまし、大変でございます」

「父《とと》さまは富竹《とみたけ》へ行っていますが」

「富竹……はあそれは困ったことだぞ」

老人は流れる汗を拭《ふ》こうともせず、肩で息をしながら、すぐ駈《か》けだしそうにした。

「お待ちなさいまし弥平さん、急用ならうちの太助を迎えにやります、なにか間違いごとでもあったんですか」

「間違いどころではございません。いま石和《いさわ》の代官所から郡代の料治《りょうじ》さまがおいでなさいまして、美富から秋山の村じゅう、百姓という百姓の蔵をあけ、持ち米ぜんぶお取上げということで、えらい騒動でございます」

お千代はびっくりして声をあげた。

「お百姓の蔵からお米を？……それは料治さまがご自分でおっしゃるんですか」

「そうでござります、料治さまが先頭に立って、抜身の槍《やり》を持った足軽十人、大八車二十輛《りょう》を引いて、いま村を廻《まわ》っているところでござります」

「……あたし行ってみましょう」

お千代は襷《たすき》をはずしながら、いましも土蔵から雛を運びだして来たお梅をふりかえって、

「ばあや、あたしちょっと美富まで行って来るからね、おまえにここをたのみますよ」

「はい、でもお嬢さま」

「心配することはないわ、きっとなにかわけがあるのでしょう、あたしが料治さまによく訊《き》いてみます。父さまがお帰りになっても、黙っていておくれ、たのみますよ」

「はい、ではどうぞお気をつけて」

お千代は腰紐《こしひも》をきゅっと締め直して、弥平老人といっしょに屋敷を出て行った。

桃の節句にあと四五日、春の空はよく晴れあがって、東南の山なみのかなたにくっきりと描いたように美しく裏富士が見えている、麦の伸びた畑地のそこ此処《ここ》に、緋色《ひいろ》の桃がほころび始めて藪《やぶ》のなかではのどかに老鶯《ろうおう》の笹鳴《ささな》きが聞えていた。山も野も、森も林もやわらかい春の陽《ひ》にうっとりと眠っているような真昼のひととき、そのしじまをやぶって、米俵を山と積んだ大八車が、轍《わだち》の音もけたたましく、美富の村道を石和のほうへと走っていた。

「ごらんなされませ、あのとおりでござります」

「わたし共は、どうやら料治さまを見損っていたようでござりますぞ」

走りながら、弥平老人は忿怒《ふんぬ》の声をあげた。お千代は胸がふるえた。そんな筈《はず》はない、あのかたに限ってそんな筈はない。現におのれの眼《め》で見たものを否定するように、そう呟《つぶや》きながらお千代は老人を急《せ》きたてて走った。

美富村の用水堀《ようすいぼり》を前にして、久保田という名主の屋敷がある、その表に大勢村人たちが集っていた、老人も若者も、女も子供も、不安そうに屋敷の中を覗《のぞ》きながら、みんな蒼《あお》い顔をしてひそひそとなにか囁《ささや》き交わしている。

「ごめんなさい、通して貰《もら》いますよ」

お千代は人垣《ひとがき》をかきわけて、屋敷のなかへはいって行った。しかし前庭までゆかないうちに、彼女はあっと云《い》って足をとめた。

父がいるのだ、父の五郎右衛門《ごろうえもん》が、すでにそこへ来ていた。いま駈けつけたところとみえて、荒々しく肩で息をしながら、土蔵の戸前に立ち塞《ふさ》がって叫んでいるのだ。

「なりません、なりませんぞ。いかに御郡代とはいいながら、五ヶ村名代名主のわたくしに一言のご相談もなく、かようなことをなさるという法はござりません」

「そうだそうだ、こんな無法なことがあるものか」

「名主どの一歩も動かっしゃるな、みんな死なばもろともだ」

庭へ詰めかけていた村人たちが、五郎右衛門の言葉にわっと喚声をあげた。

「騒がしい、しずまれ」

若き郡代料治新兵衛《しんべえ》は大喝《だいかつ》した。彼のまわりには十人の足軽がいて、ぎらぎらと光る真槍の穂先をならべ、すわと云えば突きまくらんと身構えをしていた。

「拙者は甲府城郡代として来ている。美富、諏訪《すわ》、英《はなぶさ》、一ノ宮、日下部《くさかべ》、以上五ヶ村にある持ち米は、ぜんぶ石和の社倉へ積み入れることになったのだ、代官所の達令だ、騒ぐ者は重きお咎《とが》めを受けると思え、またこれを拒む者、邪魔をする者は容赦なく突き伏せるぞ」

「その理合《りあい》をお聞かせください」

五郎右衛門は、拳《こぶし》をふるわせて叫んだ。

「百姓の持ち米を社倉へ入れてどうなさるのです、なんのために社倉へ入れるのです、持ち米がぜんぶお取上げになったら、百姓はなにを食って生きてゆけばよいのです」

「問答無用、そこ退《の》り！」

新兵衛は、一歩大きく踏みだした。

二

五郎右衛門は、白髪《しらが》まじりの髪の毛をふるわせながら、はげしく頭を振った。

「退きません、その理合を伺う迄《まで》は一歩も退きませんぞ」

「そうか、では仕方がない」

新兵衛はきゅっと唇《くちびる》をひき結ぶと、ふりかえってさっと手を挙げた。真槍の穂先をならべていた足軽たちは、それを見るなりおっと鬨《とき》をつくって五郎右衛門に迫った。その刹那《せつな》であった。つぶてのように走《は》せつけたお千代が、

「ああ！　待ってくださいまし」

と叫びながら、すばやく父親の前へ立ち塞がった。

「父はわたくしが申し訓《さと》します、どうか乱暴はなさらないでくださいまし。父さまお願いです、どうかお千代を可哀《かわい》そうだと思って」

「はなせ、わしは五ヶ村の名代だ」

「でも父さまは殺されます」

「旦那さま！」

あとから追いついて来たのだろう、下男の太助がとびだして、お千代とともにしっかりと五郎右衛門を抱き止めた。

「ここであなたがお死になすっても、五ヶ村が助かるわけではございません。あとのことはみんなで相談するとして、ともかくもあちらへおいでなさいまし。おーい、みんな手を貸してくれろ」

久保田の下男たちもとんで来た。五郎右衛門はなおも懸命に踏み止《とど》まろうとしたが、血気の若者たちに押えられてどうしようもなく、ずるずると向うへ引摺《ひきず》られて行った……。

新兵衛は顔の筋も動かさず、

「よし米を運び出せ」

としずかに命じた。

お千代は、身をふるわせながら見ていた。足軽たちはどしどし蔵の戸前をあけ、米俵を運びだしては車へと積みあげる。積み終った車はすぐに表へと曳《ひ》きだされて行った。

「一俵も残してはならんぞ、手間どって刻《とき》を過した、早くしろ」

新兵衛は、断乎《だんこ》たる口調で命じていた。

七十俵あまりの米俵が、たちまちのうちに積みだされた。そしてぜんぶの俵数を書いた郡代手形を渡すと、新兵衛は部下を促して大股《おおまた》に屋敷を出て行った。村人たちは茫然《ぼうぜん》としてそれを見送った、蒼い顔に憎悪《ぞうお》の眼を光らせていたが、もう誰も声をあげる者はなかった。

お千代は、彼等のあとを追った。

忿《いか》りと、疑いとが、彼女の小さな胸を緊《し》めつけ、かき紊《みだ》した。新兵衛は大股に、車と足軽の列のうしろをあるいて行く、背丈の高くたくましいその肩つきが、いまお千代にはまるで見知らぬ人のようにみえる。

「料治さま、お待ちくださいまし」

土橋の袂《たもと》まで来たとき、お千代は足をはやめて追いつきながら呼びかけた。新兵衛は足を停《と》めてふりかえった。

「……なにかご用ですか」

「あなたは、あなたは」

お千代の声は哀れなほどふるえた。

「わたくしの父を、いま殺そうとなさいました」

「そうです」

新兵衛は娘の火のようにはげしい眸子《ひとみ》を、正面にかっちと受け止めてうなずいた。

「拙者は石和郡代として、役目の命ずる所に従ったまでです」

「では、本当に父を殺すおつもりだったのですか、お百姓たちから大切なお米を取り上げたうえ、そんな非道なことをなさるおつもりだったのですか」

「拙者は役目の命ずるところに従ったまでです。料治新兵衛が石和の郡代である以上、郡民は料治新兵衛の命にそむくことを許しません！」

「千代は、郡代としてのあなたに申上げているのではございません」

お千代は、哀訴するように云った。

「父がお好きな料治さま、きょうまで千代がお信じ申していた料治さまに申上げているのです、本当のことをお聞かせくださいまし。お百姓たちのお米を社倉へお取り上げになるのはどういうわけでございますか、あなたは本心から父を殺そうとなすったのですか」

新兵衛はきっと娘の眼をみつめて、

「……お千代どの」

低く力のある声で云った。

「あなたはいま、この新兵衛を信じていたと云いましたね」

「はい申しました」

「拙者を信じながら、拙者のすることが信じられないのですか」

お千代は、膝《ひざ》がが〳〵、っとなるような感動に襲われた。返事ができなかった、新兵衛はなおも娘の眼をつよくみつめていたが、

「人を信ずるということは軽率ではない筈だ、あなたにとって、いま拙者のしていることが疑わしいのなら、拙者を信じていたというあなたの眼は狂っていたのだ、ただそれだけのことですよ」

「…………」

お千代はものも云えずに立竦《たちすく》んでいた。新兵衛は軽く目礼したまま、車のあとを追って去った。

甲府籠城《ろうじょう》

一

事は迅速に、しかも断乎としておこなわれた。石和郡代の支配下にある農家の貯蔵米は、片はしから運びだされて社倉へ納められ、三日目にはどこの蔵にも一俵の米も残ってはいなかった。

「ああ見損った、あの人間だけは見損った」

五郎右衛門は忿怒にふるえながら、われとわが不明を恥じて罵《ののし》りたてた。

「甲府のお城がどうなろうと、郡代だけはわれわれの味方だと思っていた、あの男だけは無道なまねはすまいと信じていた。わしは馬鹿者《ばかもの》だ、盲人だ、あのような人間とは夢にも知らず、娘を嫁にやろうとまで考えていた、この眼は節穴も同然だった」

五郎右衛門は、心から新兵衛が好きだった。

料治新兵衛が郡代に赴任して来てから、四年にしかならない。彼はまだ若く、二十五歳になったばかりだったが、果断と明敏な手腕を存分にふるい、たちまち郡内の治績をすばらしくあげた。しかもその治法がすべて官に薄く郡民に厚く、第一に農村の繁栄を土台としていたから、ひとり五郎右衛門だけでなく、支配下にある民たちは『名郡代』として心から信頼していたのである。

時勢は奔湍《ほんたん》のような転変のもとにあった。その前年、すなわち慶応三年十月、徳川慶喜《よしのぶ》が大政を奉還し、大政が朝廷に復してから、天下は御一新のよろこびを迎えたと思う間もなく、鳥羽伏見の戦が起って慶喜は追捕使《ついぶし》を受ける身上となり、諸代諸侯は徳川家のために、鉾《ほこ》を執って起《た》つという評判が縦横に飛んだ。

甲府城には堀田《ほった》相模守《さがみのかみ》が城代として赴任する筈だったが、江戸へのがれた慶喜は寛永寺にはいって謹慎し、政権はすでに朝廷に復しているので、城代という役目が執れないというのを理由に、まだ甲府へは来ていなかった。

征東軍はすでに甲信の国境へ迫っている、領民たちはまだ和戦いずれともわからず、

——お城では合戦のつもりらしい。

——いや、将軍家のおぼしめしどおり、おとなしく城を明渡すそうだ。

そんな噂《うわさ》に、一喜一憂をくりかえしていた。すると二月下旬にはいって、急に甲府城から附近の農村へ手配があり、農民の貯蔵米を『兵糧《ひょうろう》』として片はしから借り上げをはじめた。

——市川の郡代で米のお借上げがはじまったぞ。

——何々村へもお借上げが来た。昨日はどこの村へ行った。

そういう飛報が、村から村へと伝わった。けれども石和郡代の支配下にある人々は、料治新兵衛が自分たちの味方だと信じていた、自分たちに餓死をさせるような、無慈悲なことはしないものと信じきっていたのである。

それがみごとに裏切られた。料治新兵衛はなんの前触れもなく、真槍をひっさげて村々にあらわれ、拒むすきもあたえず、電光石火のすばやさでさっと貯蔵米をひきあげてしまったのだ。五郎右衛門の怒は誰よりもはげしかった、彼は新兵衛の人柄《ひとがら》にすっかり惚《ほ》れこんで、娘のお千代を娶《めと》って貰おうと、すでに縁談をすすめていたくらいである。

「わしは自分が愚者だったために、五ヶ村の人たちにとんでもない不運をあたえた、あんな人間だと知っていたら、早く米をよそへ移す手配をしたものを、残念だ」

彼は自分の馬鹿さを責め、郡代の無道を罵りつづけた。

お千代の心は宙に迷っていた。新兵衛のやりかたは、たしかに無法である。まったく日頃《ひごろ》の人柄に似合わないやりかたの無法さについては、なんとも弁護の余地がない。しかしお千代の耳にはまざまざと新兵衛の一言が刻みつけられていた。

——拙者を信じながら、拙者のすることが信じられないのですか。

新兵衛を信じ、いや愛してさえいたお千代にとって、この一言は骨髄に徹する意味をもっていた。

あの日から三日、新兵衛の手で村々から貯蔵米がどしどし社倉へ運び去られるのを見ながら、彼女の心は怒濤《どとう》に揉《も》まれる木の葉のように、信頼と疑惧《ぎく》とのあいだをさ迷っていた。

かくて、三月一日の朝のことだった。

美富と日下部から名主年寄が息せき切って駈《か》けつけ、甲府城の手代衆が、『貯蔵米お借上げ』という触れを持って、いま村々を廻《まわ》っているということを知らせた。

「それはどういうわけだ」

五郎右衛門もおどろいた。

「貯蔵米は、ぜんぶ石和の社倉へ運ばれてしまったではないか」

「だからそのとおり答えたのだ、すると手代衆はうろんと思ったものか、一軒一軒蔵を開かせて見廻っている、もう間もなくここへも来るにちがいない」

「待て、……ちょっと待て」

五郎右衛門は、急に膝をのりだした。

「是《これ》はうまいぞ、石和の郡代はお城の触れをさし越して米を取上げたのだ、郡代へはまだ命令が来ていないのに、料治新兵衛が独り合点でやったのだ。よし……お城から手代衆が来たのを幸い、わしが郡代にひと泡《あわ》ふかせてやろう」

「なにか妙案があるか」

「やってみる、手代衆のいるところへ案内してくれ」

五郎右衛門は卒然と立った。

二

石和の代官所の地続きに、七戸前のすばらしく大きな土蔵が建っている、それが『社倉』であった。

社倉は備荒貯蔵米を納めて置く倉庫で、天明七年の大饑饉《だいききん》のあとを受け、領内の富豪の捐《えん》金《きん》と、幕府の補助とをもって造営され、甲府城中にも清水曲輪《くるわ》に建てられていた。つまり凶荒変災に備えたるもので、よほどのことがないと手をつけることはゆるされない。

村々から運んで来た夥《おびただ》しい米を、料治新兵衛はこの社倉へ納め、戸前を閉したうえ、いま目塗りまでし終ったところであった。

「すっかり終ったか」

「はい終りました」

「手ぬかりはないだろうな」

新兵衛は、倉の周囲を入念に見て廻った。

「村かたの者はだいぶ気が荒くなっている、火をかけて焼いてしまえと云う者さえあるそうだ、その用心にぬかりがあってはならんぞ」

「水の手の用意も、決してぬかりはございません」

「よしよし、ではみんな休むがよい」

連日やすむ間もない激しい労働で、みんなくたくただった。新兵衛もようやく重荷をおろした感じで、ひと息いれようとしているところへ、下役の者がとんで来て、

「城下から与力衆がおみえです」

と知らせた。新兵衛は期していたものの如《ごと》く、

「みえたか、よしすぐ会おう」

「こちらへおとおし申しましょうか」

「いや自分でまいる」

新兵衛は先に立って、代官役所のほうへ戻った。

すでに黄昏《たそがれ》の色が濃く、あたりは夕靄《ゆうもや》でおぼろに霞《かす》んでいた。役所の門をはいったところに、与力山田権之助と海野伊八郎の二人、なにやら声高に話していたが、新兵衛が近づいて来るのを見ると満面の笑とともに、

「よう、料治、貴公やったな」

と元気な声で叫んだ。新兵衛はしずかに近よりながら、

「やったとは、なんのことだ」

「兵糧お借上げさ」

海野伊八郎が、こくっと頭を振った。

「われわれは朝から廻っているのだが、貴公の支配内へはいると、まるですっからかん、一粒も残らず積みだしたあとだという。さすがは料治新兵衛だとおどろいたところだぞ」

「実は貴公がふだん百姓びいきなのでな」

と山田権之助が、にやりとして云《い》った。

「正面から申しては反対があろうという、隙《すき》をみて一気呵成《いっきかせい》にやれというので、きょう海野とふたり虚を衝《つ》いたわけさ、ところがさすがに締まるところは締まる、もうすっかり掠《かす》ったあとと聞いて呆《あき》れたよ」

「だが料治、気をつけぬといかんぞ」

「……なんだ」

「貴公の果断には敬服するが、百姓どもはだいぶ貴公を恨んでおる、現にさっきも五ヶ村名代の秋山五郎右衛門とやらいう者が、貴公の仕方を差越しであると云って訴訟しおった」

「そうか、……ふむ」

「拙者は一言のもとに叱《しか》りつけたが、うっかりすると闇夜《やみよ》に光り物がするぞ」

「……忘れないようにしよう」

新兵衛は、にこっとしてうなずいた。

「用事はそれだけか」

「いやまだ肝心なことがある」

伊八郎が、急にかたちを正して云った。

「明朝十時《よつ》、甲府城中でいくさ評定がある、刻限たがわず登城せよとのお達しだ」

「心得た」

「十時《よつ》を忘れるなよ、ではまたその席で会おう」

「料治、おもしろくなるぞ」

権之助と伊八郎はそう云って高々と笑い、会釈《えしやく》をして黄昏の道を帰って行った。

その夜、新兵衛は久しぶりに風呂《ふろ》へはいり、また珍しく小酌《しようしやく》して寝所へはいったが、いつも午前六時《あけむつ》に起きるならわしをやぶって、その朝はいつまでも起きるようすがなかった。前日の話を耳にしていた家士が、心配していくたびか寝所を覗《のぞ》きに行ったけれども、彼は泰然と鼾《いびき》をかいて眠っている。

しかし七時《むつはん》を過ぎ八時《いつつ》を打っても起きないので、家士はついに我慢をきらし、

「申上げます、申上げます」

と障子のそとから呼び起した。

「う、う、誰だ」

飽きるほど呼んだあとで、ようやく新兵衛の寝ぼけ声がした。

「喜右衛門《きえもん》にございます」

「ああ、喜右衛門か、なんだ」

「さきほど八時《いつつ》を打ちました、ご登城なればお支度をなさいませんと、間に合わぬと存じま

すが」

「なに登城?……ばかな」

新兵衛はむにゃむにゃと寝ぼけ声で云った。

「登城する要はない、もう少し寝るからそっとして置いてくれ、ああいい心持だ、ううむ……」

三

甲府城から、勤士柴田監物《けんもつ》が、馬をとばして来たのは正午《ここのつ》近い頃であった。附添いは太田市郎兵衛《いちろうべえ》、西田武四郎の両人、接待部屋へとおされたが、待つこと三十分《しはんとき》あまり、やがていま起き申し候《そうろう》という眼《め》つきで新兵衛が出て来た。

「お待たせ仕《つかまつ》って失礼」

「失礼ではないぞ!

監物はいきなり呶声《どせい》をあげた。できるだけ我慢して、我慢の緒が切れた声だった。新兵衛はべつに愕《おどろ》くようすもなく、けろりとして座につく、その面上へ叩《たた》きつけるように、監物は口から唾液《だえき》を飛ばして喚《わめ》いた。

「今朝十時《よつ》、城中に於《おい》て軍評定のあることを忘れたか、山田、海野両名の者からそう申してあるはず、聞かぬとは云わさぬぞ」

「なるほど、……いや、なるほど」

新兵衛は、もっともらしくうなずいた。

「そう云われてみれば、たしかに聞いたように思いますが。失礼、拙者この四五日ぶっ続けの奔走で疲れはて、珍しく寝酒を用いましたせいか、とくと失念を仕りました、もはやその評定には間に合いませんだろうか？」

「貴公まだ酔っておるのか」

「なかなかもって、もはやかくの如く正気でございます」

「よし、正気だと申すなら、城中評定のしだいを聞かせる」

監物はかたちを正して云った。

「先般、将軍家には大政奉還あらせられ、朝廷に対し奉《たてまつ》りひたすら恭順のまことを致すといえども、薩長土その間にあってことを彎曲《わんきょく》し、ついに追捕使を遣わさるの御悲運におちいらせたまう。われら徳川譜代の臣として君の冤《えん》を看過しがたく、あえて正邪を闕下《けっか》に奏上し奉らんと欲す、……よいか」

監物ははたと膝《ひざ》を打ってつづけた。

「この意味を以《もっ》て、われら甲府勤番の士は、新撰組近藤勇どのの兵を城へ迎え、籠城《ろうじょう》し、東征軍と決戦することに決したのだ」

「ほう、近藤さんが来られますか」

「到着は両三日うちであろう、こちらとはすでに固く連絡がついておるのだ」

鳥羽伏見の戦で傷ついた近藤勇は、慶喜に迫って一戦を慫慂《しょうよう》したが、すでに恭順の意かたき慶喜は、寛永寺にひきこもって動かない。それで甲府城の勤士柴田監物、保々《ほぼ》忠太郎らと計って決戦の策をたて、自分は大久保大和《やまと》と変名して、すでに隊士を率いて甲斐《かい》へと発向していたのである。

「拙者がここまで馬をとばして来たのは、ついさっき韮崎《にらさき》の番所から急使があって、土州藩の先鋒隊《せんぽうたい》が小淵沢《こぶちざわ》を越えたという情報を持って来た。戦備は急を要する、ついては貴公の預る社倉米をすぐ城へ移して貰《もら》いたいのだ」

「それはまたなぜです」

「むろん籠城に備えるためだ。またここに置いては敵の兵糧に遣われるからだ」

「城外の近村へお借上げを命じた米が、じゅうぶんにお城へはいっているのではありませんか、そうむやみに積込んでも、食糧あまって兵足らずではしようがないでしょう」

「わけのわからぬことを云う」

監物は苛々《いらいら》しながら、

「つまり、貴公は社倉米を城へ移すことに反対なのか」

「反対もくそもないですよ、社倉というものはなりたちが違うのです。むろんご存じだろうが、これは領民たちのための備荒貯蔵で、城兵の兵糧につかうべき性質のものでありません」

「なに！……貴公、それは本気でいうのか」

「本気ですとも」

新兵衛は、にやりともせずに云った。監物にとっては夢想だもせぬ一言である。嚇《かっ》と怒りがこみあげて来た、しかし監物は辛くもそれを抑えつけて、

「なるほど、社倉本来のなりたちはそうかも知れぬ、しかし今はまったく非常の場合だ、甲府城の運命を賭《と》する必死の場合だぞ、甲府城の運命はすなわち領民の運命だ、かかる時には社倉もお役にたつのが当然ではないか」

「おっしゃることはよくわかりました、それでもういちど申上げますが」

と新兵衛はしずかに云った。

「料治新兵衛は、甲府城代の命で石和郡代を勤めています。郡代として社倉を護《まも》るのは、拙者の責任です」

「では、城代副事として拙者が命ずる、社倉米をすぐに城へ移すがよい」

「郡代への命令は、城代直々に限ります」

「ではどうしてもならんと云うのだな」

「そうです」

はっしと膝を打って監物が立った、彼は忿怒《ふんぬ》の眼で新兵衛をねめおろし、ぶるぶると拳《こぶし》をうち振りながら叫んだ。

「重代恩顧の城を捨てても、片々たる社倉の掟《おきて》を固執するのが貴公の武道か、それが幕臣としての道だと思うか、貴公それで腰の刀に恥じぬか」

「柴田さん帰りましょう」

西田武四郎が、憤然と促した。

「なにを云っても無駄《むだ》です、口でわからぬやつは実力で教えるのが一番、帰って手配をするほうが早いでしょう、ゆこう市郎兵衛」

三人は席を蹴立《けた》てて去った。

国の稔《みの》り

一

「父《とと》さま、父さま」

息をせいて走《は》せつけたお千代が、そう叫びながら父の居間の襖《ふすま》をあけると、そこには五ヶ村の名主たちが集って、なにか密談をしていたらしい、ぴたりと口をつぐんでふりかえった。

「来てはいけない、出ろ、お千代」

「いいえ、いいえ！」

お千代はつよく頭を振りながら、つかつかと部屋の中へはいって、

「みなさまの御相談にも関《かか》わりのあることです、父さま、千代は代官所へ行ってまいりました」

「なに代官所へ行った？　それは」

「申しわけのないことですけれど、お城の手代衆へ料治さまを訴えて、ひと泡ふかせるとおっしゃったのを聞き、どうなったか気懸りでとてもじっとしてはいられなかったのです」

「お千代！　おまえそれは本当か」

「本当です、でもお聞きくださいまし」

お千代は、父の言葉をさえぎっていった。

「千代がまいったとき、ちょうど役所へお城からお使者が来ておいででした。聞いてみますと社倉の米のことなんです。お使者のおっしゃるには、土佐の先鋒軍が寄せて来るので、籠城はまぬがれないから、すぐ貯蔵米を城へ移すようにとのことでした」

「そうなることと思った」

「やはり昨夜のうちに押してゆくべきだった」

五人の名主たちが囁《ささや》き交わすのを、

「お待ちくださいまし」

と、お千代は制してつづけた、

「お使者はすぐに米を運べとおっしゃいました、すると料治さまはきっぱりお断わりになったのです」

「え、え？　断わったと？」

「お断わりになったのです、料治さまは社倉のなりたちをご説明なさいました。社倉の米は領民の為《ため》の備荒貯蔵で兵糧《ひょうろう》にするものとは性質が違うとはっきりおっしゃいました」

名主たちは唖然《あぜん》と顔を見合せた。

お千代は感動にふるえる声で、

「父さま、わたくしたちは間違っていたのです、おわかりにならないでしょうか、料治さまが五ヶ村の米を取上げたのは、社倉へ集めて、そこで護るためだったのです。米が五ヶ村ちりぢりにあっては護りとおすことが困難です、まして無力なお百姓たちが持っていては、お城からお借上げに来られた場合どうにもできません。料治さまはそれを見越して、ぜんぶを社倉へ積込んでしまったのです」

「そう云えば、昨日お城から手代衆がお借上げに廻《まわ》って来たそうだ、郡代さまが取上げなくとも、昨日はお借上げになるところだった」

名主たちは坐《すわ》り直した。

五郎右衛門は膝をすすめながら念を押した。

「お千代、いまの話に偽りはあるまいな」

「嘘《うそ》でない証拠に、みなさまのお力を借りに帰ったのです、父さま」

お千代は息もつかずに云った。

「料治さまがお断わりになったので、お使者たちはすっかり怒り、どうやら城へ戻って人数を集めて来るようすでした」

「腕ずくで社倉をあけようと云うのか」

「はっきりそう申して行きました。父さま、郡代役所では僅《わず》かな人数で社倉を護ろうとしています。わたくしたち黙って見ていてよいのでしょうか」

名主たちは、五郎右衛門を見た。郡代の本心がはじめてわかり、その危急が目前に迫っている、しかも郡代の危急は五ヶ村の米を護るためのものだ。

五郎右衛門はくっと面《おもて》をあげた。

「みなの衆、いまお聞きのとおりだ、すぐに村へ帰って若い者を集めてくださらぬか」

「よいとも、若い者には限るまい」

「そうだ！　足腰の利《き》く者はみんな出て、郡代のお味方をするだろう」

名主たちは、一斉《いっせい》に立ちあがった。

「しかし騒ぎ立ててはいけない、武器も持ってはならぬ、眼立たぬようにわしの家へ集めて貰いたい、刻限は暮れ六時《むつ》だ」

「承知した、では六時《むつ》までに必ず……」

勇みたって行く名主たちを、見送る五郎右衛門の顔は明るく晴れあがっていた。お千代はそれを、泣きたいような幸福感でじっとみつめていた。

そのころ郡代役所では、社倉の周囲に壕《ほり》を掘り、それに水を引いて万一に備える一方、役所の内部もすっかり片づけて、いつ城兵が攻め寄せてもいいように準備を急いでいた。代官手附の人数三十二人、みんな新兵衛のために一身を投げだす人々だけだった。城からはなんの沙汰《さた》もなく、宵節句《よいせつく》の日はとっぷりと暮れた。

「おい、篝《かがり》へ火をつけろ」

新兵衛の命令で、篝火があかあかと燃えだした。社倉の周囲に五ヶ所、役所の前に二ヶ所、宵闇《よいやみ》を焦《こ》がして燃えあがる篝火は、そのまま彼等の闘志を表白するようだった。

甲府城から保々忠太郎が、十名の見知らぬ武士を伴って来たのは、およそ十時《むつはん》ごろのことであった。

「……来たか」

新兵衛はうなずいて出て行った。

二

保々忠太郎は、小具足に身をかため、右手に鉄の鞭《むち》を持っていた。

彼はぎろりと新兵衛を見やりながら、

「柴田から貴公の存意を聞いた」

と切り口上に云《い》った。

「いろいろ言葉のゆきちがいがあるようだ、しかし今更そんな問答をしている場合ではない。幸い近藤勇どのの隊士がみえたから、ここへご案内して来た、お互いによく話し合おうではないか」

「もう話すことはないと思いますがな」

「あるよ、大いにある」

近藤勇の隊士という十人ばかりの壮士の中から、すぐれて逞《たくま》しい人物がひとり大股《おおまた》に前へ出て来た。

「貴公は徳川家の直臣だろう、甲府城は幕府直轄《ちょっかつ》だ。よいか、はじめにそいつをはっきりさせて置く。ところで土佐軍の先鋒はもう韮崎近くまで来ておる。もうここの米を城へ運び入れる暇はない。しかしこのまま置けば、社倉の米は敵の兵糧にされてしまうだろう。貴公が甲府城勤番の士であり幕臣なら、みすみす敵を利するようなまねはしない筈《はず》だ。よいか、そこでわれわれは社倉に火を放って焼却することに一決した、むろんこれなら貴公にも異存はあるまいが」

「それでわざわざお越しですか」

新兵衛は、平然として云った。

「そうだ、それでわざわざ来たんだ」

「それはお気の毒ですな」

「なに？……」

新撰組の隊士は、猪突果断《ちょとつかだん》を以て聞えている。はじめは田舎の郡代ごときと舐《な》めていたのだが、この大胆な挨拶《あいさつ》に遭って嚇となった。

新兵衛は色も変えずにつづけた。

「柴田さんに申上げたとおり、社倉の米は領民たちの備荒貯蔵です。甲府城のものでもなく、幕府の物でもありません。殊《こと》に、昨年十月、将軍におかれては大政を奉還あそばされ、国政はあげて朝廷のおん手に復しました。将軍家において深く御謹慎あそばす如《ごと》く、拙者はおのれの預る社倉を護り、これを無事に維新政府へ、お引渡し申すことを責任と思います」

「だが、みすみす敵軍を利するものだぞ」

「焼き捨てることが敵の不利を決定すると思いますか」

新兵衛がはじめて声をはりあげた。

「米は国の稔りという。戦に多少の利があるにせよ、国の稔りを焼きすてるような無道をして、貴公らの大義名分が立つと思いますか。これほどの道理がわからぬようでは、なにを申すもたがいの無駄だ、お帰りなさい」

「元気だな郡代、帰れというなら帰る」

相手はひきつるような笑い方をした。

「だが帰るには土産が要るぞ、くれるか」

「ご所望なれば」

「よしっ」

叫ぶとともに隊士の一人が身を沈めた、抜討ちである。身を沈めたとみるや、ぎらっと白《はく》刃《じん》が新兵衛の右胴に伸びた、しかし同時に新兵衛の体が伸びあがったと思うと、大きく上から抜討ちの剣をふりおろした。隊士の剣は新兵衛の脾《ひ》腹《ばら》を裂き、新兵衛の剣は隊士の頭を断ち割った。だっと、前のめりに顚倒《てんとう》する隊士を見て、

「やった、その郡代のがすな！」

喚《わめ》きざま、ぎらりぎらりと抜きつれたときである、わあっという鬨《とき》をつくって、手に手に

松明《たいまつ》をふりかざした農民たちが、雪崩《なだれ》のように門内へ殺到して来た。

「いかん、立退《たちの》け！」

保々が叫ぶまでもない、残った隊士たちはそのまま、裏手の垣《かき》を押しやぶってのがれ去った。新兵衛はそのありさまを篤《とく》と見定めた、そして意識を失って倒れた。

＊　＊　＊

板垣退助の先鋒、因州藩の軍監西尾遠江介《とおとうみのすけ》が甲府城へ入ったのは、三月五日であった。これが予想以上に神速だったのと近藤勇の隊の入城が後れたために、城兵は一戦するいとまもなく敗走した。

脾腹の傷で寝ていた新兵衛のもとへその知らせを持って来たのは、五郎右衛門であった。娘のお千代もいっしょだった。

「やはりそんなことでしたか」

「まったく情ない負け戦で、逃げた者も多くは捕えられたり、斬《き》られたり、落ちのびたのは僅かな人数だと申します」

「……しかし」

と新兵衛は、低く呟《つぶや》くように云った。

「いずれも幕府の恩を忘れぬ人たちだった。考え方こそ誤っていたけれども、身命を惜しまぬ覚悟はあっぱれ武士だ、本当にあっぱれな人たちだった」

五郎右衛門は思わず頭《こうべ》を垂れた。

ひっそりと物音の絶えた春の午後、言葉のとぎれたいっときのしじまを縫って、そのとき遠くから小太鼓の音がかすかに響いて来た。

「太鼓の音がする、お千代どの」

「はい」

「障子をあけて見てください、なんです」

お千代は立って障子をあけた。街道をはるかにゆく軍馬の列、濛々《もうもう》たる土煙のなかに、輝かしい錦旗《きんき》を捧持《ほうじ》しているのが見えた。

「見えますか」

「はい、官軍が東へゆくところでございます」

「東へ、……では進軍の太鼓ですね」

「錦《にしき》の御《み》旗《はた》もおがめますわ」

新兵衛は枕《まくら》をどけて頭を伏せた、五郎右衛門もお千代も頭を伏せた、太鼓の音は東へ、東へ。

（「講談雑誌」昭和十七年二月号）

湖畔の人々

氷《こお》る朝

その一

諏訪《すわ》伊勢守《いせのかみ》家《け》の江戸屋敷年寄役を勤める斉木《さいき》兵庫《ひょうご》は、妻の那津《なつ》と家士両名、下僕と下婢《かひ》三名をつれて信濃《しなの》ノ国《くに》高島（今の諏訪）へ帰国した。しかし保養という名目なので、城下にあるおのれの屋敷にははいらず、そのまま湖畔の温泉街《いでゆまち》へ乗物を着け、ぼたん屋という宿に旅装を解いた。

座敷へ通ると、兵庫は直《す》ぐに宿の隠居を呼んだ、隠居茂兵衛《もへえ》は急いでやって来たが、客の顔を見るなり、あっと云《い》って、廊下へ白髪頭《しらがあたま》をすりつけながら平伏した。

「ほう、まだ生きていたか」

兵庫は笑いながら、

「多分もう墓の下であろうと思って来たが、まだ業《ごう》が尽きぬとみえるな」

「十年ぶりのお眼通《めどお》りに、いきなりお毒口でございますか」

茂兵衛はにが笑いをしながら面《おもて》をあげて、兵庫夫婦に叮重《ていちょう》な祝着《しゅうちゃく》を述べた。

「したが、いつ御帰国あそばしましたか、少しも存じませんので御挨拶《ごあいさつ》にまかり出ませず、まことに不調法を仕《つかまつ》りました」

「いや、いま此処《ここ》へ着いたばかりだ」

「此処へいまお着きで……」

「こんどは保養の帰国でな、この通り女房づれの全くの忍びだ、当地の役人共にも知らせてはないし、当分はのんびりと手足を伸ばしたい、だから儂《わし》が当家に居《お》ることは内密にして置いて呉《く》れぬといかん」

「畏《かしこま》りました、左様なれば一同に固く申付けて置きまする」

兵庫は頷《うなず》きながら、金包と思えるものを無雑作に投げやった。

「土産代りだ、取って置け。晩には久方ぶりで伊那節でも聞こうかの」

そして特徴のある、息を吸うような笑い方でくくと笑った。

灯《ひ》の入る頃《ころ》から十人ほどの芸妓《げいぎ》が来て、広間で賑《にぎや》かな酒宴が始った。……兵庫は上座に寛《くつろ》いで、若い妓《おんな》の一人に酌《しゃく》をさせながら、彦四や式部が妓たちと遊ぶのを眺《なが》めていた。派手な遊びが好きで、常に賑かな座敷を設けながら、自分はその雰囲気《ふんいき》とは別に、独りで酒を楽しむのが兵庫の癖だった。そして、それが彼の性格を最もよく表わしていた。

兵庫は諏訪家の国老の子として此《この》土地に生れ、十九歳で亡父の名跡を継いでから、間もなく国家老の職に就き、高島城代としてめざましく働いた。そして四十八歳のとき江戸表へ転じて長老の席に居《すわ》り、一藩の重しとして、六十三歳の今日までがっしりと藩政の中枢《ちゆうすう》を押して来たのである。

四十余年にわたる彼の活躍は、高島藩に大きな功績を残した。彼でなければ為《な》し得ない多くの仕事が実を結んだ、その点ではたしかに「名家老」だったに違いない、然《しか》しその半面には不評の種もかなりあった。……それは兵庫の性格が自己中心で、他の意見を受け容《い》れようとせず、とかく圧制的に事を行うところに原因がある。勿論《もちろん》それだからこそ思うような仕事も出来たのだが、同時にそれが大きな弱点となることも免《まぬが》れなかった。

兵庫は若年の頃から、

——人間は子を持つと美田を遺《のこ》したくなるものだ、自分は藩のために一身を捧《ささ》げて働くつもりである、だから生涯《しょうがい》子は持たぬ。

そういう老成した考をもっていた。それで湖畔の花街では派手に遊ぶが、縁談には一切耳を藉《か》さなかった。……然し四十一歳になったとき、母の磯女《いそじょ》の強硬な主張で、現在の妻を娶《めと》ったのである。

那津は同藩の老職の娘で、いちど内田助左衛門《すけざえもん》という物頭の家へ嫁したが、良人《おっと》に死なれて実家へ戻っていた、つまり俗にいう出戻りであった。けれど磯女は那津に和歌を教えたことがあり、その気質を高く買っていたので、周囲の反対を押し切って兵庫の妻に選んだのであった。……

那津は二十一歳の秋、斉木家へ嫁いで来た。予想された通り彼女はよき妻であった。ずばぬけた政治的手腕で、「名家老」と呼ばれる一方、諸事思切って派手好きな兵庫の生活は、絶えず家計を窮迫せしめていたが、那津はその苦しい家計の切り盛りに身をうちこんだ、それは困難な、終ることのない仕事であった。

然も、夫婦とは名ばかりで、嫁して以来、兵庫とは曾《かつ》て臥所《ふしど》を共にしたことがなかったのである。

これらのことはみな、兵庫の自己中心の気質から来ているものだった。政治を行うにも自分の意志をずばずば実行する、誰にも容喙することを許さない、……妻と臥所を共にしないのも、妻を嫌《きら》っていたのではなく、「生涯子は持たぬ」という自分の意見を固持する表われである。……ちょうどその酒の飲みぶりと同じように、毎《いつ》も多くの人々に取囲まれていながら、常に自分の孤独を守り通していたのである。……こんど妻を同伴して来たのも、実は或《あ》る重要な目的をもった帰国なので、それを国許《くにもと》の役人たちに感付かれないための手段に過ぎなかったのだ。

その二

酒宴が終ったのは十時《よつ》過ぎだった。

旅の疲れと、快い酒の酔とで、熟睡した兵庫は、その明る朝早く、まだほの暗い時刻に起きた。そして十徳《じっとく》に衿巻《えりまき》、宗匠頭巾《そうしょうずきん》という妙な恰好《かっこう》で、杖《つえ》を手にふらっと宿を独りで出て行った。

何処《どこ》へなにをしに行ったのか、戻ったのは殆《ほとん》ど午《ひる》ちかい時である。……そして夜になるとまた、妓たちを呼んで酒宴だった。

三日めも、四日めも、未明に出て、午ちかく帰るのと、夜の派手な遊びとは同じように繰返された。……そのあいだ妻の那津も、従者たちも、そのことにはまるで無関心な態度で黙っていた。……それから二日ほど雪が降ったので、朝の外出は中止されたが、雪があがると待兼ねたように、それも例よりもよほど早く起きて出掛けた。

和蘭陀羅紗《オランダらしゃ》の衿巻を、深く鼻のあたりまで巻きつけ、杖を片手に、温泉街の裏を東へ向った兵庫は、風のない未明の道を、凍《い》てた雪を踏みながら、少し前踞《まえかが》みになって、然し大股《おおまた》のたしかな足どりで歩いて行った。

普門寺《ふもんじ》の村へかかると、野づらに簀《す》を架けて、寒天の夜干しをしているのがちらほらと見えはじめた。……その作業場へ来るたびに、兵庫は架簀《かけす》の側《そば》へ近寄って、干しあがった寒天の出来具合を見て廻《まわ》った。……簀の間で働いている人々のなかには、兵庫の姿を見るとにこにこ笑いながら挨拶をする者もあった。

「お早うございます江戸の御隠居さん」

「ああお早う、精が出るな」

兵庫も機嫌《きげん》よく答えながら、更に次ぎ次ぎと見て行った。

茅野《ちの》へかかる少し手前まで行くと、川の流に沿った段丘の上に、新しい寒天干し場が広く幾段にも架簀を列《つら》ねていた、……そこは塚原の豪農坂本孫左衛門《まござえもん》の作業場であった。

他では大抵まだ農家の副業で、片手間にやっているものが多かったが、孫左衛門は高島藩の勘定奉行所と連絡をとり、本腰を入れて寒天製造の大きな作業場を造ったのである。……原料の石花菜《てんぐさ》や藻花菜《ひらくさ》を貯《たくわ》える倉、洗い場、搗《つ》き場《ば》、釜場《かまば》などの建物に、働く者たちの長屋の物置、厩《うまや》などまで新しく建てた。そして二条《ふたすじ》の堀《ほり》には、遠く山から引いて来る清冽《せいれつ》な水が、溢《あふ》れるような勢で絶えず潤沢《じゅんたく》に流れていた、この水こそ、作業のためには欠くべからざるものだったのである。

兵庫が干し場へ入って行ったとき、架簀の間から一人の美しい娘が、

「お早うございます」

と元気な声で呼びかけた。兵庫が微笑《ほほえみ》で答えながら近寄ると、娘のうしろから、この作業場の持主である孫左衛門も出て来た。……娘は孫左衛門の子でお雪という、兵庫はこの親娘とも五六日来の馴染《なじみ》だった。

「どうじゃな、出来具合は」

「相変らずでございます」

「是《これ》はもうあがったのかな」

兵庫は簀の上から寒天を一つ手に取った。……薄透明に少し濁った拍子木型の寒天は、表面に朝の色を映して雲母《きらら》のような光を放っていた。

「やはり色がうまくないのう」

「それでございますよ」

孫左衛門もその一つを取りあげた、

「もうひとつというところで、どうしても澄んだあがりが出来ないのです。ずいぶん苦心してこれまでにしたのですがな」

「なにか工夫をしている人がいるそうだが」

「左様です、御家中の或る高い御身分のお方で、非常に御熱心に色々と工夫をなすって下さる方がいまして、……いまもあれ、向うの作業場においでになっているのですが、……どうも思わしくないようでございます」

「でも萩原《はぎわら》さまはきっと御成功なさいますわ」

娘が側から確信ありげに云った、

「あんなに御熱心なのですもの、見ていてもお気の毒になるほど御苦心をあそばしているのですもの、もう直ぐきっと立派なものをお作りになると思いますわ」

「ほう、そんなに萩原という方は御熱心なのかな」

「いや娘は萩原さまのこととなると、理非にかかわらずもう御贔負《ごひいき》ですから」

「まあ、お父さま」

なごやかな笑いが、静かな朝の空気を震わせて行った。

「したが」

孫左衛門はふと眼をあげて、

「江戸のお客さまもこの御商売でございますか」

「いやそうではないが」

「毎朝のように断《こ》うしてお見廻りにおいでなさるので、実は買い付けにでもおいでになったのかと思っていましたが」

萩原作之進

その一

「いや商売ではないがな」

兵庫はちょっと眼を外《そ》らした。

「御当地で寒天作りを始めてから、僅《わずか》な年数のあいだに、たいそう大坂方面へ出廻るという話を聞いたものだから、……保養に来たついでに見せて貰《もら》っている訳ですよ」

「数だけはずいぶんあがるのですがね」

孫左衛門は手をあげて、

「御覧の通り見える限りの干し場ですから、積出す数は年々殖える一方ですが、なにしろ大坂には本場の丹後物が根を張っているので、あがりの悪い此方《こちら》の品はどうしても二番物三番物にされてしまいます」

「この色さえ、もうひと息いったらのう」

「そうなったら高島の天下でございますよ」

おのおの手に持った寒天を置きながら、期せずして二人は同時に太息《といき》をもらした。

高島藩の寒天製造は、藩主因幡守忠誠《いなばのかみちゅうせい》が西遊の折、丹後地方からその製法を伝えて来たもので、当時は創業してまだ間がなかったにもかかわらず、季候や風土が適していたのと、藩の熱心な指導と、そして農民たちの撓《たゆ》まぬ努力とが一致して、非常な熱で発展し、すでに大坂の市場へ多額な出荷をみるようになっていた。……然し技術的にまだ不足な点があって、その製品の仕上りがうまくゆかず、丹波、丹後地方で製するものに比べて、かなり品の格が落ちるため、出荷数の多い割に利益は思うほどでなかった。

幕府政体の末期的な現象の一として、一般諸藩と同じように、高島藩も当時は財政困難に直面していた。殊《こと》にその地勢の関係で、古くから食糧物資の移入国であるため、領内の産業開発は欠くべからざる問題であった。……だからいま、寒天製造が成功するかしないかは、それに従事している農民たちよりも、寧《むし》ろ高島藩にとって重大な懸案だったのである。

「やれやれ、たいそう邪魔をしました」

そう云って兵庫が立去ろうとした時である、

「あれお父さま」

と娘が振返って叫んだ、

「萩原さまが馳《か》けていらっしゃいますわ」

「おお、ひどくまたお急ぎのようだな」

綿入れ布子《ぬのこ》に短袴《たんこ》、丸腰の若い武士が一人、両手に干しあげた寒天を持って走って来た。

「坂本どの、出来ました出来ました」

「ええ？　出来たとは」

「御覧なさいみごとなあがりだ、それ、この通り氷のように澄んでいる、是も、是も、みんな同じようにあがっているでしょう」

「おおほんに、是はまあすばらしい出来だ」

「わたくしにもお見せ下さいまし」

お雪も父の手から寒天の一つを取ったが、あくまで澄んだすばらしい出来を見ると、ぱっと讃仰《さんぎょう》の色に眼を輝かせながら男を見上げた。

「まあ……萩原さま」

「立派でしょうお雪さん、これで苦心の甲斐《かい》がありましたよ」

若い武士もまた喜びに溢れる眼で、昵《じっ》と娘の顔を見下ろした。

――これがいま話に出た人物だな。

兵庫はそう思いながら、気付かれぬように若者の容子を見やっていた。……年はまだ若い、骨太のみごとな体で、顔も浅黒く逞《たくま》しいが、清純な眼と唇許《くちもと》になんとも云えぬ温かみが溢れていた。

「それでは新しい御工夫がついたのでございますか」

「負った子を捜していたようなものだ、工夫というのも恥しい、ただ搗いた後の水晒《みずさら》しをこれまでの三倍にすればいいのです」

「水晒しを多くするだけでございますか」

「丹後製法では一刻半《いっときはん》ということだが、それを三倍延ばし、晒せば澄んであがる。実地にゃってみせましょう、どうか直《す》ぐ、みんなに触れを廻して集めて下さい」

「承知しました。お雪、おまえ行って嘉右衛門《かえもん》を呼んでおいで」

「はい」

お雪は走って行こうとして、

「あら、あの江戸のお客さまは」

と振返った。……兵庫はそのとき、すでに干し場の段丘を下って去りつつあった。

「……誰です、あの老人は」

萩原は兵庫の後姿へ眼《め》を光らせた。

「誰ですかよくは存じませぬが、この五六日ずっと毎朝のように寒天作りの模様を見に来るのです」

「なんのために、……」

「自分では隠していますが、私の考えでは江戸から買い付けに来た商人ではないかと思います」

「……江戸から来た？」

若者の眼はいつまでも、去って行く兵庫の後姿に吸い着いていた。

その二

その宵《よい》のことであった。

例に依《よ》って芸者を呼び、賑《にぎや》かな酒宴が開かれていたとき、宿の隠居茂兵衛があわただしく入って来た。そして兵庫の側へすり寄って、

「御前、お城からお客来でございます」

と恐る恐る云《い》った。

「城から?……」

兵庫の眼はもう酔っていた。

「固く申付けて置いたに、もらしたな」

「否《い》え滅相もない、実は夕刻まえにお目附役がおみえなさいまして、色々と」

「云い訳はよせ、みつかったものなら仕様がないから会う、誰がまいった」

「成島《なるしま》さま、苅屋《かりや》さまにございます」

「よしよし、此処《ここ》へ通してやれ」

「はい。此処で宜《よろ》しゅうございましょうか、妓《おんな》どもは帰しまして……」

「いや此儘《このまま》でよい」

茂兵衛は走るように去ったが、間もなく二人の武士を案内して来た。……成島仁太夫《にだゆう》、苅屋角八《かくはち》、いずれも老職格の者だった。

「いや此方へ此方へ」

兵庫は自分の側へ二人の座を明けてやった。

「このたびは久々の御帰国、御健勝にてなにより祝着《しゅうちゃく》に存じ上げまする。御帰国のおもむき

些《いささ》かも知らず、御挨拶《ごあいさつ》にも出ませいで失態仕《つかまつ》りました」

「お手を上げ、お手を上げ」

二人の叮重《ていちょう》な挨拶を兵庫は気軽に遮《さえぎ》って、

「女房伴《づ》れの保養でな、宿へもその旨《むね》を申し、家中へ知れざるよう隠れて居《お》ったのじゃ。したがって見らるる通りの座敷、固苦しいことは抜きにして、さ……一盞《いっさん》まいろう」

「は、然《しか》し今宵は御挨拶を申上げるために」

「無用無用、芸妓《げいぎ》どもの居る前でそう裃《かみしも》を着《つけ》ては笑草じゃ、さ、まいろう苅屋どの」

「では仰《おお》せに甘えまして」

「成島さんも膝《ひざ》をお崩しなされ、久方ぶりで江戸仕込みの長唄《ながうた》でもお聴かせしようから。……妓どもも固くなることはないぞ、騒げ騒げ」

盃《さかずき》が廻り、再び三味線が鳴りだした。……すると間もなく、また三名の客がやって来た、貝塚久兵衛《きゅうべえ》、栗田、本野。これも上席老職の人々である、……これらの人々が、続々とこんな場所へまで挨拶に来るほど、兵庫の権威は圧倒的だったのである。

俄《にわか》に客が殖えて、座敷は花が咲いたように賑かになった。

それから更に半刻あまり経《た》って一人の若い武士が、案内もなくすっと座敷へ入って来た。……然し賑かに酔の発している一座はそれに気付く者もなく、彼は隅《すみ》の方に坐《すわ》って、両手を膝《ひざ》に置いたまま、冷やかな眼で昵と兵庫の顔を覓《みつ》めていたが、やがて、

「斉木御老職に御意を得ます」

と声を張上げて呼びかけた。

よく徹《とお》る声だった。三味線も、唄もぴたりとやみ、談笑していた人々も一斉《いっせい》に振返った。

……兵庫は酔眼を向けながら、

「誰じゃ、其処《そこ》では分らぬ、此方へまいれ」

「……御免」

若者は会釈《えしゃく》をすると、座のまん中を進んで兵庫の前に端座した。……そして作法通り、切口上で帰国の祝着を述べた。

「ああ沢山沢山、固苦しい挨拶はもう沢山じゃ」

兵庫は盃を取って差出しながら、

「見る通りみんな袴《はかま》を脱いだ気楽な席、老職も平侍もない無礼講じゃ、一盞まいろう」

「いや頂きませぬ」

「そう肩を張るなと申すに」

「酒は不調法です」

にべもない言葉だった。……兵庫は思わず眼を瞠《みひら》いて相手を見たが、その半白の眉《まゆ》が急にぴくりと波を打った。

――茅野で見た男ではないか。

その通りだった。茅野の孫左衛門の作業場で、新しい工夫に成功したと云って喜んでいた、あの萩原という若者であった。

「そうか、酒は……飲まぬか」

「それよりも御老職に申上げたいことがございます、妓どもを暫《しばら》くお遠ざけ下さい」

「なんの用か知らぬが、いまこの通り酒宴なかばじゃ、また改めて」

「相成りません」

若者は冷やかに遮った、

「是非とも今宵、申上げなければならぬことでございます。……妓ども、退《さが》って居れ」

声を励まして叫んだ。

妓たちは吃驚《びっくり》して、直ぐに立って座敷から出て行った。……若者はそれを見澄して、屹《きっ》と容《かたち》を正しながら、

「勘定奉行、萩原作之進お伺い申します」

と、てきぱきした調子で云った。

「御老職このたびの御帰国は、かねてお沙汰《さた》のありました年貢《ねんぐ》割り増しに就て、その御吟味のためと存じまするが如何《いかが》でございますか」

「それは違う、それは違うぞ」

兵庫は頭《こうべ》を振って、

「儂《わし》はほんの身保養のために帰ったのじゃ、女房連れの気楽な帰国じゃ、左様なことは夢にも知らんぞ」

「……いずれにもせよ」

と作之進は強く肉薄した。

「先般来再三お沙汰のありました、年貢割り増しの件に就きまして、御帰国を幸い、是非とも国許の事情をお耳に入れたいと存じます。明日にも御登城のうえお寄合せを願います」

「それは、国許役人合議の申分か」

「役向《やくむき》一統よりのお願いでございます、確《しか》とお耳に入れます」

作之進は返辞を待とうともせず、別辞を述べ、列席の老職たちに会釈して立った。

若き人々

その一

「……萩原作之進」

兵庫はその名を幾度か呟《つぶや》いてみては、

——若輩者が。

と眉をひそめた。

六十歳を越す今日まで、そのような態度で自分に当面した者はなかった。兵庫の盃を拒み、許しも得ず妓を遠ざけ、帰国の目的までずばずば訊問《じんもん》する。……若年の頃《ころ》から高島一藩を押えて来た兵庫にとっては、曾《かつ》て経験したことのない屈辱的な応対であった。

尤《もっと》も兵庫が屈辱を感じたのは、作之進が彼の帰国の目的を看破したところに、その原因があったのだ。

年貢割り増し。

それは去年からの懸案で、その条文は兵庫の手に成ったものであるが、国許ではなかなか承服しないのである、二度、三度、国許と江戸屋敷とのあいだに折衝があった。然し案外に国許の意見が強硬で、そのまま捨て置いては増税は否決されるかに見えた。

――何者がそんな横車を押すか。

兵庫は苛々《いらいら》して来た。

――寒天製造もよほど発展し、大坂への積出しも莫大《ばくだい》にのぼっているのに、僅《わずか》ばかりの割り増しが出来ぬとは腰抜け揃《ぞろ》いな。

そう思うと我慢ならず、保養の暇を取って帰国したのである。……問題は寒天だった。城下へ着いて以来、彼は身分を隠して諸方の作業場を見て廻《まわ》った。考えていたよりも製品の質は良くなかった。それで少しがっかりしたが、然し孫左衛門の作業場で、いよいよ最上の品が作れるという事実を慥《たしか》めることが出来、帰国した甲斐があったと喜んでいたのである。

「まだおやすみあそばしませぬか」

隣室から妻の声がした。

「うん、うとうとして居る」

「おにばなでもお淹《い》れ申しましょうか」

「それには及ばぬ」

兵庫はそう云いながらふと、夜中《やちゅう》そうやって隣室から妻の声を聞くのは、結婚して以来はじめてのことではなかったかと考えた。……すると有明《ありあけ》行灯の仄暗《ほのぐら》い光のなかに、ひっそりと寝ている妻の姿が見えるように思えた。

「おまえも眠れないのか」

「はい、……わたくしはもう、これが昔からの癖でございますから」

「……そうか」

兵庫は眼を閉じた。隣室もそのまま元のように森閑となった、遠い浴室で湯の溢《あふ》れる微《かす》かな囁《ささや》きが聞えている。その音のために、却《かえ》って滅《めい》入るような深夜の静けさのなかに、ときおり、湖水の方から、張詰めた氷のしみ割れる響が伝わって来た。

翌朝、もう出掛ける必要のなくなった兵庫は例になく起床が遅かった。昨夜の出来事がまだ頭に残っているのであろう。顔色も冴《さ》えず、朝食を済ませると直ぐ手紙を認《したた》め、国家老清《し》水逸之《みずいつの》右衛《え》門《もん》の許へ持たせてやった。……年貢割り増しの件に就いて寄合せをするから、係り役人に支度をさせて置けという意味の書面だった。

兵庫が登城したのは十時《よつ》だった。国老はじめ係り役人たちはすでに小書院で待っていた。兵庫はその人々の中に、萩原作之進の逞しい姿をみつけた。

辞儀の応酬が終ると直ぐ、

「先般お沙汰書を以《もつ》て達《たつし》のあった年貢割り増しに就て、江戸表の事情を先《ま》ず簡単にお耳に入れる」

と兵庫はよく徹る声で始めた。

「かねて条文にある如《ごと》く、近年お物入り続きにて江戸表お台所向きは御窮乏にあらせられるが、国許《くにもと》領民の困難を思召《おぼしめ》されて、出来る限りお手許を切詰め、御政治表も節倹第一として今日までまいった。然るに、……このたび上屋敷内御本殿の改築、中屋敷御修造、お上に於《おい》て老中お役付きのための御入費、これら差迫っての御用にて、歇《や》むなく割り増しの儀を仰せ出された次第でござる」

「江戸表役人中に於ても」

兵庫は流れるような調子で続ける。

「国許の様子はつくづく見合せて居るが、近年は格別年貢増しのお沙汰もなく、一面には寒天製造の業も大いに進み、この程度の割り増しくらいは仔細《しさい》なくお受け出来るものと存ぜられる。また、たとえ多少の困難はありとも、このたびの御入用は差迫ってぬきさしならぬ儀なれば、国許に於てもその旨をよくよく相含み、取急いで御達《おたつし》の如く決定さるべきだと存ぜられる」

兵庫は云い終って列座の人々を見廻した。みんな固く膝に手を置いたまま、眼をあげる者もなかった。

「御城代の御意見は如何じゃ」

威圧するように、兵庫が清水逸之右衛門へ眼をやったとき、

「勘定奉行より申上げます」

と萩原作之進が面《おもて》をあげた。

その二

綿入れ布子《ぬのこ》に短袴《たんこ》を着けた恰好《かっこう》も逞しかったが、麻裃に威儀を正した姿は一層逞しく、また全身に烈々たる意気の漲《みなぎ》っている感じだった。

「唯今《ただいま》御説明のありました始終は、かねてお沙汰書を以てよく承わり、国許役人中にてしばしば合議のうえ、その都度、精《くわ》しく江戸表までお答え申上げてございます。……いま斉木御老職のお言葉に、国許の様子もつくづく見合せ、という仰せがございましたが、若《も》しそれが事実であるなれば、毎々お答え申上げました通り、このたびの年貢割り増しの儀は、お取止《とりや》めを願えるものと固信仕ります。改めて御覧に入れるまでもないとは存じますが」

作之進は一冊の帳簿を披《ひら》いて、ずっと座をすすめながら兵庫の前へ差出した。

「これに弘化四年度よりの御蔵入り、出費の統計を書き上げてございます。お眼通しのうえ、この内より差繰り配分が出来るという思召しがありましたら格別、唯今のところ領内物成りからは一厘《りん》半毛の割り増しも不可能でございます」

「だがこの御蔵入りには寒天仕切は入って居らぬ筈《はず》だな」

「仰せの如く、新産業御奨励のため、寒天仕切は別勘定になって居ります」

「それを繰入れたらよいであろう」

「まだ到底そこまでまいって居りません」

「だが大坂への出廻りも莫大であるし、上質の製品も出来ると定《きま》った以上、限《きり》もなく別勘定で捨てて置くには及ぶまい」

「上質の製品、……」

と云《い》いかけて、作之進は急に口を噤《つぐ》んだ。

——あっ、あの老人だ！

彼は眼《め》が覚めたように、茅野の作業場で見かけた老人の姿を、いま対座している兵庫のうえにみいだしたのである。……あのとき孫左衛門は、江戸から寒天を買付けにきた商人だと云ったが、それは兵庫だったのだ。

「如何《いか》にも、……」

作之進はくっと眼をあげた。

「領民共の苦心に依りまして、ようやく丹後物に劣らぬ上質品が出来るように相成りました。尤もそれは見込みが立ちましただけで、実際の収益は今年冬の期を待たねばなりませぬ。……然し、若し既にその収益があると致しましても、別勘定という点は当分のあいだ動かすことは相成りません」

「なぜだ、どうして動かすことが出来ぬ」

「寒天製造はまだ産業の緒についたばかりです。領分の季候風土はこの事業に最も適し、順調に発達しますれば領民の福祉となるは素《もと》より、藩家のためにも重要な財源の一となること確実です。なれど、……それには製造事業を充分に発達させなければなりません。設備もまだ不完全です、技術も未熟です。材料買上げの手も拡《ひろ》げなければなりません。つまらぬ譬《たと》えを申すようではございますが」

と作之進は声を改めて云った。

「果樹を一本育てますにも、充分に樹《き》の成長を待って、はじめてその果実を収穫いたします。若し若木のうちより実生《みな》りを急げば、その樹を弱らせ根を枯らしてしまいます。それと同様に、……寒天製造が重要な事業であればあるほど、当面なにを措《お》いても是《これ》を完全に育て、出来るだけ発達させることが大切です。年貢割当てなどはまだまだ先のこと、唯今はもっともっと資金と助力を与えてやらねばならぬ時期でございます」

「そのように一々理屈を申していたのでは限がない。別勘定の繰入れがならぬとすればどうせよと云うんだ」

「年貢割り増しのお沙汰をお取止めに願いたいのです」

作之進は屹と兵庫の眼を見上げ、静かではあるが力の籠《こも》った声で云った。

「江戸上屋敷御本殿の御改築は御延期を願います。中屋敷の御修造も同様、またお上に於かせられましても、多額の御出費がなければ老中お役付きに相成らぬと致しますれば、これまたお役付き御遠慮に願います」

「黙れ作之進、老中お役付きはお上にとっての御出世、それを御遠慮に願うとは出過ぎた申条だぞ」

「恐れながらお言葉を返します」

昂然《こうぜん》として作之進は眉をあげた。

「斉木御老職にも、当時天下の事情は御存じでござりましょう。内には倒幕を叫ぶ浪士の動きあり、外には異国船の来《きた》り窺《うかが》うこと繁《しげ》く、江戸御公儀にとっては正に一歩もゆるがせならぬ重大な時でございます。かかる折には老中諸奉行とも、最も才能秀抜の人材を揃えて事に当るが公儀の御為《おんため》、たとえ一役たりとも、金品縁故の力で私すべきではないと存じます」

当時はまだ諸侯たちが、賄賂《わいろ》を遣ったり縁故に縋《すが》ったりして、老中諸奉行の役に就こうと争ったものである、したがって幕府閣僚の多くは無為無能、ただ役名を持っているというだけで、いてもいなくても差支えのない人物が沢山あったのだ。

老いたる花

その一

兵庫の眉はぴくぴくと痙攣《ひきつ》った。

「なに、金品縁故の力で一役たりとも老中を私すべきでないと申すか。作之進、それはお上を御誹謗《ごひぼう》し申すことになるが承知か」

「お上に対しては申上げませせぬ、お上御側近の方々に申すのです、公儀に於てお上の御人物に嘱さるるところあれば、多額の御出費を撒《ま》かずとも老中御任命のお沙汰がある筈。藩政御窮乏をもかえりみず斯《かか》ることのあるは、お上の御意志ではなく、側近の方々の無分別から出たことだと思います」

「過言、……過言だぞ作之進」

「過言でございましょうか」

作之進はびくともせず、ひたと兵庫を睨《ね》めあげたまま突込んだ。

「例えば御老職、こなたさまのこのたびの御帰国に当り、城下お屋敷にはお入りあそばさず、多人数にて宿へ泊り、芸妓《げいぎ》を集めて夜毎《よごと》の御酒宴はなんのことでございます。こなたさまの金をこなたさまが遣う、誰に迷惑もかけぬと思召すかも知れませんが、お扶持《ふち》は天から降りも地から湧《わ》きも致しませんぞ。……憚《はばか》りながら無分別と申上げたのは此処《ここ》のことでございます。御殿の御改築も、お役付きの入費も、差迫ってぬきさしならぬものとは考えられません。領民はいま藩家百年のために粉骨砕身しているのです。勘定奉行の役目を以て申上げますが、年貢割り増しの儀は固くお取止めを願います」

火桶《ひおけ》へかざしている兵庫の手が、眼に見えるほどぶるぶると震えていた。彼は作之進の言葉が終るや否《いな》や、

「……儂は退席する」

と喚《わめ》くように云って立った。

「私行の論まで持出すようでは、もはやなにを申すも無駄《むだ》であろう。儂の意見は改めて申し

伝える、今日は是まで」

国老清水逸之右衛門が引留めるのを、振り払うようにして退座した。

廊下に雄谷彦四郎《おたにひこしろう》が待っていた。……兵庫はその彦四郎の顔が凄《すさま》じくひき歪《ゆが》んでいるのをちらと見、廊下を蹴《け》って下城した。

兵庫の忿《いかり》は大きかった。

その忿がどんなに烈《はげ》しいものだったかは、かれの相貌《そうぼう》が忿怒《ふんぬ》の色でなく、寧《むし》ろ粛殺《しゅくさつ》たる寂しさを湛《たた》えていたことで分るだろう。……実のところ彼自身にも、いま自分の心を去来する感情が、果して骨を噛《か》む忿怒なのか、また荒涼たる寂しさであるのか分らなかったのだ。

彼は宿へ帰り着くまでなにも云わなかった。然《しか》しその太い眉《まゆ》だけが、彼の心を表白するように、時々ぴくりと痙攣っていた。……そして宿へ帰ると直《す》ぐ酒を命じ、珍しく妻に酌《しゃく》をさせながら飲みはじめた。

「お顔色がすぐれませぬ、御城中でなにか御不快なことでもございましたか」

「うん？……なに、別になにもない」

「では御気分でもお悪いのではございませぬか」

「そのように見えるか」

振向いた良人《おっと》の眼を、那津は押し包むような眼で受け止めた。……兵庫は直ぐ、眩《まぶ》しそうに眼を外《そ》らせた。

「案ずるには及ばぬ、御用の件で少し気になることがあるのだ。……酒がぬるい」

「それは相済みませぬ、お代え致しましょう」

那津が立つのを待っていたように、襖《ふすま》を明けて彦四郎が現われた。……彼は敷居越しに平伏しながら、

「申上げます」

と決意の色の表われた顔で云った。

「なんだ」

「唯今限り、お暇《いとま》を頂きとう存じます」

「……暇を呉《く》れと？」

「はい」

兵庫はぎろりと彦四郎を見た。……彦四郎は押えつけたような声で、

「主、辱《はずかし》めらるるときは臣、死すと申します。まして御政道の邪魔となる勘定奉行、恐れながら彦四郎めに、……」

そう云って喰《く》いつくように見上げる眼と、兵庫の眼とがひたと結びついた。

十秒あまり沈黙が続いた。

彦四郎の眼光は不動の決意に燃えていた。兵庫はそれを明白に読んだ。沈黙は些《いささ》かの躊躇《ちゆうちよ》を語ったに過ぎない。

「…………」

兵庫は頷《うなず》いた。そして、立って、手文庫から金を取り出して包むと、

「旅費じゃ」

とそれへ押しやった、

「落着いたら便《たより》をよこせ」

「……はっ」

彦四郎はにっと微笑しながら平伏した。

その二

「遅うなりまして」

那津が入って来た。……恐らく主従の話を耳にして、彦四郎の去るのを待っていたのであろう、静かに元の座へ坐《すわ》ったが、その顔色には暗い不安の色が漲っていた。

「唯今ちらと耳にいたしましたが、彦四郎に暇をお遣わしあそばしたのですか」

「うん、暫《しばら》く戻らぬかも知れぬ」

「それはあの、……若しや、……」

那津は恐れていることを口にする者の戦《おのの》きに、おろおろと吃《ども》りながら云った。

「若しや、誰ぞを御成敗あそばすためではございませぬか」

「左様なことに口出しはならぬぞ」

「よう存じて居《お》りますけれど、……彦四郎の口振りでは慥《たしか》に誰ぞ御成敗になる様子、若しもそれが、……それがあの、昨夜御酒宴の席を騒がしました萩原作之進でしたなら……」

「どうした。若しそれが作之進であったとしたらどうした」

「旦那《だんな》さま！」

那津はさっと色を変え、総身を震わせながら声を絞って云った。

「お願いでございます。那津が一生のお願いでございます。如何なる御不興を蒙《こうむ》りましたかは存じませぬが、御成敗だけは赦《ゆる》してやって下さいまし、どうぞそれだけは御勘弁あそばして」

「どうしたのだ那津、なにをそのように震えるのだ」

「あれを助けてやって頂きたいのです。作之進の命を助けて頂きたいのです。旦那さま、あれはわたくしの生んだ子でございます」

「…………」

兵庫は殴りつけられたように半身を起した。

「なに、あれがおまえの子だと？」

「亡《な》き姑上《ははうえ》さまからお聞及びでございましょう。わたくし斉木家へまいります前、内田助左衛門方へ嫁しました。半年足らずで良人に死別、いろいろな事情から離縁になって実家へ帰りましたが、間もなく生んだのが作之進でございます」

「…………」

「こなたさまへ嫁ぎましたのはそれから二年め、申訳のないことながら、それ以来あれのことは片時も忘れることが出来ませんでした。五つの年に実家《さと》から萩原へ養子にまいったことも、作之進と名乗って無事に成長し、去年の春には御勘定奉行に出世したということも、みんな存じて居りました……若しも」

那津は噎《むせ》びあげながら、

「若しもわたしが、こなたさまのお子をお生み申すことが出来ていましたら、こんなに作之進のことを考えはしなかったでございましょう」

そう云って崩れるように泣き伏した。

惘然《ぼうぜん》として、妻の波うつ肩を見ているうちに、兵庫の胸には熱い湯のようなものが沸《たぎ》って来た。ふしぎな感情だった。彼は初めて、そこに泣き伏している妻に烈しい愛情を感じだしたのである。

――那津に子がある、那津は子を生んでいたのだ。

それは自分の子ではなかった。けれど兵庫には無関係なことだ。彼はただ、那津に子があるということから、その子を生んだときの、那津の若い姿が歴々《ありあり》と見えるように思えた。娶《めと》って以来いちども臥所《ふしど》を共にしなかったのは、兵庫の偏《かたよ》った考えから出たものだ。臥所を共にしなければ子の生れる訳もない、夫妻は名ばかりで年々と互いに老いて来た。誇張して云えば、もはや二人のあいだには性別さえも感じられなくなっていた。……それがいま、那津に子があったという一言で、妻のうえにあった若き姿がまざまざと眼に見えて来た。年老いた妻のなかに、はじめて匂《におい》高き「女性」をみいだしたのである。

兵庫の胸は温いものに溢《あふ》れた。……六十余歳にしてはじめて、そんなにも身近に妻を感ずることの歓《よろこ》びがあろうとは知らなかった。

「……待って居れ、作之進は大丈夫だ」

兵庫はそう云って立った。

宿の者に馬を曳《ひ》かせた。百姓鞍《ひゃくしょうぐら》であったがそのまま騎《の》って出た。侍屋敷への道はひと筋、枯れた葦《あし》のうえに午後の薄日がさしていた。湖水へ注ぐ川の手前で、兵庫は雄谷彦四郎に追いついた。

「彦四郎、待て」

「…………」

「もう行くには及ばぬ」

馬を彦四郎の側《そば》で停《と》めながら云った。

「仔細《しさい》はあとで聞かす、其方《そなた》はこのまま江戸へまいれ、分ったか」

「このまま江戸へ」

「そうだ、宿へも寄るには及ばんぞ」

そう云うと共に、再び馬を駆って、侍屋敷の方へ疾駆して行った。

乗りつけたのは国家老清水逸之右衛門の屋敷だった。主人《あるじ》の逸之右衛門は兵庫の来訪と聞いて、直ぐに支度を改めて客間へ出た。……城中であんな事のあった後である。どのような烈しい怒に触れるかと思ったが、兵庫は機嫌《きげん》よく笑って会釈《えしゃく》した。

「なにごとの御人来でございます」

「……隠居しようと思ってな」

意外な言葉に、逸之右衛門はちょっと返辞が出来なかった。……兵庫はさばさばと笑いながら、

「儂《わし》もずいぶん憎まれ役を勤めてきた、もう隠退すべき頃《ころ》だと思う。時世も変ったし、若い者のなかにもなかなか骨のあるやつが出て来た。今日のようにやられては儂もかたなしじゃ」

「あの元気には敵しません、なにしろ拙者どもの若い頃とはまるで考が違います」

「あれでいいのだ、あの元気があれば任せてもよい、それで儂も隠居をする気になった。どうか江戸表へ手続をとって頂きたい」

「然し、……早急でございますな」

「気の短いは老人の癖じゃ。そう決心したら一時も早く肩の荷を下ろしたくなって、百姓馬を飛ばしてやってまいったよ。やれやれ、これでどうやら身が軽くなった」

もう用はないというように、兵庫はすぐ立って玄関へ出たが、ふと思出して、

「それからあの勘定奉行だがな」

と振返った。

「あれはまだ独身か、それとも妻帯して居るのか」

「まだ独身でございますが」

「では儂が嫁の世話をしてやる。斯《こ》う云っただけでは其許《そこもと》には分るまいが、実はいい嫁の心

当りがあるのだ。……会ったらそう伝えて貰《もら》いたい、いずれ話にまいると」

逸之右衛門は笑いながら頷いていた。

馬の足も軽く帰途についた兵庫は、茅野で知った孫左衛門の娘お雪の顔と、作之進の逞《たくま》しい姿とを並べて想像しながら、自然と湧いて来る微笑《ほほえみ》と共に呟《つぶや》いた。

「……今年はゆっくり花が見られるな、妻を伴《つ》れて、何処《どこ》の花をさぐろうか」

（『現代作家傑作文庫②』昭和十七年六月）

鏡

一

老中部屋へはいって来た太田備中守《びっちゅうのかみ》の顔色をみて、忠秋はすぐにいけなかったなと思った。いそいで来たためばかりではないらしく、肥えた資宗《すけむね》の厚い胸は眼《め》につくほどなみをうっていたし、いつも血色のよい額のあたりが蒼白《あおじろ》く、膏汗《あぶらあせ》をにじませてさえいた。

「御あいさつはどうであった」

讃岐守《さぬきのかみ》酒井忠勝がそうせきたてるのと共に、永井信濃《しなの》、堀田《ほった》加賀、老中ではないが特にこの席へ出ていた松平信綱など、みんな息をのんで備中守の答を待った。

「まことに、申上げようのなき御会釈《ごえしゃく》にて、備中なんとも途方にくれてたち帰りました」

「あくまで御承知はならぬと仰《おお》せか」

「水戸の家名にかけても、との御意にございました」

酒井忠勝はじろりとふり向いた。そして、さっきからじっと眼を伏せたままでいる忠秋にむかい、その責任の在所を強調するように云《い》った。

「豊後《ぶんご》殿、お聞きなされたか」

「…………」

「なにか御所存がおありなさるか」

忠秋はなおも黙っていた。いま大きな、はかり知れない大きな責任が、かれの肩へのしかかっている。一歩を誤れば幕府の威信が地に堕《お》ちるし、また一歩を誤れば天下の騒乱になるかもしれないのだ。

それより半月ほどまえ、江戸城二の丸のやぐら下で、水戸家の家臣と本丸の御小人《おこびと》とが、つまらぬ事のゆきちがいから喧嘩《けんか》になり、水戸家の家臣が御小人を斬《き》って退いたという出来事があった。城中では閣議をひらいたうえ、老中から使者を立て、下手人の引渡しを求めたがきかれなかった。そこで一歩をゆずって、藩邸において死罪におこなうよう要求した。水戸家はこれをも拒んだのである。

――相手は御直参かも知れぬが水戸家の家臣とても直参同様である、同格の者の喧嘩であるから斬られ損、斬り得でよい。

そういうにべもない返答だった。水戸家がこれほど強硬に出ようとは思わなかったので老中は当惑した。当時、寛永年間において閣老の最も苦心したのは「幕府に絶対の威信をつける」ということだった。徳川百年の礎《いしずえ》をかためるのは今である、鉄は赤いうちに鍛えなければならない、そのためには御三家といえども仮借がなかった。現に尾張家や紀伊家などには、一再ならず譴責《けんせき》や糺問《きゅうもん》が発せられた事実があった。こんどの出来事もおなじ意味で、内容の如何《いかん》よりも水戸家の頭を抑えることが目的だったといえる。ところが水戸の頼房はまだ三十左右《さゆう》の若さだし、なかなか圭角《けいかく》の多い人だったから、はやくも老中の意向をみぬいて峻烈《しゅんれつ》にこれを拒絶したのであった。

問題はその小さな事実から重大な局面へと飛躍した。即《すなわ》ち水戸家の云分を通すとすれば幕府の威信を失墜することになるし、幕府の威信を通すとすれば水戸家と正面衝突をしなければならぬ。いま三度めの使者、太田備中守がなんの得るところもなく帰って来たことによって、老中はまさにそのぬきさしならぬ位置にと立ったのである。

老中の責任者は阿部豊後守忠秋だった。酒井忠勝はほとんど糺問者のような態度でかれにつめ寄った。

「黙っておられてはわかりません。なにか御思案があれば承わりましょう。中納言さまの御気性はこなたも御承知のとおりじゃ、三度まで使者を立てて成らぬとすると、穏かなことでは相済まぬと思われるが、どうか」

「わたくしは、決してさようには思いません」

「さように思わぬとは」

「中納言さまの御気性がどうあらせられましょうとも、老中よりの達《たつし》はすなわち上様の御上意にございます。理由の如何にかかわらず御違背はかないませぬ」

忠秋の言葉はしずかだったが、そのしずかな調子には確信の響があった。讃岐守忠勝は挑《いど》むように笑って、

「おなじことを何遍申しても大事のさばきはつきませんぞ、水戸さまが御承服なさればよし、万一あくまでならぬと盾をおつきなされたらどうする」

「さような事はございません」

「ないとはいわさぬ、現に十余日の日数を要し、三度まで上使を立てても御承服なさらぬで

はないか」

「重ねて申上げます」

やはりしずかな声で、けれど決定的に忠秋は云った。

「御三家、いずかたさまに限らず、老中の申し達に御違背はあいなりません、押して我儘《わがまま》を仰せあれば御改易あるのみでございます」

誰かがいわなければならぬ言葉を、阿部忠秋がついに云った。言葉は簡単であるがその内容の重大さははかり知れない。それをいいきったことは老中の決意の固さを示すものだ。酒井忠勝ははじめてにっと微笑し、黙って坐《すわ》っている伊豆守《いずのかみ》信綱をかえりみて云った。

「これを聞けば心配はない、帰って鎧櫃《よろいびつ》でもとり出して置きますかな」

二

水戸藩に伝わっている書物にも、このときの騒ぎがなみなみならぬものとして記してある。幕府の決意が固いとみるや、水戸家では一戦のかくごで準備をはじめたし、昵親の大名たちも援助の使者を送った。『なかにも岡崎のあばれもの大監物《だいけんもつ》水野忠善は我こそ先陣をつかまつらんとてはせつけまいりけり』というように書いてある。しかし監物忠善はしんそこ幕府に忠誠の人で、五万石の大名の身でいてみずから尾張城の偵察《ていさつ》をしたほど、身も心も徳川宗家に捧《ささ》げきっていたのだから、水戸家について江戸城へ弓をひくとは考えられない。これは誤伝でないとすれば水戸家の様子をさぐりに行ったものだと思う。とにかく水戸家ではかように騒然としていたが、幕府ではすぐにはなんとも動くようすがなかった。そして、間もなく礼日の登城日が来た。

忠秋は太田資宗をまねいた。剛気不屈の頼房はおそらく登城するにちがいない、この確執のなかで堂々と登城されては幕府の敗北である。

「いかなる方法でもよい、必ず水戸さまの御登城をおとどめ申してまいるよう」

資宗は忠秋のいう意味を了解し、すぐに馬をとばして行った。太田資宗の妻は水戸家から来た。つまり頼房の妹である。そういう関係から特に忠秋はかれを選んだのであった。資宗がはせつけてゆくと、頼房の行列はもう水道橋を渡っていた。かれは馬を下り、頼房の乗物のそばへ近づいて云った。

「備中守申上げます、憚《はばか》りながら今日の御登城は御無用にねがいます」

頼房は乗物の戸をあけた。

「それは誰人の申しつけだ」

「老中よりの申し達にございます」

濃い眉《まゆ》をきっとあげて、頼房は突き放すように云った。

「老中どもの指図はうけぬ、駕籠《かご》やれ」

「しばらく」

資宗は差添《さしぞえ》に手をかけていた。

「押して御登城とあらばやむを得ません、備中この場に腹をつかまつります。備中の屍《しかばね》を踏み越えておいであそばせ、御免」

城を出るときから覚悟はきめていたのである。資宗は手早く衿《えり》をくつろげ差添を抜いた。

おどしと本心では気ぐみが違う、頼房はさすがに眼をつむれなかった。

「待て備中」

資宗は顔をあげた。必死の眼だった。

「よい、そのほうに免じて今日の登城はやめにする、乗物もどせ」

音あらく閉まる乗物の戸を、資宗はなかば呆然《ぼうぜん》と見まもっていた。

資宗の報告をきいたとき、忠秋はひとこと御苦労と云ったきりだった。しかし心のうちでは勝利を叫んでいた。理由はどうあろうとも、頼房はその頑強《がんきょう》な城の一角をゆずったのである。ひた押しに押して来た力にひと息のゆるみがあらわれたのだ。

——よし、ここで中納言どのと一騎討だ。

忠秋はその日あかるい眉つきで屋敷に帰った。

老中の職についてからほとんど表だけの生活をして来た忠秋は、その日めずらしく奥で夕食をとった。夫人朝子はみずから厨《くりや》におり、心をこめた料理の品々で良人《おっと》をもてなした。朝子は良人より七歳したの二十四歳で、すでに徳千代という世子、大和《やまと》という女子の二人の子の母であった。

給仕の者は遠ざけてあった。僅《わずか》な量の酒を、味わいながらしずかに飲むのが忠秋のこのみだった。激務の疲れが、そういうときに最も快く癒《い》やされる、朝子はそれをよく知っていた。

それでそういうときにはいつも給仕の者をしりぞけ、夫妻だけでくつろいだ刻《とき》をすごすようにした。

「このあいだじゅうは珍しい本が手にいりまして、おかしいことをいろいろと読みました。伊曾保《いそほ》物語と申すのですが、ご存じでございますか」

「伊曾保物語とは聞かぬな」

「異国の賢者のことを書きましたもので、鳥獣虫魚のことに托《たく》して世態人情の善悪表裏をまことに巧に記してございます」

伊曾保物語とはいうまでもなく「イソップ物語」である。ずいぶんはやく、すでに文禄《ぶんろく》年間に飜訳《ほんやく》されていたし、ついで慶長本、元和《げんな》には活字本まで出ていた。朝子はそれを読んだのであろう。

「およろしければひとつふたつお話し申上げましょうか」

そう云って、その寓話《ぐうわ》のなかから興ありげなものをひろって良人に話して聞かせた。

三

奇智《きち》に富んだその話は忠秋をよろこばせた。朝子は求められるままにしばらく話を続けていたが、やがてふと思出したように、

「これはお笑草でございますけれど、わたくしもさきごろ伊曾保の故智にならったことがございます」

そう云って良人を見た。

「ほう、それは聞きたいな」

「狭霧《さぎり》と申すはしたを御存じでいらっしゃいますか、お黒お黒とよくおからかいあそばしました……」

「知っておる」

「あのとおり色も黒く、武張ったことばかり好みまして、いつまでも男のようにたあいのないものでございましたが、ついさきごろから急にたちいのようすが変ってまいりました」

武家の妻がはしたのことなどを良人に話すためしはない。まして朝子の気質にはめずらしいことなので忠秋は興を唆《そそ》られながら聴いていた。

「肩肱《かたひじ》を張ったあるきぶりにむすめらしい柔かみがつき、言葉のはしはしにもどことなし艶《つや》がみえてきました。やはり春の時はたがえぬものとおかしく存じておりましたが、そのうちに紅白粉《べにおしろい》さえつけはじめたのでございます」

「それはさぞ面白い色になったであろう」

「日頃《ひごろ》からけわいなどは貶《けな》して見向きもいたしませんでしたから、まるで化粧のいたしかたも知らず、肌理《きめ》のあらい、黒い顔へただ見まねでいたしますので、それはもう中上げようのない顔つきでございました。朋輩《ほうばい》の者たちはよい慰みにいたしまして、ことさらおかしくなるように教え、かげでは手をうって笑っているようでございました。それがあまり可哀《かわい》そうなので気をつけて遣わそうと存じましたが、あの気性でございますから、さてうちつけに申すのも気の毒と、わたくし少々思案いたしました」

　朝子はつつましやかに微笑し、ちらと良人を見あげながら、しずかに続けた。

「身に欠けたところのある者へ、あからさまにこうと申しましたら、申されたことがいかに忠言でも、その者の心にはなかなかすなおには受け入れられぬものでございます、わたくし伊曾保の故智をいろいろ考えまして、狭霧に鏡を一面つかわしました」

「…………」

　忠秋は盃《さかずき》を置いた。妻の云おうとすることがただはしたの話だけでないことに気づいたのである。

「狭霧はわたくしの遣わしました鏡で自分をよく見なおしたのでございましょうか、それとも遣わしたわたくしの心に気付いたのでございましょうか、それからはしぜんと白粉の刷《は》きかたも程よく、紅のつけかたもおかしくないようになってまいりまして、この頃ではどうやらむすめむすめしてきたようでございます」

　そう云って朝子はそっと微笑した。忠秋はその妻の眼をしばらくじっと見まもっていたが、やがて盃を手にとりながら、

「かがみ……か」

　と呟《つぶや》くように云った。忠秋が水戸家との紛議で心を労していることを朝子は知っていたのだ。そして、それとはいわずはしたのことに托して良人になにごとかを諷《ふう》したのである。忠秋は口のうちでなんども「鏡」とつぶやいてみた。妻はなにかを諷している、鏡という言葉

はべつのなにかをいい表しているのだ。

寝所へはいってからも、忠秋はそのことを考えつづけた。明日こそは水戸家へ行って頼房を説得しよう、名分を正して肯《うなず》かれずば最後の手段に出るまで、そう心をきめていたのである。しかし妻の話はふかくかれを動かした。人の欠点をおもてから指摘せず、おのれみずから悟るようにしてやる、はしたにおける鏡のように、頼房にもそういう方法でのぞむのが万全だ、ではなにをもって鏡に代えるか。……忠秋は褥《しとね》のなかでしずかに想《おも》いめぐらした。そしてずいぶん経《た》ってから、ようやく是《これ》だと思うものを考えつき、かれは独りにっと微笑しながら頷《うなず》いた。

翌日の午後、忠秋は下城してから平服のままで水戸屋敷へおとずれた。水戸家は殺気だっていた。殊《こと》に忠秋のおとずれを老中からの強硬な最後通牒《さいごつうちよう》の使とみたものか、家士たちはあからさまに敵意を示し、こわ高に一戦の意気を誇示する者さえもあった。

――不用意に来たらそれまでだった。

忠秋はいまさらのごとく妻の諷諫《ふうかん》をきいたことをよろこんだ。

頼房ははじめから一喝《いつかつ》をくれるつもりだった。備中守のために登城を中止したことが、あとから思えば無念でならなかった。最後には老中の責任者である阿部忠秋が来るにちがいない、そのときこそは水戸が副将軍であることの意味を知らせてやろう、そう思って、心中すでに刃《やいば》を隠して引見したのであった。忠秋にはそれがすぐにわかった。しかしかれは素知らぬ顔で、

「御用にとりまぎれ、ひさしく御機嫌《ごきげん》を伺いませんので、こんにちは老中の役目をぬぎ、豊後忠秋としてお目通りをつかまつりました」

そう云《い》ってしずかに座へついた。

四

一言でもそれについていいだしたらと、頼房はするどく忠秋のようすを見やっていたが、かれはしずかな調子で世間ばなしを続けたのち、伊曾保物語のことをもちだした。頼房はすでに読んで知っていたけれど、どこからどう話を持って来るかと、黙って不機嫌に聞いていた。

忠秋はさも興味ありげに、その寓話をゆっくりと話していた。そしてそれが終ると、そのまま辞去するようにみえたが、ふと思出したように、

「先年台徳院さま（秀忠）御他界のみぎり、御三家へとくに御遺言の御墨付があったと承わりましたが、御当家さまには江戸お屋敷にお納めでございますか」

なにげない調子でたずねた。

「いかにも、台徳院さま御遺言のお墨付は当屋敷に納めてある」

「恐れながら拝見を願えましょうや」

「なんの要あってか知らぬが、望みとあらばくるしからぬことだ」

「お墨付の御条目ちゅう、豊後ふと覚え違いをつかまつったくだりがございますようで、と

かく心もとなく存じておりました。恐れながらお読み聞け下さいまするなれば、覚え誤りを正して置きたいと存じます」

頼房は近習番《きんじゅばん》に申しつけ、宝庫の中から二代秀忠の遺言状をとりださせた。これは秀忠が臨終のおり、紀、尾、水三家を呼んで遺言として渡したものである。

「豊後お直《じき》の拝見は恐れおおうございます、なにとぞお館《やかた》さまよりお読み聞けたまわりまするよう」

前将軍の遺言状だから側近の者に読ませるわけにはいかない。頼房はみずから手にとって読みあげた。三家が協力して徳川宗家をもりたてるよう、それにはかくかくの事を守り、かくかくの心得をもって励めという意味のことが、いくつかの条目にわけて書いてある。頼房はつぎつぎに読んでいったが、やがて喧嘩《けんか》両成敗のことという条目へきたとき、眼《め》をとじてじっと傾聴していた忠秋が、

「恐れながら、その御条目いまいちどお読み聞けを願います」

と云った。頼房はそこだけ繰返した。それは三家親藩、譜代外様《とざま》にかかわらず、「喧嘩はかたく両成敗たること」と強調したものであった。

「恐れ入りました、それにて得心がまいりました」

なおも頼房が読み続けようとするのを、忠秋は鄭重《ていちょう》に謝辞しながら云った。

「わたくしその御条日を覚えたがえたものと存じ、なんとも心おちつきませんでしたが、ただいまお読み聞けいただきまして、記憶ちがいでなかったことがよくわかり安堵《あんど》をつかまつ

りました。篤《あつ》く御礼を申上げます」

そう云ってじっと見上げる忠秋の眼を、頼房は蒼《あお》ずんだ顔で見返えしていた。

――本丸御小人《おこびと》を斬《き》った家臣には切腹を申付け候《そうろう》。

水戸家から老中へ、そういう届出《とどけいで》があったのはその翌日のことであった。

（「放送」昭和十七年九月号）

〔木村注〕

〈伊曾保物語〉仮名草子。元和年間（一六一五～二四）に刊行された。全三巻、九四話から成る。最初の三〇話はイソップの逸話、あとの六四話は動物の寓話。

イソップ物語は、天正十八年（一五九〇）スペインの宣教師バリニャーノにより日本にもたらされ、九州の天草で〈エソポのハブラス〉として日本語訳ローマ字で印刷された。日本における最初の西洋文学の翻訳である。

元和年間の書は、それとは異なり、古活字版日本字で印刷された。天草版の二巻七〇話と共通するものは二五話しかない。教訓的説話集としてひろく歓迎され、万治本など、その後何度も再版され、江戸時代の小説に大きな影響を与えた。〔「大百科事典」（平凡社）その他による〕

ならぬ堪忍《かんにん》

「勘弁ならぬというと、どうするんだ」

「このまま生きてはおられません、重助《じゅうすけ》を討ち果すか、それともこちらが討たれるか、どっちかに形をつけなければ、私の面目が、どうしてもたたぬ場合なのです」

「つまり果合いをするというのだな」

上森又十郎《かみもりまたじゅうろう》は初めて甥《おい》の顔を見た。

「できるだけ、堪忍したうえのことです、これ以上は臆病者《おくびょうもの》の誹《そし》りを受けます」美しく紅潮した少年の面《おもて》には、鑿《のみ》で彫りつけたような決意の表情があらわれていた。

少年の名は大六《だいろく》という。上森又十郎には兄にあたる池野《いけの》五《ご》郎《ろう》右《え》衛門《もん》の一人っ子で、そのとき十五歳になり、小《こ》小姓組《ごしょうぐみ》にあがっていた。背丈も二歳ぐらい年上にみえるし、頭も明敏で、仲間うちでもかなり幅を利《き》かしていたようである。相手の石河《いしかわ》重助というのは物頭の子で、からだつきは小がらであるが、むやみに敏捷《びんしょう》な、ちょっかいの早い、乱暴者として名が通っていた。喧嘩《けんか》の原因はまったく些《さ》細《さい》なものだが、「どうでも果合いをする」と云《い》う大六の態度は真剣だった。

「侍の命は、いちど御主君に捧《ささ》げたものだ、それを御馬前のお役にたてないで、私事のために捨てるというのは、道にはずれているだろう、私にはどうしても賛成できないな」

「けれども、いちぶん相立ちがたきときは、その場を去らず、いさぎよく勝負して存念をはらすがよし、と御家訓にもはっきり示されております」

「それだからといって、道にはずれたことが正当になるわけではないぞ」

「それなら、もうお願いしません」

そう云って大六は立ちあがった。そのまま行ってしまいそうにするので、又十郎はまあ待てと、袖《そで》を捉《とら》えんばかりにひき留めた。

「これだけ申しても、思い止《とど》まれないというならしかたがない、厳秘のことだが、おまえにだけうちあけてやろう」又十郎は坐《すわ》り直して、声をひそめながら、じっと甥の目を見た、「……じつはここ半年か一年のうちに戦が起りそうなのだ」

「ええっ、戦が起りそうですって」

「半年か一年のうちだ、それ以上のことはなにも話せない」又十郎は膝《ひざ》を進めた、「……いま喧嘩で捨てる命を一年延ばして、御馬前のお役にたてる気はないか、大六、それでもやはり重助と果合いをするほうがいいか」

「果合いはやめます」大六は即座にそう答えた、「けれど、戦が起るというのはほんとうでしょうね、叔父上、はんとうならもう問題はありません、これからいって重助と仲直りをして来ます」

「仲直りをするには、おまえが謝らなければなるまい」

「謝るくらいなんでもありません」

大六は、凜然《りんぜん》とそう云って、重助のところへでかけた。向こうでは岩橋なにがしという侍を介添に頼んで、約束の場所へでかけようとしていた。和解しようという大六の申し出が、嘲笑《ちょうしょう》されたのは云うまでもない。重助とその仲間はあらゆる方法で辱《はずか》しめたり、嗤《わら》ったりした、「地面へ坐って、両手をついて謝れ」と云った。大六はそのとおりにした。いくらでも笑うがいい、いまに戦になったらおれのほんとうのねうちを見せてやるぞ。そう思いながら、歯をくいしばって我慢しとおした。

この話はたちまち城中へひろまった。大六の評判はよくなかった。

「少年同士でも、いったん果合いの約束までしたのなら、いさぎよく勝負をすべきである、土下座までして約束をとり消すというのはむしろ臆病と云わなければなるまい」

そういう評が多かった。けれども大六は、どんな評を聞いても痛くも痒《かゆ》くもなかった。そして一心に乗馬の稽古《けいこ》と槍《やり》の練習を励んだ。打ち太刀も熱心にやった。すべてを近づく合戦に備えて、なにもかも忘れたひたむきな稽古ぶりが、やがて少しずつ家中の人の注目をひきはじめた。「重助に謝ったのは、臆病からではなかったかも知れない」「そうだ、重助と果合いをして、勝ってもしかたがないからな」「謝れないところを謝るということは、ほんとうの勇気がなくてはできないものだ」こんどはそういう評がたちはじめた。もちろん、これとしても大六にはどちらでもよい評判で、彼はただ来《きた》るべき戦ということを目標に、黙って自分の修行をつづけていたのである……。こうして一年の月日が経《た》った。けれど天下は泰平で、合戦のはじまりそうな話はどこにもなかった。それである時、大六は堪《たま》りかねたようにそのことを叔父にただした。

「ああ、あのときの話か」又十郎は笑いもしないで答えた、「……よろこぶがいい、あれは心配したほどのこともなく無事におさまった、天下は泰平だ、戦などはないから安心するがいい」

「戦などはないのですって」少年はきっと叔父の顔を見た、「……では大六の面目はどうなるのですか、重助づれに土下座をして謝った私の武士道はどうなるのですか」

「どうなるものか、おまえはりっぱに生きて御奉公しているじゃないか、この頃《ごろ》は武芸も上達したようだし、見たところ体も壮健だ、おそらくこれからも生きて御奉公ができるだろう、おまえの武道はちゃんと立っているよ」

「では叔父上は、初めから……」

「初めも終りもないさ」又十郎は平然とそう云った、「あのときおまえは、どうしても堪忍ならぬと云った、それが間もなく戦があるぞと聞いただけで、土下座までして果合いをとり消した、つまり『なる堪忍』だったのだ、さむらいには御奉公のほかにならぬ堪忍などということはないものだ」

大六は唇《くちびる》を嚙《か》み、頭《こうべ》を垂れた。

「あのとき、重助と果合いをしたらどうだ」又十郎は少し間をおいて云った、「……相手を斬《き》ればおまえも切腹をしなければならぬ、勝っても負けても、今日おまえは生きてはいられなかったのだ、繰返して云うが、武士には御奉公のほかに捨てるべき命はないものだぞ」


（「海軍」昭和二十年四月号）

鴉《あ》片《へん》のパイプ

その日私はひどく悒鬱《ゆううつ》でした。朝からどうにも救いようのない程絶望的な気持で、家にも街にも身の置場のない感じだったのです、それで彼と一緒に酒でも飲んだらばと思って、近田を訪ねたのでした。

彼は私の顔をひと眼《め》見るなり、どんな気持で私が来たかを直《す》ぐに見抜いたのでしょう、彼独特のねばい微笑《ほほえみ》を浮かべながら、黙って私をその寝室へ導きました。そして贅沢《ぜいたく》な煙草架《たばこかけ》から、妙な菌形《きのこがた》の陶器の附いているブライヤアの管を取上げて、

「是《これ》を喫《す》ってみないか」

と云《い》うのです。

ひと眼見ると直ぐ、逆《さか》い難い好奇心が私を確《しか》と摑《つか》みました。私は与えられた長椅子《ながいす》に腰を下ろしてその管を受取り、吸口《すいくち》に口をつけて二三度吸いました。その時——その菌形の円筒の内側で燻《くん》じていたチョコレエト色の粘土のような物が、鴉片であろうとは凡《およ》そ私にも想像されたことです。

「余り一度に喫わないで——吐気《はきけ》がくるかも知れぬから」

彼がそう注意して呉《く》れた瞬間、私は不意にくらくらとひどい眩暈《めまい》を感じ、宿酔《ふつかよい》に似てもっともっと不快な悪心《おしん》が胸を圧《おし》つけました、併《しか》し別に嘔吐《おうと》するようなことはありませんでした。

私は近田の家を辞して帰る途中、曾《かつ》て読んだ佐藤春夫の「指紋」や、ゴオチエの「鴉片パイプ」という小品や、それからデ・クインシイの有名な「鴉片吸喫者の手記」などを想起しました。殊《こと》にデ・クインシイが、適量の鴉片は無害である許《ばかり》か、かえって精神活動を昂《たか》め、霊的能力を煽揚《せんよう》するものであると云っている事を、強く強く思出しました。

最初の幻魘《げんえん》は、それから私が家に帰って、書斎で新着の「パリイ・メエル」の封を切っていた時に起りました。突然私は近田の部屋で感じた時のような、けれど遥《はるか》に軽微な眩暈の起るのを覚えましたので、紙切小刀《ペーパーナイフ》を擱《お》いて眼を閉じました。すると眼瞼《まぶた》の裏に、微妙な熾烈《しれつ》な色彩を閃発《せんぱつ》する無数の翅虫《はむし》が、縦横に飛交うのを見たのです。

——是はどうしたことだ。

そう呟《つぶや》きながら眼を明こうとすると、私の躰《からだ》は重さを喪《うしな》って、ふわりと空に浮上ったのです。その時凡《す》べての物が私の視界からぐうん！　と遠退《とおの》き、感覚の麻痺《まひ》して行く耐え難い快感が私を恍惚《こうこつ》とさせました。

そこへ妻が入って来たのです。彼女は私を寝間へ誘いに来たのでした。私は紙切小刀《ペーパーナイフ》を取上げて、切りかけの外国雑誌の封を切り、その他読みさしの美術雑誌を二冊抱えて、妻と一緒に書斎を出ました、その時十時が鳴っていたのをはっきり覚えて居《お》ります。

寝間へ行ってみると、常には離してある私達の寝台が、ぴったり寄せてあるのです、その上に掛蒲団《かけぶとん》は久しく用いなかった紅繻子《くれないしゅす》の方が出してありました。

振返ると、妻はついぞ着たことのない派手な長襦袢《ながじゅばん》に着換えているところです。はだけている衿《えり》から小麦色の緊《し》まった肌《はだ》が見え、かたく盛上った豊な乳房が見えた時、私は突然烈《はげ》しい愛慾《あいよく》に唆《そそ》られて妻にとびつきました。

「あ……あなた！」

妻の生温い息吹《いぶき》を吸いとりながら、私の手は彼女の肌の中に滑り込み、なかば我を忘れて妻の乳房をまさぐるのでした。そして或《ある》抑え難い衝動に私が呻《うめ》き声《ごえ》をあげると、妻は私の肌に爪《つめ》を立てながら、淫蕩《いんとう》的に笑いました。

——痛いような快楽。

私はその夜はじめて、痛いような快楽と云うものを知ったのです。それは実に骨を削られるにも似た感じです、痛さから云っても、亦《また》快感から云っても——。

妻の指は寝台の掛帛《シーツ》を掻破《かきやぶ》り、側卓子《サイドテーブル》は音高く倒れました。妻は死の苦痛を思わせるような皺《しわ》を眉間《みけん》に刻みながら、獣の喘《あえ》ぐような声で叫ぶのです、

「——頸《くび》を絞めつけて、頂戴《ちょうだい》！」

凡べてが雲に包まれたようです、私は云われるままに妻の頸を摑み、筋肉の中へ両手の指を鉤《かぎ》の如《ごと》く突込んだのです。

緊密な狂おしい接触の中に溶けこんでいる妻の躰は此時《このとき》のけぞり、其顔《そのかお》はたちまち醜く歪《ゆが》み、舌を吐出して白眼を剝出《むきだ》しました。ああ、あの時の彼女の失神した表情が、私にはどんなに美しく見えたことでしょう。

ばりばりと音をたてて、当るに任せて私の肌を掻毟《かきむし》る妻の爪は、私の歓楽を弥増《いやま》しに唆る

のみでした。やがて私は、まるすぐりの実のようにふつふつと血斑《チアノーゼ》の出来る妻の死面の上へ、快感の絶頂に顫慄《せんりつ》しながらうち倒れ、その儘《まま》気を喪って了《しま》いました。この幻魘は非常に現実的で、それから覚醒《かくせい》して後も暫《しばら》くは、それが鴉片の作用による夢であったとは信じきれませんでした。私は茫然《ぼうぜん》として、併し歇《や》み難い慾望を以《もっ》て、熱く、熱くあの菌形のパイプに惹《ひ》かれて行きました。

妻は私のひどく変った事に気が附いたようです。その時私が近田のところから帰って、既に幻魘が始まるように思われましたので、真直ぐに寝室へ入って行きますと、妻が足早に追って来て、

「今夜は私もこのお部屋で寝かせて頂きますわ」

と云うのでした。

誰にも煩《わずら》わされることなく、鴉片の幻魘に耽《ふけ》り度《た》いため、既にその時私は寝室を別べつにしていた事を申上げましたかしらん。私は妻の申出を拒む積りでしたが、彼女は否応《いやおう》なしに寝室へ入って来てそこに停《と》まりました。

勿論《もちろん》それでも私の快楽には支障はなかったのです。妻は朝まで私を看視し、絶えず寝息を窺《うかが》っていたようですが、そんな事で私は自分を見透かされはしません、私は蝸牛《かたつむり》のように自分の殻《から》の中に籠《こも》り、秘密の快楽に耽溺《たんでき》しました。

明け方近く、妻は遂《つい》に疲れて眠りこんで了いました、そこで私はそっと寝台を下りようと

したのですが、ふとして妻の片脚が、掛蒲団からはみ出ているのを見つけました、それは肥えてじっとりと脂《あぶら》の浮いた太腿《ふともも》でした。シェエドを透いて来る薄紅色の枕灯《ちんとう》の光で、内腿を走っている太い静脈が見えます、私は妻の上に腹這《はらばい》になって、その静脈の透いて見える温かい内腿へ唇《くちびる》をつけようとしたのです。するとその気配で眼を覚ました妻が、怖《おそ》ろしい声で喚《わめ》き、怯《おび》えたように寝台を跳び下りて夢中で部屋の隅《すみ》へ身を竦《すく》めました。膝《ひざ》を固め乱れた衿、捲《ま》くれ上った裾《すそ》から、逞《たくま》しい裸の肌が挑《いど》むようにこぼれて見えます。て蹲《かが》んだ腰の曲線が、裸の足が、燿《かがや》くように私の慾情に襲い掛って来るのです。何とも知れぬ惨忍《ざんにん》な衝動が私の手足にのたうち始めました。私は妻に跳《おど》りかかり、その頸を摑んで引起しました、その時私は不意に、

——是はやはり、鴉片の幻魘であろうか、それとも現実の出来事であろうか。

と云う疑問を感じて慄然《りつぜん》としました。

併しその反省はほんの一瞬にして消え去りました。そして既にその時妻の露《あら》わな裸躰《らたい》は寝台の上で、私の節くれだつ腕に絞めつけられながら、刺された蜥蜴《とかげ》のようにのたうっていたのです。

それは実に身《み》顫《ぶる》いの出る幻影でした、妻は嚇《かっ》と充血した両眼を剝出して私を睨《にら》みながら、獣のようにはあはあと喘ぎ、舌を吐きだすのです、涎《よだれ》は泉の如くに端をぬめぬめと濡《ぬ》らしていました。雲が私達を包み、強烈な色彩の翅虫が、妻の顔の周囲を、ちらちらと無数に飛交うのです、妻の喉《のど》から吐き出される喘音《ぜんおん》は、荒あらしく寝室の壁に反響し、何か音高く倒れ

る物の気配がしました。そしてそれらの物音の遥にはるかに遠くで、静かな妻の声が私に斯《こ》う呼びかけているようでした。

「あなた——あなた、夢に魘《うな》されていらっしゃるんですわ」

幻魘から醒《さ》めると、私はひどい疲労と渇きを覚えるのが常でした。

ふと我にかえって、枕元《まくらもと》の側卓子《サイドテーブル》をさぐりましたが、どうしたのか毎《いつ》もそこに置いてある水壜《びん》がありません。仕方なく石のように重い躰を起して寝台を下り、洗面台——それは寝室の内に備えてあるのです——へ行きました。栓《せん》を捻《ひね》って迸《ほとばし》り出る水を掌《てのひら》で掬《すく》って、貪《むさぼ》るように飲んで居りますと、扉《とびら》をすっと明けて妻が入って来ました。そして恨めしそうに、

「昨夜《ゆうべ》は何処《どこ》へ行っていらしったのですか、私は一晩中門の外へ出て、あなたの帰って来るのを待っていたのですよ。ごらんなさい、私の手はまだこんなに氷のように冷めたいんです！」

そう云うと、つかつかと近寄って来て、掌を私の頬《ほお》へ打つけました、それは実に冷めたくて身慄《みぶる》いの出るほどこたえました。私が驚いて後ろへ退《さが》りますと、妻は尚《なお》も詰寄って来て頬打をくれるのです。私は出し放しにしてある洗面台の水の迸る音を聞きながら、執念《しっこ》く打続ける妻の、妖《あや》しく昂奮《こうふん》して、燃えるような眸子《ひとみ》を覓《みつ》め飽きませんでした。

私が黙もくとして抗《さから》わぬのを見ると、妻は私に獅噛《しがみ》つき、私の頸を両手で摑んで豹《ひょう》のように爪をたてました、息苦しさに首を振りながらも、私は別に妻の手から遁《のが》れようとは思いま

せんでした。

妻の爪がぐんぐんと喉頸に喰込《くいこ》んで来るとき、私は新しい眼の眩《くら》むような快楽がそこから全身に弘《ひろ》がるのを感じました。彼女は私の上にのし掛り、惨忍に唇を歪め、絞つける努力の為《ため》にひどく涎を垂らしていました。

併しその時私は再び、突然として、あの怖ろしい疑問に呼覚まされたのです。

——是は本当に鴉片の魘夢であろうか。

私は一瞬間意識を取戻したのでしょう、思わず恐ろしさに顫えあがりました。そして極度にすり寄せられた妻の、余りに生なましい悪の面《めん》を、縦横に飛交う美麗な翅虫の、ちかちかと閃発する光りの輪に眼が眩んで、窒息してゆく官能の激動に溺《おぼ》れながら失神して了いました。

洗面台で迸る水の音が、どうしていつまでもあんなに耳について離れなかったのか、今でも私には分りません。

私は全く理智《りち》を喪ってしまいました。私はその後何度近田を訪ねたのでしょう。それとも最初の日一度だけしか訪ねていないのでしょうか。鴉片のパイプは、私の現実感と幻魘との境界を消し、私を雲で包み、凡べての概念から私を切離して了いました。

私はいつ幻魘が始まるかを怖れながら、然《しか》も既に幻魘の中にいるのです。どうかすると、自分はまだ書斎にいて「パリイ・メエル」の封を切りかけているのではあるまいか？　否それよりも、初めに近田を訪ねて、彼の寝室で鴉片のパイプを喫った儘、かの長椅子の上で幻魘を見続けているのではあるまいか。

もやもやとした雲が、私の意識を渾沌《こんとん》の中から浮びあがらせる。すると軽微な快い眩暈が起って、躰全躰がふわっと浮上るようです。私は寝返りをうって壁の方へ向きました、そして其処《そこ》にぐっすり眠っている妻をみつけました。

私は静かに妻の寝息を窺いました、するとなま温い躰臭がむっと私の鼻を蔽《おお》ったのです、幻魘の中ではっきり匂《におい》を意識したのはその時が最初で、また最後だったと思います。尚よく顔を近づけて見ると、暑いかして鼻の頭や額にうっすら汗が滲出《しみで》ています、私は薄い紫色の掛蒲団を、静かに静かに剝《は》いでゆきました。

寝衣がはだかっていたので、掛蒲団の下からは弾力のある彼女の裸の肌が現われました。妻は肌には白いものしか着ません、併し彼女の躰にはその白いものが、どんなに淫蕩な色であったでしょう。抗い難い慾望に唆られて、私が尚もその蒲団を彼女の腹の上まで捲くって行った時、ふっと妻は眼醒めました。

「まあ……どうなすって」

審《いぶか》しそうにちょっと眉《まゆ》を寄せたかと思うと、直ぐに事情が分ったらしく、安心したように微笑し、両腕を伸ばして温かく私を抱擁するのでした。妻のなよやかな動作に反して、私は例の如く、その時既に彼女の躰から肌の物を剝ぎ奪《と》りながら、狂おしい淫虐慾《いんぎゃくよく》に襲われていたのです。妻は今迄《いままで》にない驚きの眼を以て私を見あげ、羞恥《しゅうち》のためにさっと赧《あか》くなって私の手から身を退《ひ》こうとします、そこで私は妻の上にのしかかり、柔かいむっちり肥えた胸の上に股《また》がって、毎もの如く両手でその喉を摑みました。

彼女は裂けそうにまで眼を瞠《みは》り、何か喚くように唇をぱくぱくさせましたが、声にはならないで、壁穴をもれる風のような喘音しか出ませんでした。私はその時両の拇指《おやゆび》の下で、彼女の喉仏がごくごくと二三度、強く上下に動くのを感じました。妻は恐ろしい力で乗り出しします、そこで私は両腿で妻の躰を圧《おさ》えつけ、両手の指を夢中で彼女の喉頸へ突込み続けました。

妻の顔はひどく充血して歪み、唇を垂れ、だらだらと涎をだし始めるのです。半ば我を忘れて私は自分の唇を妻のに押当て、妻の裸な肌に自分のをすり寄せました。すると強いあくどい色彩を閃発する無数の蝶《ちょう》が、妻の口と眼と鼻とからひらひらと飛び出しては、空間に充満しながらくるくると非常な速度で廻転《かいてん》し始めるのでした。次で眩暈が私を襲い、雲がもやもやと私の意識を渾沌の中へ沈めて了うのです。そして快い官能の弛緩《しかん》を味いながら私は失神して行くのでした。

ああ、私はこの幻魘からいつ醒めることが出来るのでしょう。

誰か私に「お前は自分の妻を殺害したのだ」と云ったように覚えていますが、あれも鴉片の夢の中のことでしょうか。私は早く「パリイ・メエル」の封を切って読まなければならぬ、私はその批評を書くように頼まれているのですから。妻は此頃《このごろ》すっかり冷淡になって、私の前に姿も見せません、それは勿論私が鴉片などに耽溺している故《ゆえ》でしょう。否、若《も》し斯うして話している事が既に、鴉片の夢の一部ではないかしらん。ああ、譬《たと》えようもなく美しい翅虫が、さんらんと光を閃発しながら、無数に舞狂っています。眠い、大層眠い、どうか私を眠らせて下さい。

検事は起立して言った。

検事　被告は斯《か》く虚妄《きょもう》を構えて、事件の本質を晦《くら》まそうとしているが、実に明瞭《めいりょう》な詐略《さりゃく》である。即《すなわ》ち彼は妻に恋人のある事を知るや、之《これ》を殺害する目的を以て、予《かね》て鴉片の前科ある友人を訪《おとな》い、これに乞《こ》うて鴉片のパイプを喫する如く見せ――この場合彼は喫飲の必要はなかったのである――之を反復しつつ、心神喪失者を装って遂に妻を絞殺したものである。要するに被告は法律の不備な条件、即ち「心神喪失時の犯罪は犯罪を構成せず」と云う穴を狙《ねら》って殺人を犯したのである。併し被告は最初に於《お》いて最もばかげた失策をしていた、厳密なる検証の結果判明した事実に因《よ》ると、被告が喫飲したパイプには、初めから鴉片などは詰まっていなかったし、それに類する何物も詰まっていなかったのである。而《しこう》して――、

解説

木村久邇典

本書に収められた十三の短編は、昭和三年（一九二八）から昭和二十年（一九四五）四月の間に執筆された戦前作品である。うち九編は、山本周五郎没後に刊行された単行本に再録されているが、『白魚橋《しらおばし》の仇討《あだうち》』『湖畔の人々』『鏡』『鴉片《あへん》のパイプ』の四編は、平成六年（一九九四）以後に再発掘されたもの。作者の死後、実に三十年ちかい歳月をへて公刊の機会を得たことになる。

生前の山本は、「私の書いた古い小説、とくに戦前のものは、『日本婦道記』以外はすべて焼き捨ててくれ」と語ったが、これは作者一流の、「こんどもまた失敗作を書いてしまった！」と臍《ほぞ》を嚙《か》んだ謙虚な初心に発したものであって、つねに艱難《かんなん》に挑戦《ちょうせん》しつづけた山本の作品が、愚作、駄作《ださく》ばかりだったと即断することは、彼の文業の全体像を基本的に見うしなってしまうおそれが多分にある。

わたくしが敢《あ》えて、戦前の山本作品再発掘に取り組んできたゆえんであり、戦後の諸作品に比すると、さすがに稚拙《ちせつ》、未熟の欠点は覆《おお》いがたいものの、それらの短所を補なって余りある作者の不屈な野心に接する喜びを与えてくれたのであった。

『白魚橋の仇討』（昭和三年＝一九二八＝四月号「日本魂《にほんこん》」）。俵屋宗八の筆名で発表された。山本は大正十五年（一九二六）四月号「文藝春秋」に『須磨寺《すまでら》附近』を以《もっ》てすでに文壇の一隅《いちぐう》に顔をだしていたが、この当時、帝国興信所（現・帝国データバンク）の発行する雑誌「日本魂」に、編集記者として勤務していた。俵屋宗八のペンネームは彼が愛好した江戸初期の画家俵屋宗達にあやかったものである。

　作品のテーマは、〝仇討〟という行為を、冷静につき放して武家社会のもつ体質的な矛盾、悲劇性を剔抉《てっけつ》しようとしたところにある。仇討の目的は果たしたものの〈艱難辛苦の甲斐《かい》〉が無かったという逆説的な視点に、二十五歳の文学青年の覇気《はき》が感じられようというものだ。森鷗外の気脈に通うものを覚えるのはわたくしだけだろうか。

『新三郎母子《しんざぶろうおやこ》』（昭和八年＝一九三三＝八月号「キング」）。岡山藩主池田光政《みつまさ》が鳥取在藩時代に寵愛《ちょうあい》した侍女津禰《つね》とその息子新三郎の物語。母子は父を求めて江戸から岡山へ出てきたのだが、母は新三郎に父の名を明かすのをためらっている。その後、光政に世子の政綱《まさつな》が生まれたので岡山藩にいらざる風波をたてたくないとの慮《おもんぱかり》からだ。病臥《びょうが》した母のために藩の止場《とめば》であるのを知らずに雁《がん》を射落した咎《とが》でとらえられた新三郎は、光政の前に引き立てられる。思いがけぬ父子《おやこ》対面はかくて実現し、光政も二十三年ぶりに津禰に邂逅《かいこう》することができたのだが、二、三日後、光政が再び母子の陋居《ろうきょ》をたずねると、かれらの姿はすでになかった。

　愛するがゆえに、自ら消息を断つという哀切な〝愛〟の姿を描いたもので、作者はこのちも人物と時と処《ところ》をかえて『おかよ』『野分《のわき》』『契《ちぎ》りきぬ』等の短編に止揚させている。よほど作者の心に占めつづけたテーマだったにちがいない。

『悪伝七《あくでんしち》』（昭和十一年＝一九三六＝九月号「講談倶楽部《くらぶ》」）。「朋友《ほうゆう》を斬《き》ってその恋人を盗んだ悪伝七」とながく噂《うわさ》の残った谷屋《たにや》伝七の物語だが、彼を心から憎む者はなかったという。伝七はコンプレックスにとらわれており、とくに恋仇《こいがたき》の市島三千馬《いちじまみちま》にはまったく歯が立たないと思い込んでいる。しかし三千馬が、出世を図るためには恋人をも譲る不徳義をも辞さない卑劣漢であることを知り、伝七は、今こそ己《おのれ》を取り戻して三千馬を斬り、藤緒《ふじお》を獲得するという、まことに八方めでたい小説である。伝七と忠太郎《ちゅうたろう》の理屈抜きの友情もほおえましい。お誂《あつら》え向きの軽質な娯楽読物といえようが、講談調と落語調をないまぜたリズミカルなストーリーの運びは快い。伝七と忠太郎の友情は、戦後作品の『泥棒《どろぼう》と若殿』『貧窮問答』などの不思議な人間関係につながっていくようだ。

『津山の鬼吹雪』（昭和十三年＝一九三八＝十二月号「キング」）。文末に〈秋津男之助《あきつおとこのすけ》、本名は吹雪代三郎《ふぶきだいざぶろう》、後に算得《さんとく》と改めた。江戸神田小川町の櫛淵弥兵衛《くしぶちやへえ》（神道一心流の達人で一橋家の師範役）門下随一の達者と呼ばれた剣豪である〉とあるが、美男の剣士算得が、津山藩に召し抱えられる以前に、巧みな道場破りで路用をかせいだり、美女の危急を救ってついには妻としたり……といったゆくたてを愉快な物語に仕立てている。

罪のない漫画か劇画じみた娯楽読物だが、さすがに戦後の『雨あがる』（昭和二十六年）や『日日平安』（昭和二十九年）といった異色作に通底する気配が仄《ほの》みえて興味ぶかい。

『浪人走馬灯』（昭和十五年＝一九四〇＝一月号「冨士」）。わたくしはこの作品が発表された昭和十五年ごろから、山本作品の質的な向上が顕著との見方をしている者だが、テーマの据《す》え方《かた》、人物の配置、事件の展開といい、なかなかの力作である。

事件は六郷藩に伝えられた家宝の茶碗《ちゃわん》「青嵐《せいらん》」を、主君にうとんじられて御宝物蔵預りに左遷《させん》された来馬《くるま》勘十郎が、奸物《かんぶつ》の側用人《そばようにん》大河原蔀《おおかわらしとみ》に、藩主の墨《すみ》判を確めて差しだしたところ、五日後に藩主から重ねて催促があり、勘十郎は宝物蔵記録に主君の押捺《おうなつ》を得ていなかった責めで切腹を命じられたことから起こる。実は藩侯が先に差出しを命じた件を忘却したためであり、事情を知る大河原蔀が、見て見ぬフリをしたゆえの理不尽な悲劇であった。

息子の来馬辰之介《たつのすけ》は直ちに退身、江戸に上って町道場の代師範となったのだが、彼の腕を見込んだ諸藩からの仕官のすすめに頑《がん》として応じない。

来馬は道場主に、白分は〈そうした君臣関係を憎みます〉〈泰平の武士は大名の飾物で、まことの武道は寧《むし》ろ武家の外にあります〉と本心を明かす。辰之介はその後、「青嵐」の茶碗を打ち割り、大河原を斬って父の恨みを晴らしたのち、道場主にこうも語る。〈命のない一塊の道具が、人間の運命を狂わせる、それがむやみに腹立たしかったのです〉と。本編の骨頂というべきだろう。

藩の〝家宝〟が象徴する武家の権威を、堂々と否定する作者の〝人間第一主義〟が強調されている点に、とくに注目したい。昭和十五年は〝皇紀二千六百年〟。国粋主義が軍部によってとくに高唱された時世だったことも思い合わせたいものである。

『五十《いそ》三《さん》右衛門《えもん》』（昭和十五年四月号「雄弁」）。五十三右衛門は父の跡を襲って佐竹藩の江戸詰め留守居役となったが、賄賂《わいろ》の多い役職であることを表沙汰《おもてざた》にした廉直《れんちょく》さが禍《わざわ》いして母と共に江戸を立ち去った。浪々六年。母は不治の病いに伏し、彼女の唯一《ゆいいつ》の願いは息子の再仕官だ。といっても容易に勤め口にありつける時世ではない。思案のあげく、三右衛門は相当の身妝《みなり》をした武士から衣服大小を強引に借り受け、その姿を臨終も近い母親に見せようと決意する。

岡崎藩中老の新山《にいやま》信十郎は三右衛門の乞《こ》いに応じ、五十両の支度金まで添えて時服を彼の住居《すまい》に届けるが、実は反対派の老職曾我《そが》忠左衛門《ちゅうざえもん》を斬り捨ててほしいとの付帯条件があった。〈孝心深き人は義理も篤《あつ》き仁〉という信十郎の言葉にのせられた三右衛門が、曾我邸を訪れて忠左衛門に面会してみると、新山の話はまったく不正義なものだったことが分かり、三右衛門は逆に信十郎との約束を破って岡崎を立ちのく。三右衛門が曾我に呼び戻されたのは翌年の春。反対派の新山信十郎は放逐された。

三右衛門が豁然《かつぜん》として曾我の人格を悟ったのは〈一藩の大事を行うに他人の手を借りるようなことはせぬぞ〉という忠左衛門の言葉であり、胸に風の吹通うのを覚えたからであった。新山と曾我との対比が明確に描かれ、三右衛門の〝人間発見〟が素直に表現されている。なお時服を強引に借り受けるという設定は、作者の得意とするところだったらしく、『だだら団兵衛』(昭和七年)、『山だち問答』(昭和二十一年)にも相い似た趣向がみられるのは面白い。

『千本仕合』(昭和十六年＝一九四一＝三月号「譚海《たんかい》」)。紀州を測量せよとの幕府の密命で、御三家に列する紀伊国に現われた草苅《くさかり》馬之助こと成瀬格之進は、各地で腕利《うでき》きといわれる武者を打ち敗《ま》かして田辺城下に到《いた》り、ここでも〝千本仕合〟の標《しるし》を立てて勝負をいどむ。名うての剣術の達者和泉三郎兵衛《いずみさぶろべえ》も挑戦したが、肋骨《ろっこつ》を折られて完敗。しかし士は士を知る。三郎兵衛は格之進の人柄《ひとがら》を見抜いて、紀州藩への随身をすすめる。藩公頼宣《よりのぶ》もまた格之進を高く評価し〈一年に十本ずつ仕合をしろ、十年で百本、千番終るまでは当地を去ることならん〉〈測量は許す、（幕府に）地図を作ることも〉許す、ただし千番勝負は続けよ、勝負の終るまで扶持《ふち》は取らす、と有為の人材格之進を、まんまと紀州藩に召し抱えてしまうという賢明な裁定を下す。

三郎兵衛の述懐〈人間は十年つきあっていても、見ず知らず同様で終ることが多いものだ。またそれと逆に、相見た刹那《せつな》に生涯《しょうがい》の知己をみつけることもある。朋友の値打は、つきあいの長短で定《き》められるものではないよ〉にはふかい説得力がある。

『宗近新八郎』（昭和十六年七月号「講談雑誌」）。藩政を独断専行する城代家老を、〈御意討ち〉の名目で斬れと、反対派の重職に命じられた宗近新八郎が、直《じ》かに城代に面接して不正を糺《ただ》すと、彼の率直な弁明によって、誤解であったことを諒解《りょうかい》し、城代の腹心として藩財政改善の命を体して江戸へ赴く――。ひとは見かけによらぬものであり、ひごろ、世間の噂話、風聞などは信を置くに足らぬと、説いた山本周五郎の人間観が現われている。

このような筋立ては往々にして陳腐な型に堕しやすいものだが、〝悪役〟を振り当てられた城代家老戸沢監物《けんもつ》の人物像が巧みに描かれているために、読後感さわやかな作品となっているところに作者の苦心と手練がうかがわれる。また許婚《いいなずけ》おぬいと奏《かな》でる尺八と琴の「想夫恋」のメロディーを、とつぜん中断させて余韻をひく結構も心にくい。『米の武士道』（昭和十七年＝一九四二＝二月号「講談雑誌」）。山本周五郎は曲折した故郷愛からか父祖重代の地・甲州を舞台にした作品をあまり書かなかった。『米の武士道』は作者には珍らしい〝甲州小説〟である。

時は慶応三年（一八六七）十月。徳川慶喜《よしのぶ》は大政を奉還したが、鳥羽伏見の戦いが起こって追捕使《ついぶし》をうけるはめとなり、江戸に逃がれて上野の寛永寺に蟄居《ちつきよ》中のことである。諸侯は徳川家のために蜂起《ほうき》するだろうとか、東征軍はすでに甲信の国境に迫っているとの情報みだれ飛ぶ時点で、しかも甲府城代は不在であった。

この難しい時勢にあたって、石和《いさわ》郡代の料治新兵衛《りようじしんべえ》は、逸早《いちはや》く支配下五カ村の農家の貯蔵米をすべて石和の社倉に運び入れてしまう。社倉は備荒のための倉庫で、よほどのことがない限り、扉《とびら》を開くことは許されない。まもなく甲府城内にも、籠城《ろうじよう》して官軍に抗戦しようとの論が高まり、社倉を開け、さもなければ倉を焼くぞと迫まるが、新兵衛は断固として拒絶する。

〈社倉の米は領民たちの備荒貯蔵です。甲府城のものでもなく、幕府の物でもありません〉〈米は国の稔《みの》りという。／国の稔りを焼きすてるような無道をして、貴公らの大義名分が立つと思いますか〉と。

社倉の米は領民の為《ため》の備荒貯蔵で兵糧《ひようろう》にあらずとの信念を、新兵衛は一歩も譲らないのである。新兵衛に好意を寄せる名主五郎右衛門《ごろうえもん》の娘お千代に説く彼の言葉もまことに感動的だ。

〈拙者を信じながら、拙者のすることが信じられないのですか〉

この作品が書かれた昭和十七年二月は、太平洋戦争が始まってわずか三カ月め。日本軍の捷報《しょうほう》あいつぐ戦況下で発表された。山本は戦後〝庶民の作家〟と評されたものだったが、毅然《きぜん》として庶民の側に立つ姿勢は、すでに戦前からのものだったのだ。

『湖畔の人々』（昭和十七年六月『現代作家傑作文庫②』）。日米開戦半年後に執筆された。戦地向けの恤兵《じゅっぺい》（金品を寄付して兵士を慰問するの意）用だったらしい刊行物に収録された作品で、産業小説とでも呼びたい色合いがかなり濃厚である。しかし作者はこの作品以前にも『与之助の花』『万太郎船』『噴上げる花』など〝創意工夫〟をテーマとする小説に取り組んでおり、この主題は戦後の『花筵《はなむしろ》』『虚空《こくう》遍歴』などへひきつがれていく。〝創意工夫〟は戦争の背景とかかわりなく、終生、山本に一貫した追究テーマだったのだ。

またこの作品には、藩の最高権力者の重臣に臆《おく》することなく正論を開陳する青年勘定奉行萩原《はぎわら》作之進が登場し、若き日のつむじ曲り〝曲軒〟（尾崎士郎が山本に呈上したニックネーム）山本周五郎を彷彿《ほうふつ》させる。重職斉木《さいき》兵庫《ひょうご》が、妻那津《なつ》の、勘定奉行は実は我が子、との告白に、新鮮な〝女〟を発見するゆくたてもみごとであり、茅野《ちの》の寒天生産者孫左衛門《まござえもん》の娘お雪と、作之進の幸ある将来を暗示する物語の構成もすがすがしい。

いつの時代にあっても、人間が向日的な努力を継続する以上、必らず光ある新時代の訪れがあるだろうという作者の、読者への呼びかけは、この小説が書かれた半世紀後のこんにちもなお、若い息吹《いぶ》きを感じさせる。

『鏡』（昭和十七年九月号「放送」）。作者の初期代表作『小説日本婦道記』シリーズと並行して描かれた作品である。ミッドウェー海戦に完敗（昭和十七年六月）し、戦勢いちじるしく非となった情況下、軍部が狂せんばかりに戦意を国民にあおったさいの作物でありながら、作者は阿部豊後守《ぶんごのかみ》夫妻に託して、ひたすらに喧嘩《けんか》（戦争）はしてなるまじきことを強調した平和志向の小説である。情理を兼ね備えた豊後守の意見は、そのまま山本周五郎の見解でもあったように思われる。

なお掲載誌の「放送」は、当時日本放送出版協会が発行していた月刊誌である。山本作品を熱愛する四国・高松市の山川和男氏によって平成六年再発掘され、「小説新潮」（平成七年＝一九九五＝二月号）で再び陽《ひ》の目をみた。

『ならぬ堪忍《かんにん》』（昭和二十年四月号「海軍」）。アメリカ軍が沖縄に上陸してきた太平洋戦争の最末期、講談社が発行していた少国民向けの戦意高揚雑誌「海軍」に執筆した掌編である。当時の全日本人は毎日を〝死〟と対面する緊張した生活を送っていたものだが、生命を賭《か》けてまで忍ばねばならぬ真の〝堪忍〟とはなにか、を真摯《しんし》に訴えた重い短編である。しかもこのテーマは、平和なこんにちにおいても、なおその厳しさをうしなってはいない。

『鴉片のパイプ』（平成八年＝一九九六＝二月号「小説新潮」）。昭和八年ごろ、清水鮎二郎《あゆじろう》の筆名で執筆された推理小説である。雑誌「犯罪公論」「オールクキン」「文学界」の発行者だった故・田中直樹《なおき》氏が保管していた原稿を、平成七年に子息の田中直樹《よしき》氏が神奈川近代文学館に寄贈されたことから、その存在が明らかとなり「小説新潮」に発表、つづいて本書に収載される運びになった。十六枚の短編であるが、山本の死後、首尾の完結した作品の発見はこれが初めてである。

山本は生前、よく「小説は面白くなければならぬ」と強調したものだが、とりわけ筋立ての面白さに重きをおく数編のミステリー（たとえば「犯罪公論」に発表した『猿耳《えんじ》』『出来ていた青』など）を執筆しているのも自説の試行だったようである。戦後作品にも『屛風《びょうぶ》はたたまれた』『その木戸を通って』などの〝不思議小説〟があり、『寝ぼけ署長』『町奉行日記』『しじみ河岸《がし》』『五瓣《ごべん》の椿《つばき》』等々、ミステリー性の濃厚な作品に徴しても容易に窺知《きち》することができる。『鴉片のパイプ』の結末は、まことに胸のすくような意外性でしめくくられていて、猟奇性も豊かであり、短編推理小説として、結構の整った巧みな出来ばえである。

以上の各編は、いずれも作者が文壇に盛名を得なかった戦前の、新進・中堅時代の小説群ではあるが、これらの旧作を読み返して思ったのは、どの作品にも共通する読後感のすがすがしさである。登場人物たちの潔《いさぎよ》い生き方は、そのまま戦争下に生きる山本周五郎その人の〝生き方〟であった、との感をますます深くしたことであった。

（平成八年二月、文芸評論家）

「新三郎母子」は博文館刊『土佐の国柱』（昭和十五年十月）、文化出版局刊『山本周五郎幕情物語選（上）』（昭和五十二年十月）に、「悪伝七」は桜木書房刊『島原伝来記』（昭和十七年七月）、実業之日本社刊『山本周五郎爽快小説集』（昭和五十三年六月）に、「津山の鬼吹雪」、「浪人走馬灯」は実業之日本社刊『山本周五郎幕末小説集』（昭和五十年十一月）に、「五十三右衛門」は大白書房刊『奉公身命』（昭和十六年十月）、実業之日本社刊『山本周五郎浪人小説集』（昭和五十一年四月）に、「千本仕合」は実業之日本社刊『山本周五郎浪漫小説集』（昭和四十七年十二月）に、「宗近新八郎」は成武堂刊『内蔵允留守』（昭和十七年三月）、実業之日本社刊『山本周五郎愛情小説集』（昭和四十七年九月）に、「米の武士道」は新正堂刊『武家太平記』（昭和十七年十一月）、実業之日本社刊『山本周五郎甲州小説集』（昭和四十九年八月）に、「湖畔の人々」は八紘社刊『現代作家傑作文庫②』（昭和十七年六月）に、「ならぬ堪忍」は『山本周五郎爽快小説集』にそれぞれ収録された。その他の作品は本書初収録である。

表記について

新潮文庫の文字表記については、原文を尊重するという見地に立ち、次のように方針を定めました。

一、旧仮名づかいで書かれた口語文の作品は、新仮名づかいに改める。
二、文語文の作品は旧仮名づかいのままとする。
三、旧字体で書かれているものは、原則として新字体に改める。
四、難読と思われる語には振仮名をつける。

なお本作品集中には、今日の観点からみると差別的表現ととられかねない箇所が散見しますが、著者自身に差別的意図はなく、作品自体のもつ文学性ならびに芸術性、また著者がすでに故人であるという事情に鑑み、原文どおりとしました。

（新潮文庫編集部）

山本周五郎著

樅ノ木は残った

毎日出版文化賞受賞（全三冊）

「伊達騒動」で極悪人の烙印を押されてきた原田甲斐に対する従来の解釈を退け、その人間味にあふれた新しい肖像を刻み上げた快作。

山本周五郎著

青べか物語

うらぶれた漁師町浦粕に住みついた〝私〟の眼を通して、独特の狡猾さ、愉快さ、質朴さをもつ住人たちの生活ぶりを巧みな筆で捉える。

山本周五郎著

柳橋物語・むかしも今も

幼い一途な恋を信じたおせんを襲う悲しい運命の「柳橋物語」。愚直なる男が愚直を貫き通したがゆえに幸福をつかむ「むかしも今も」。

山本周五郎著

五瓣の椿

自分が不義の子と知ったおしのは、淫蕩な母と相手の男たちを次々と殺す。息絶えた五人の男たちのそばには赤い椿の花びらが……。

山本周五郎著

赤ひげ診療譚

小石川養生所の〝赤ひげ〟と呼ばれる医師と、見習い医師との魂のふれ合いを中心に、貧しさと病苦の中でも逞しい江戸庶民の姿を描く。

山本周五郎著

大《おお》炊《いの》介《すけ》始末

自分の出生の秘密を知った大炊介が、狂態を装って父に憎まれようとする姿を描く「大炊介始末」のほか、「よじょう」等、全10編を収録。

ならぬ堪《かん》忍《にん》

新潮文庫　や - 2 - 60

平成八年四月一日発行
平成九年五月五日四刷

著者　山《やま》本《もと》周《しゅう》五《ご》郎《ろう》

発行者　佐藤隆信

発行所　株式会社新潮社

郵便番号　一六二
東京都新宿区矢来町七一
電話　編集部(〇三)三二六六—五四四〇
　　　読者係(〇三)三二六六—五一一一
振替　〇〇一四〇—五—八〇八

価格はカバーに表示してあります。

乱丁・落丁本は、ご面倒ですが小社読者係宛ご送付ください。送料小社負担にてお取替えいたします。

印刷・錦明印刷株式会社　製本・錦明印刷株式会社

ISBN4-10-113461-8 C0193